Nick Hornby

尼克·霍恩比 | 作品

How to be Good

[英] 尼克·霍恩比……………………著
曾志杰……………………译

如何是好

上海译文出版社

献给吉儿·霍恩比

致　谢

感谢：托尼·雷西、海伦·芙蕾瑟、朱丽叶·安南、乔安娜·普利尔、安雅·韦丁顿、杰若米·艾丁豪森、马丁·布莱恩、温迪·卡尔顿、苏珊·彼得森·肯尼迪、亚曼达·波西、鲁思·霍尔加顿、卡罗琳·唐威、安娜贝尔·哈得曼、玛丽·克兰涅琪、安娜·莱特、盖比·加佩。

01

我在利兹的停车场里，跟我老公说我不能再跟他继续下去了。而我老公根本不在我身边，不在这个停车场里。戴维在家带孩子，而我原本只是打电话提醒他记得写纸条给莫莉的导师。不知怎么搞的，离婚的念头就这么脱口而出。这绝对是个错误。好吧，虽然我自己都没想过，但我得承认，我确实是那种会主动提出离婚的人。可是依照我的个性，我真的不觉得我会选择在停车场，对着手机就把离婚的念头脱口而出。看来我得好好重新评估自己一番。如果要我说一个自己的优点，我会说我对人名过目不忘，通常上千次里只会偶尔弄错一两次。但是对大部分人来说，离婚就只有这么一次。如果你在利兹的停车场，用手机跟老公提出离婚，恐怕这件事就会一辈子跟着你。好比看见李·哈维·奥斯瓦尔德这个名字，就会想到他刺杀了肯尼迪。有些事情就算我们只做了那么一次，却非得永远背负着它不可。

当天晚上，我在旅馆房里辗转难眠，把刚才的对话重新回想了一遍。其实这也算好事，至少证明了，就算我是一个在停车场跟老公离婚的女人，但还不算太无情，还懂得在事后好好沉淀一番。我尽可能地回想这段对话的所有细节，想弄清楚如何在短短三分钟内，不，是十分钟内，话题会从帮莫莉预约牙医，闹到非分手不可。可是这个念头害得我忍不住在凌晨三点开始沉思，想着一九七六那年，我们在大学舞会邂逅，为什么却在二十四年后，走到这一步。

老实说，之所以想了这么久，只不过是因为二十四年是一段漫长的岁月，一大堆细枝末节，一些跟故事本身毫无关联的细节，不请自来跑进我脑袋。如果这段婚姻是一部电影，影评恐怕会说这是一部废话连篇毫无剧情可言的烂片。内容可以用下面几句话带过：两人初识、坠入爱河、生儿育女、开始争执，他发胖性情变古怪，而我开始感到无趣与绝望，接着我也变得古怪，最终两人分手。这样形容我的婚姻我并不反对，毕竟我跟他并不特别。

只是我始终想不透，这一切到底是怎么发生的？那通电话，怎么会从一段和谐真诚但有点老套、关于家庭琐事的对话，演变成宛如世界末日般激动的时刻。我还记得对话是这样开始的，几乎一字不差：

我："嗨！"

他："哈啰，你还好吗？"

我："还可以，孩子们都好吗？"

他："还不错，莫莉在家看电视，汤姆在杰米家玩。"

我："我只是要提醒你，关于莫莉看牙医的事情，你要帮莫莉写纸条，好让她带去学校给老师。"

你看到没有？评评理！你一定也会觉得这根本不可能发生，绝对不是从这里开始。但是你错了，因为话题就是从这里开始改变的。

我几乎可以确定第一步是从这里跨出，就在这个瞬间。我记得对话暂停了好一会儿，从话筒另一端传来一阵令人不安的寂静。于是我开口问："怎么了？"他回答："没事。"而我又问："到底怎么了？"而他回答："真的没事！"显然他对我的问题虽然不感到沮丧，但也不觉得开心，反倒是有些暴躁。这表示我得继续追问下去，所以我只好继续说："快说啦，怎么回事？"

"没事。"

"到底怎么了？"

"也没什么，只是你刚才说的话。"

"我说了什么？"

"你说只是打电话提醒我要帮莫莉写纸条。"

"这么说有哪里不对吗？"

"如果你是为了别的原因打电话给我，你知道，就算只是问候一下，关心你老公跟孩子过得怎样，那种感觉会好很多。"

"拜托！戴维。"

"你说'拜托！戴维'是什么意思？"

"那不就是我问你的第一件事情，我问你'孩子们还好吗'。"

"好一个'孩子们还好吗'，而不是'你还好吗'！"

如果我们婚姻美满，这样的对话是不可能发生的。不难想象一段和谐的关系里，一段这样开始的对话，不会也不可能演变成两个人吵到要离婚收场。一段和谐的关系，你可以从牙医的部分，直接跳到下一个话题，例如你白天工作的情形，或是晚上的计划。在一段极度美满恩爱的婚姻关系里，谈论的甚至可能像广播里听到主持人传来一阵咳嗽声，这般寻常、无足轻重的话题，但是一段寻常但恩爱的婚姻关系里，本来就充满了这样的对话，也许这就是婚姻赖以维持的关键。但是我跟戴维的相处，早已不是这样的情形。当彼此花了好几年的时间互相伤害，直到所说跟所听到的每一个字都变得像密码般，藏着许多等待解读的伤人的刺之后，才会开始出现像我们这样的谈话内容。就像一部阴郁又杰出的剧本般复杂，字里行间充满了弦外之音。当我清醒地躺在旅馆房间里，试着重组这些片段，忍不住佩服我们竟然如此聪明，创造出密码般的对话：若没有这么多年悲惨生活的启发是绝对办不到的。

"我很抱歉。"

"你在乎我过得好不好吗？"

"老实说，戴维，我不需要问你过得好不好，因为你听起来过得很好，好到足以一边照顾两个孩子一边毁谤我，然后再表现出十足受害者的模样。我到现在还搞不清楚我到底做了什么？我相信你可以启发我，帮我找到答案。"

"为什么你会觉得我像个受害者？"

"哈！你的脸上就写着'受害者'三个字，一直以来都是。"

"胡说八道！"

"戴维，你就是靠装成一副受害者的模样来维生。"

我说的是真的，至少一部分是真的。戴维唯一固定的薪水来自他帮当地报纸写专栏。这个专栏有张图片，图片里的他对着相机咆哮，然后副标题写着"霍洛威最愤怒的男人"。在我对这个专栏失去耐心之前，我读的最后一篇文章，内容是关于对老人坐公交车的谴责：为什么他们从不事先准备好零钱？为什么他们不肯坐在公交车前面的位子？为什么他们总是在到站前十分钟就站起来，然后老是因此而摔倒，以一种令人担忧又缺乏尊严的方式？我想你应该可以想象这是一个什么样的专栏了。

“可能你没注意到,你他妈的从来没仔细读过我的专栏。”

“莫莉在哪?”

“在别的房间看电视。干! 他妈的,一堆狗屎!”

“很好,非常成熟。”

“你他妈的从来没仔细读过我的专栏,我的专栏是在反讽!”

我冷笑几声。

“嗯,请您原谅住在韦柏斯特路三十二号的居民不懂什么是反讽。因为我们每天睁开眼就得面对霍洛威最愤怒的男人。”

“我们到底怎么了?”

如果在我们的婚姻电影里,编剧正烦恼着该如何把一段笨拙、肤浅的争论,转化为更有意义的对话,那么现在正是时候。你知道的,好比说,“这真是一个好问题……我们到底要往哪去? ……我们在做什么? ……这些那些这些那些……都该结束了”。好吧,我知道这么做并不容易,但是肯定有效。可惜戴维跟我并不是汤姆·克鲁斯跟妮可·基德曼,所以对于这些对话里潜藏的隐喻视而不见。

“我不知道我们到底怎么了。你莫名其妙就开始指责我没有问候你。”

“你是呀。”

“你好吗?”

“去你的!”

我对着手机叹了一口气。为了让他清楚听见,我必须特地把手机从我耳朵旁移到嘴前。这么一来,叹气声衔接得有些不自然,但我不得不这么做,因为根据经验,我知道我的手机对于说话声以外的声响不是很敏感。

“我的老天啊! 那是什么声音?”

“那是一声叹息。”

“听起来你像是在山顶上。”

我们静默了好一会儿。他在北伦敦的厨房里，不发一语。而我在利兹的停车场内，也静默不语。突然间我惊觉，我竟然对这种沉默如此熟悉，我熟悉它的形状跟感觉，熟悉它尖锐的棱角。一股厌恶从心底油然而生（当然不是真的完全死寂，你可以听见自己零碎愤怒的咒骂，耳朵里血管鼓动的声音，在停车场里，还听得见隔壁一台菲亚特轿车正在倒车）。事实上，问候家庭琐事跟决定离婚，这两件事情彼此间毫无关联。这就是为什么我始终找不到事情的关键点。我想真相是，我就这样无预警提出了离婚。

“戴维，我对这一切感到好厌倦。”

“什么一切？”

“所有所有的一切。无止境的争吵、沉默、坏气氛。这一切就像毒药。”

“喔，你指的是那些呀。”他说的听起来好像是这些有毒物质，莫名其妙从天花板裂缝滴入我们的婚姻，而他过去一直努力在修补，“现在说这些太迟了。”

我深呼吸，这一次是为了我自己，而不是刻意做给他听，所以手机依然贴着我耳朵。

“也许还不算太迟。”

“你这话什么意思？”

“难道你真的想要这样度过下半辈子吗？”

“当然不想。你有什么建议吗？”

“我想我应该有。”

“你愿意告诉我是什么吗？”

“你知道我要说什么。”

“我当然知道。但是我希望是由你提出。”

事情发展至此,我再也顾不得那么多了。

“你想离婚吗?”

“我希望记录上要说清楚,离婚不是我提出的。”

“好。”

“是你,不是我。”

“是我,不是你。拜托你,戴维,我正试着跟你讨论一件悲伤、成熟的事情,你却只顾着想要吵赢这场架。”

“如此一来,我才能告诉大家是你要求离婚。而且是毫无预警地提出!”

“喔,所以真的是完全毫无迹象可循,是吗?我是说,一点蛛丝马迹都没有,因为我们的婚姻是如此幸福美满。你打算这么告诉大家吗?对你来说这才是重点,是吗?”

“等一下挂上电话,我会马上再拿起来。我要在你散播你的说法前,先告诉别人我的说法。”

“好,既然如此我只好占着电话线不挂。”

接着,由于厌倦了我跟他的一切一切,我做了相反的决定,我把电话挂了。这就是为什么我会在利兹的旅馆房间里辗转难眠,试图回想我们之间对话的过程,或是不停咒骂着失眠的困扰。电视跟灯开了又关,关了又开,大致上说来,我的一切行为都让我的情人像是活在地狱一般。喔,对了,我想我应该在电影大纲的某个段落补上这一段。他们结婚了,他变得又胖又难相处,她则变得绝望且一样难相处,接着她有了一个新情人。

听着:我不是烂人。我是个医生。我之所以想当医生是因为我觉得这似乎是一件好事。我所谓的好，并不是指这个职业听起来刺激、高薪，又迷人。我只是喜欢这个称谓听起来的感觉。“我想当个医生。”“我在接受训练，好成为一个医生。”“我是北伦敦一间小医院的执业医师。”我觉得这个称呼很适合我，听起来专业，有点聪明，不会太华丽，受人尊敬，听起来成熟，懂得关心别人。你以为医生都不在乎这些肤浅的事情吗？那你可就错了。无论如何，我是一个好人，我是医生，正和一个我也不大了解、名叫史帝芬的男人，躺在旅馆的床上，而我才刚跟我先生提出离婚。

毫无意外，史帝芬还醒着。

“你还好吧？”他问我。

但我无法看着他。几个小时前他的双手还在我身上游走，而我也渴望他那么做，但是现在我只希望他从床上、从旅馆、从利兹彻底消失。

“没事，只是睡不好。”我从床上起身着装，“我要去外面散个步。”

这是我订的房间，所以我把门卡带在身上，但是当我把它放进包包，我很清楚我不会再回来了。我想待在家里大哭大闹，为我跟戴维即将替孩子们的生活带来灾难而感到罪恶。房间是卫生局出的钱。史帝芬只需结清房里迷你吧台的消费即可。

我开了几小时的车，然后在一个休息站停下来，喝杯茶、吃个甜甜圈什么的。如果这真是一部电影，那么在我回家的途中肯定会发生些什么插曲，好让这趟旅程更有意义。例如我可能会碰到一个人，或是我可能决定彻底改头换面，也或者犯下什么罪，或甚至被某个罪犯诱拐，可能是一个十九岁有毒瘾的年轻人，教育程度不高，但是没想到却比我更聪明，也更懂得关心别人。不觉得很讽刺吗？我是个医生，而他不过只是个武装抢匪。他会从我身上学到些什么，虽然天知道我有什么值得学习的。而我也从他身上学到些东西，之后各自孤单继续我们的人生旅程，虽然只是短暂相遇，却微妙、深入地改变了彼此。但我说过了，这并不是电影，所以我吃完甜甜圈、喝完茶之后，又回到车上。（我为什么一直在谈电影？过去几年里我只去过电影院两次，而且看的两部电影主角都是动画昆虫。显然以我对电影的了解，目前所有放映给成年人看的电影，都是关于一个女子平安无事地从利兹开车到北伦敦，然后在休息站停下来喝茶吃甜甜圈的故事。）整趟旅程只花了三小时，包括吃甜甜圈的时间。我到家的时候是清晨六点，回到一个陷入沉睡的家，可是我却注意到，这个家，已经开始散发出一股酸腐的气味。

一直到七点四十五分前，都没有人醒来，我窝在沙发里打盹。让自己暂时先别想那通电话还有我情人。我很高兴我回家了，我尚不知情的孩子们四处奔跑，让地板吱吱作响，这个声音令人感到温暖，而我很高兴我可以感受到这份温暖。我不想回到属于我们夫妻的床，并不是因为史帝芬，而是因为我还没决定到底要不要再与戴维共枕。那有什么意义呢？但是话说回来，离不离婚这件事情本身，意义又何在？说来奇怪，我跟无数的人谈过所谓“分房睡”的话题，好像睡在同一张床上是唯一一件象征婚姻的事情，可是不管一段婚姻变得多糟糕，共享一张床从来就不是问题所在，共享余生才是叫人恐惧的部分。自从我们的婚姻出现问题，有好几次，当我看见戴维醒着、活动着、神志清醒地走动或是说话，都会让我想吐，我对他极度反感，特别是晚上，不过那是另一个不同的故事了。我们还是会做爱，一半出于真心，另一半只是为了做爱而做爱，虽然我们之间的性爱并不是超级美满，只是当你跟一个人睡了古怪的二十年后，两个人会发展出一套配合的模式。我身体的轮廓似乎逐渐改变，变得完全符合他手肘、膝盖与臀部的线条，而似乎再也没有人能跟我的身体这么契合，即便是史帝芬也不行，尽管史帝芬的身材较为瘦长，而且具备了所有好床伴该具备的条件，当一个女人想找个床伴时，史帝芬绝对是个优质人选，只不过他身体的每个部位似乎都装错位置了；昨晚有好几次我不禁郁闷地怀疑，戴维会不会是世界上唯一一个能让我感到舒服的男人，而我们的婚姻，以及世界上其他数不清楚的婚姻关系，之所以还维持着，是不是因为其实一段关系要成立，两人之间势必存在着某种完美的身高或体重比例，只是科学界尚未发现而已；如果对方有一毫米的误差，那么这段关系就不会成立。但是话虽如此，我跟戴维之间也不是只有性。当戴维睡着，我可以暂时把他变回我还爱的那个人：把沉睡中的戴维，想象成我心目中的戴维，或是怀念从前的戴维，只要和这样的戴维相处七个小时，就足够让我明天和另一个戴维相处一整天。

所以我在沙发上打盹，接着汤姆穿睡衣下楼，打开电视，装了一碗玉米片，坐在扶手椅上看卡通。他看都没看我一眼，什么话也没说。

“早安。”我愉悦地说。

“嗨。”

“你好吗？”

“还可以。”

“昨天学校如何？”

但是他没回答我就跑了；我儿子在早晨打开了一扇交谈之窗，只是才短短两分钟帘幕便已拉上。我从沙发上起身，把热水壶开关打开。接着莫莉穿着学校制服下楼。她盯着我看。

“你不是说要出门吗?”

“我回来了。因为我太想念你们了。”

“但是我们不想念你。对不对,汤姆?”

汤姆没有回答。显然这就是我的选择:女儿的公然挑衅、儿子的沉默冷淡。当然,只不过,这纯粹是我自怨自艾,他们既没有挑衅也不冷漠,不过是孩子罢了,他们也没有在一夜之间突然发展出成人的直觉,虽然说这并不是普通的一夜。

最后,但并非最不重要的,戴维来了,穿着平常穿的汗衫跟四角裤。他把热水壶开关打开,但发现电源已经开启后,那瞬间他看起来很疑惑,他睡眼惺忪地看了家里一圈,想为了热水壶自动开启这件事找出一个解释。最后发现这个解释正瘫坐在沙发上。

“你在这干吗?”

“我只是回来检查当我不在家的时候,你有没有当个称职的父亲。你的表现让我印象深刻。你是最晚起床的,孩子们得自己准备早餐,电视还开着……”

我当然知道这么说并不公平。不管我在不在家,日子都是这样过的,但我不想坐以待毙,好让他先攻击我:我始终相信先发制人是最好的报复。

“所以,”他说,“你为期两天的研讨会提前一天结束了。怎么,你们那帮人都用两倍速度一次把废话说完吗?”

“我现在没心情跟你闲扯。”

“你当然没心情,我可以想象。那你现在有心情做什么?”

“我们能晚点再谈吗?等孩子上学后。”

“喔,是啊,太好了,晚点再谈。”他最后一个字的语气,听起来像是从内心深处感到一阵令人费解的痛苦，说得好像我向来以“晚点再谈”闻名，好像我们之间所有的问题，都起因于我坚持什么事情都要晚点谈。我对他笑了笑，不过显然对于舒缓我们之间的紧张没有任何帮助。

“你笑什么？”

“我说我们晚点再谈有什么不对吗？”

“你真可悲。”他这么说，却拒绝提供任何线索，好让我知道我哪里可悲。他当然想要照他的方式，在孩子们面前讨论我想离婚的念头，但是我们两人之中必须有人成熟一点，至少暂时成熟一点，所以我摇摇头，拿起我的袋子。我想上楼睡觉。

“孩子们，祝你们今天愉快。”

戴维看着我：“你要去哪里？”

“我累翻了。”

“我以为我们之间分工的最大问题就是，你总是说你没机会载孩子们去学校。那么我想你现在不应该拒绝这个每个母亲都该享有的权利。”

在孩子们早上出门前，我就得去医院上班，所以我向来不用载孩子们上学。虽然我很感激，但我的谢意却没有阻止他在每次争吵谁没做什么的时候，埋怨我总是没有机会带孩子们上学。而戴维，不用说，他知道我不是真的想带孩子们去上学，这就是为什么他现在如此乐于提醒我之前的抱怨。戴维跟我一样，在婚姻战场里战术高明，而有一瞬间，我可以暂时跳脱我的身份，对他邪恶的急智感到仰慕不已。干得好啊，戴维！

“我几乎整晚没睡。”

“那也没关系啦。反正对孩子们来说都一样。”

戴维这个王八蛋。

当然过去我也曾想过离婚。谁没有呢？甚至早在我结婚前，我就幻想自己是个离婚女子。在我的幻想里，我是个优秀干练专业的单亲妈妈，并且和前夫维持极度和谐的关系，我们会一起出席父母的聚会，在某个心情不好的夜晚一起翻阅旧照片，诸如此类的事情；当然幻想中还包括和一连串波希米亚人调情，老少不拘。（例如《再见爱丽丝》里面的克里斯·克里斯托佛森，那是我十七岁时最喜欢的电影。）我可以回想在我嫁给戴维的前一晚，还在这样幻想着，现在回想起来，当下我以为这个幻想似乎意味着什么，但其实没有。我的自传里没什么曲折离奇的剧情，这一直让我很困扰。我生长在充满树荫的里士满郊区，我父母从过去到现在婚姻始终美满，我在学校品学兼优，顺利通过考试，进入大学，接着找到一个好工作，遇见一个好男人，最后跟他订了婚。结婚，是我生命里唯一脱离常轨的机会，产生一些活在大都会才会有的改变，所以我把全部的心力集中于此。

我甚至对分手的情节有过想象。幻想里，戴维跟我正翻阅着旅游手册，戴维想去纽约，而我想去非洲猎游，结果演变成一连串滑稽的鸡同鸭讲。最后我们深情地相视而笑，我们互相拥抱，决定就此分手。他上楼收拾行李搬出去住，也许就搬到隔壁的公寓。而我们碰巧在当天下午各自认识了新伴侣，于是当天稍晚，带着各自的新伴侣共进晚餐。大家相处得非常愉快，真心地嬉笑喧闹。

但是现在我终于了解这个幻想有多么不切实际，我已经开始怀疑，在沮丧的夜晚一起看旧照片应该是不大可能发生。实际的情况比较可能会是：照片从中间被剪开。真的，以我对戴维的了解，在昨晚那通电话之后，那些照片恐怕已经惨遭毒手。这其实不难理解，你仔细想想：如果你们憎恨彼此到无法同住一个屋檐下，那离婚后也不大可能会想在假日一起去露营。我的幻想最大的问题是，我从快乐的婚礼直接跳到快乐的分离，但是在婚礼与分离之间，肯定有许多不快乐的事情发生。

我开车载孩子们去学校，接着回家。戴维待在家中的办公室里，门关着。今天不是他写专栏的日子，所以他要不是在写公司手册——他靠这个赚了不少钱；就是在写小说——靠这个他一毛钱都没赚到。他花在写小说上的时间远超过公司手册，当我们关系好的时候，我会想支持他，照顾他，帮助他发挥全部的潜能；当我们关系很僵的时候，这个问题就会在我们之间形成一股紧张的气氛。每当这个时候，我只想撕烂他的小说然后逼他找一个正常的工作。之前我读过几页他写的小说，我讨厌死了。那本小说叫作《绿色守护者》，是一个带有后黛安娜王妃时代氛围的讽刺文学作品。绿色守护者是一家贩卖香蕉护肘霜以及布里奶酪足部乳液，还有其他一大堆好笑又无用的化妆品的公司，我读的最后一部分是关于绿色守护者的员工，当他们饲养的驴子过世的时候，员工必须强制接受丧亲辅导。好吧，不管从什么角度来看，我都不是合格的文学评论家，但这跟我看不看书没有关系。我以前常看书，那时的我跟现在完全不同，那时我更快乐，也更忙碌，但是现在每晚抱着一本《战地情人》睡着，我花了六个月还没看完第一章。（但我必须得说，这不是作者的错。我确定这是一本好书，就跟我朋友贝卡把书借给我时说的一样。要怪就怪我眼皮不争气吧。）即便如此，虽然我不了解怎样才算得上是合格的文学作品，但我知道《绿色守护者》绝对是本烂书，整部作品既滑稽又冷血。跟戴维本人倒是挺像的，或者应该说，跟这几年来的戴维很像。

在我读完那几章后的隔天，碰见一个怀了死胎的妇人。虽然她知道工作可能会造成死胎，但不得不工作。我建议她进行丧亲辅导，当然我也想到了戴维跟他那本轻蔑的书。我也苦中作乐地告诉他，我们之所以不用担心每个月付不出贷款，是靠我推荐他所鄙视的事情赚来的。那真是一个愉快的夜晚。

当戴维的办公室门关上，表示不能被打扰，即便是他刚提出离婚的太太也不行。（当然这只是我的假设，我们并没有为这种琐事订立详细的契约。）我帮自己泡了一杯茶，从厨房的桌子上拿了一份《卫报》，然后回到卧室。

我在报上只找到一篇想读的新闻：一个已婚妇女因在飞机的豪华客舱里帮一名陌生男子口交而惹上麻烦。当然那个已婚男子同样不会好过。我是那样的女人吗？在外界眼里我不是，可是在内心深处我知道我是。不知道为什么，我失去了所有的方向，这让我感到恐惧。虽然说我认识史帝芬，他并不算什么陌生男子，但是当你已结婚二十年，不管跟谁有任何的性接触似乎都是不道德、随便的，甚至可以说跟禽兽没两样。在社区健康研讨会认识了个男人，接着跟他出去喝杯酒，然后又再度出去喝一杯并且亲吻他，最后在利兹一场研讨会结束后上床……对我来说这样的行为，跟报上写在满载乘客的飞机上脱下胸罩与长裤，帮一个完全陌生的男子口交几乎没两样。后来我睡着了，《卫报》散落在床边。我做了很多跟性有关的梦，却一点也没有情欲的感觉，梦里到处都是互相交欢的人们，就像某些画家笔下描绘的地狱。

当我醒来，戴维正在厨房替自己做三明治。“哈啰，”他说，然后拿刀子对着面包板比了比，“要来一个吗？”这不过是一个再寻常不过的家常问题,但我却好想哭。因为离婚意味着以后再也没有人会做三明治给你吃,就算有,那个人也绝不会是你前夫。(但是真的是这样吗？还是我太多愁善感？未来某一天,戴维给我两片面包夹一片奶酪的场景也无法想象了吗？我看了看戴维,心想,还是死了这条心吧。如果戴维跟我离婚,他后半辈子都会非常愤怒,但并不是因为他爱我,而是他就是这种个性。我跟他离婚后,比较可能会是下面这种情形：如果有天在路上,莫莉累了而我必须抱着她过马路,就算戴维碰巧看见也绝对不会跑过来帮我一把。要想象在什么情况下,戴维会有仁慈的一面,那简直是不可能的任务。)

“不用了,谢谢。”

“你确定吗?”

“确定。”

“随你高兴。”

这就对了。这才是戴维。简单四个字就不着痕迹地透露出他的自尊心受到伤害,好像他努力跟我培养感情,我却赏了他一连串的闭门羹。

“你想谈谈吗?”

他耸耸肩:“好啊,谈什么?”

“嗯,关于昨天。我在电话里说过的事。”

“你在电话里说了什么?”

“我说我想离婚。”

“有吗？天啊！那不大友善,不是吗？身为妻子好像不该对丈夫说这种话。”

“你不要这样好吗?”

“那你希望我怎样?”

"好好跟我谈。"

"好。你想离婚,但我不想。所以这表示除非你能证明我过去对你使用暴力,或是怠忽丈夫职责,又或者我跟别人乱搞,否则你只能选择搬出去,分居五年后,就可以离婚了。如果我是你,我会马上开始行动,五年可不短,你得好好把握时间。"

我当然从没想过事情会变成今天这种局面。不知道为什么,我天真地以为只要把离婚这两个字说出口,我的婚姻就会自动宣布无效。

"如果我……你知道我要说什么。"

"不,我不知道。"

我还没准备好要说出口。但这两个字似乎就自动从我嘴里跳出。

"外遇。"

"你?好好小姐也会脚踏两条船?"他大笑,"首先必须要有男人看上你。接着你得摆脱医生跟母亲的身份,然后才会有搞头。不过就算这些都发生了也无所谓,因为我还是不会跟你离婚。就这么简单。"

我不知道该感到庆幸还是愤怒?庆幸的是,我本来以为已经到了非坦白不可的边缘,但他的话让我又往后退了一步;气的是他竟然认为我没有胆量做我昨晚早已做过的事!更过分的是,他认为反正不会有人看上我!最后庆幸战胜了愤怒,因为我的胆怯比他的羞辱更有力。

"所以你打算完全忽视我昨天说过的话?"

"对,基本上是这样没错。就当作是一堆垃圾。"

"你快乐吗?"

“天啊！”

有特定的一群人，当碰到一些明明很单纯的问题，却会不耐烦甚至用粗话响应，戴维绝对是这个组织里的狂热分子。“我快不快乐跟这一切有什么关系？”

“我昨天之所以会那样说，是因为我不快乐。而我也不觉得你快乐。”

“因为我本来就他妈的不快乐。这是什么白痴问题。”

“为什么不快乐？”

“因为所有他妈的你想得到的原因。”

“比方说？”

“比方说我白痴太太刚跟我提出离婚。”

“我问你这个问题，是为了让你了解为什么你白痴太太会想离婚。”

“怎么，你是因为我不快乐才想离婚？”

“有一部分是如此，没错。”

“你还真崇高啊！”

“我并不崇高。只是不想跟一个这么不快乐的人生活在一起。”

“还真是难为你啊！”

“不，不为难。我们有机会改变的。我真的没办法跟这么不快乐的人生活在一起。你把自己隔绝在自己的世界里。”

“你他妈想怎样就怎样！”

接着他离开了，带着他的三明治，回到他讽刺小说的世界里。

我工作的医院里一共有十三个人，五位医生，还有其他维持医院运作的员工，包括一位经理、几个护士，还有兼职跟全职的前台人员。

我几乎跟所有人都处得不错，但跟其中一位贝卡医生最为要好。贝卡跟我只要有机会都会共进午餐，然后我们每个月都会出去喝杯小酒，吃吃披萨，她是全医院里最了解我的人。贝卡跟我个性南辕北辙。对于医师这份工作的看法，以及这份工作的目的，她的看法有些愤世嫉俗，但还不至于令人不快。她觉得行医跟，嗯，好比说跟做广告，没有什么太大不同；而且她对于行医这件事情，竟然能让我获得道德上的满足，感到很可笑。我们聚在一起时，如果不是讨论公事，那么通常是在讨论她。喔，虽然她总是不忘问候汤姆、莫莉跟戴维，而我通常也会说一些戴维粗鲁的行为逗她发笑，但是不知道为什么，她的生活里似乎总有更多值得一谈的事情。她的人生哲学是“坐而言不如起而行”；她的爱情生活一团混乱，她的爱情故事总是冗长又曲折。

贝卡小我五岁，自从几年前跟她大学时代的男友有过一段歹戏拖棚的分手情节后，就一直单身到现在。而今晚她正为了上个月约过三次会的男子苦恼着：她觉得这段感情不会有结果，不确定他们契不契合，虽然在床上是挺合的……通常当她谈到这类话题，我总觉得自己老了，可是仍然很感兴趣，我很高兴她愿意与我分享秘密，那些分分合合、暧昧不清的情节，让我觉得好像发生在自己身上而同感兴奋。有时候就算贝卡的爱情生活一片空白，但她所能感受到的极度孤独，也让我隐约感到忌妒。我一直以为我早已经把心房关上，但是贝卡说的这些故事却让我再度有触电的感觉，感觉自己还活着。但是今晚，我却感到无趣。谁在乎呢？贝卡见不见他在我看来都没什么差别。毕竟她不需要承担任何风险。反观我，我现在是个出轨的女人……

“嗯，如果你还不确定，为什么非得马上做决定不可呢？何不先凑合一阵子再说？”我可以听出我语气里的不耐烦，但她却没有察觉。我不应该觉得看到贝卡是这么无趣的。事情不该是这样。

“我不知道。我是说，每跟他出去一次，我就少了一些认识别人的机会。我现在无论做什么都跟他一起，不再是单身。我们明晚要去露天电影院看中国电影。我是说，如果你跟这个人关系已经很稳定了，这当然是件好事。因为情侣一起去看电影是很稀松平常的，不是吗？但如果两个人关系还不够稳定，去看电影简直是浪费时间。我的意思是，在露天电影院里一片漆黑又不能讲话，并不能帮助我多了解他一点。”

听完她这么一说，我突然非常渴望去露天电影院看部中国电影，愈中国愈好。过去每当我看完一部感人的电影，读了一本启发我的书，或是听到让我想哭的音乐，心里总会为之一震，而这种感觉已经消失很久了。虽然说是我自己为了一些日常琐事，把这份感动拒于门外，就好像跟一个不喜爱艺术的恶魔订下了契约，只要我深埋这份感动永远不再打开，他便会赐予我足够的体力还有乐观的精神，撑过一整天的工作，而不会崩溃到想上吊自杀。

“抱歉。你一定觉得很可笑。我自己都觉得可笑。如果我早知道最后竟然会沦落到跟已婚妇女坐在一起抱怨我的单身生活，我一定会先拿枪毙了自己。真的。我该停止了。从现在开始，我绝对不会再提起这些事情。”她作势深呼吸，然后在吐气之前又继续唠叨个不停。

“但是他有可能还不错，不是吗？我是说，我要怎样才能知道？这就是问题所在。我总是如此莽撞，以至于没有时间仔细思考他们到底够不够好。这种感觉就像在圣诞节前夕去购物。”

“我有外遇了。”

贝卡晃神似的笑了一笑，沉默了片刻，然后又继续说下去。

“你把每样东西塞进购物篮里。等到圣诞节过后，你……”

她没把话说完，大概是意识到她的比喻不会有什么结论，跟男人约会这件事，和圣诞节购物根本八竿子打不着。

“你听到我刚刚说了什么吗？”

她又笑了：“没有。真的没听到。”原来我成了鬼魂，还是既滑稽又软弱无力的那种，毫无威胁性，只会出现在儿童房还有从前的电视节目里。所以不管我多用力吼叫，贝卡都听不见。

“你弟弟是单身，对吧？”

“我弟现在呈半失业状态，而且有抑郁症。”

“抑郁症会遗传吗？还是后天环境造成的？如果这会遗传的话……就有点冒险了。虽然说不会造成立即性危险，毕竟儿童得抑郁症并不常见，对吧？这种病通常都比较晚才发作。而等他们变成抑郁的成年人，我已经老到不在他们身旁了。看来这真的蛮值得考虑的。我可是认真的，不过也要你弟有意愿才行。”

“我会帮你转达。我想他会喜欢小孩。”

“很好，太棒了。”

“关于你刚刚没听到的那件事情。”

“怎样？”

“我刚问你‘你听到我刚刚说了什么吗’，你说‘没有’。”

“真的没有。”

“最好是。”

“他跟我差不多年纪，对吗？比我大还小？”

接着我们一直谈论我弟弟，关于他的抑郁症，还有他是如何欠缺抱负，一直到贝卡失去帮他生孩子的兴趣为止。

02

接下来几个礼拜,一切相安无事。我跟戴维没有就任何话题有过任何对话,我们维持原有的社交协议,意思就是每逢周末,我们得跟其他和我们经济状况相当、住在同一区、也有孩子的夫妇一起吃晚餐。史帝芬在我手机留下三通留言,我一通都没回。没有人注意到我从利兹的家庭健康研讨会提前一天离开。我回到了属于我婚姻的床,我跟戴维做了爱,只因为戴维就躺在我身边。(跟戴维还有史帝芬做爱两者之间的差别,就像是科学与艺术。跟史帝芬做爱充满了同理心与想象力,还有探索的乐趣以及对新事物的讶异,而且最后的结果是……无法预测的,希望你懂我指的是什么。虽然我不确定这到底是怎么回事,但为此深深着迷。另外一方面,跟戴维做爱就好像操控机器,只要按下这个按钮,接着那个按钮,然后宾果!正中红心!一切就跟操作电梯一样简单,虽然也同样浪漫,但老实说最大的优点是非常实用。)

我们跟那些经济水平相当、住在同一区的夫妇,都深信文字与语言有着极大的力量。我们阅读、交谈、写作；我们有治疗师、咨询师，甚至神父，他们都很乐于倾听我们的困惑，并且告诉我们该怎么做。因此当我发现我所说过的话、这么严重的话、我认为会彻底改变生活的话，竟然就像泡沫般消失了，我感到很震惊：戴维用力一拍，这些泡泡就破了，而这世界上没有任何证据能证明它们确实存在过。

所以现在该怎么办呢？当语言的力量让我们失望的时候，该怎么办？如果我身在一个行为远比语言跟感觉重要的世界，过着完全不同的生活，那么肯定会采取行动，也许我会离开，或甚至出手打人。但是戴维知道我不属于那个世界，他认定我只是在虚张声势，所以不愿意遵守游戏规则。这让我想起有一次我们带汤姆去游乐园玩射击游戏，你得先背上一种类似电子背包的机器，当你被击中，它会发出哔哔声表示你阵亡了。当然如果你不想遵守游戏规则，想要无赖的话，可以选择忽视那个哔哔声继续玩，毕竟哔哔声就只是个哔哔声，不能拿你怎样。当我开口要求离婚，对戴维来说就像是射击游戏里的哔哔声，而戴维选择当个无赖，忽视哔哔声继续玩下去。

这种感觉就像当你走进一间房间，门却突然从背后锁上，你感到惊慌失措，四处找寻钥匙、窗户，或是任何可以帮助脱逃的东西，最后当你发现无路可逃，只能开始想办法好好运用房间里仅有的东西过下去。你试了试那张椅子，发现它坐起来不大舒服，好在房间里还有电视、几本书，跟一个装满食物的冰箱。你知道，这能糟到哪去呢？我开口要求离婚的过程，就像刚发现自己被锁在房间里的那阵惊慌，但是很快就发现我无路可逃，于是只好想想我还拥有些什么。我有两个可爱的孩子、一栋不错的房子、一份好工作、一个不会打我而且操作电梯时总会按下正确按钮的丈夫……我想这还不算太坏。我能接受这样的生活。

某个星期六晚上，戴维跟我和吉尔斯与克莉丝丁聚餐，我们彼此从大学时代就认识了，交情还算可以。我们去了家挺不错的餐厅，一家位于乔克农场的老式意大利餐厅，那里有面包棍，有美酒，还有不错的小牛肉。（除了小说或电影里常出现的那种会帮小孩或是领退休金的老人注射致命血清的坏医生以外，大部分的医生还算好人，所以我想我偶尔吃一次小牛肉应该也不算太过分。）晚上过了一半，戴维正在谈他“霍洛威最愤怒的男人”专栏的其中一篇（如果你感兴趣的话，内容是关于杜莎夫人蜡像馆如何选择替谁制作蜡像，言辞既野蛮又羞辱人），我注意到吉尔斯和克莉丝丁情不自禁地大笑。而且他们竟然不是在嘲笑戴维，而是真心觉得好笑。我虽然不喜欢戴维总是口出狂言，还有永远消化不完的愤怒，但我突然发现他的确有娱乐别人的能力，这让我觉得他似乎变得亲切又温暖，当晚回家之后，我们决定稍稍放纵自己，比平常多按了几次按钮。

隔天早上，我们带莫莉跟汤姆去游泳，莫莉被造浪机产生的小波浪给击倒，淹没在仅仅十八英寸深的水面下，我们四人包括戴维全都忍不住笑了；当我们从这阵喧闹中平静下来后，我才发现自己有多糟糕，竟如此不懂知足。不是我太多愁善感：我当然知道这个幸福家庭的画面，只不过就是一个画面而已，如果这段影片没有经过剪辑，你会看到我们在抵达泳池前汤姆的脸有多臭（他不想跟我们去游泳，他比较想去杰米家玩），还有戴维又在大放厥词（因为我们马上就要回家吃午餐了，所以我不让孩子们在贩卖机上买薯片，结果戴维硬是说我活像个独裁政府）。我不是说我的人生像是一个漫长的金黄色夏季般美好，只因为我过于自我主义而无法欣赏（当然我的人生也有可能真的如此美好，而我真的是过于自我中心所以不懂得满足），我的意思是，那些快乐的瞬间是有可能的，当快乐是有可能的时候，我便没有权利再为自己多要求些什么,因为那会制造很大的混乱。

当晚我跟戴维大吵了一架,隔天史帝芬突然出现在我工作的地方,害我把半杯水洒了一身。

我跟戴维吵架的内容完全不值一提:只不过是一场闹剧,因为两人不够相爱所以才会吵个没完。一切起因于一个破了个洞的塑料袋(我不知道它破了个洞,所以我跟戴维说可以拿去用……唉,别说了);最后演变成我告诉戴维,他是个没有才华的邪恶浑蛋,戴维对我说他只要听到我的声音就想吐。关于史帝芬的问题,则是变得愈来愈严重。星期一早上医院开放现场挂号,我刚看完一个小伙子,他坚信自己得了直肠癌。(但是他没有,只是长了个疖。从他不良的卫生习惯看来,会长疖也不令人意外。不过我不会再透露更多的细节。)当我走出诊间到柜台去拿下一份病历时,看到史帝芬坐在候诊区,他的手挂在吊腕带上,那条吊腕带一看就是自己随便乱做的。

前台小姐伊娃,靠到桌边开始对我耳语:"你看吊着手腕的那个男的。他说他刚搬到这附近,没有居住证明也没有健保卡,而且指名要看你。他说有人推荐你。我该打发他走吗?"

"不,没关系。我现在可以看他。他叫什么名字?"

"嗯……"她看着她前面的便条纸,"史帝芬·嘉纳。"

那是他的真名,我不知道他竟然会用真名。我看着他。

"史帝芬·嘉纳?"

他跳了起来:"我就是。"

"请跟我来。"

当我穿过走廊,我注意到候诊室好几个人跟伊娃抱怨为什么嘉纳可以插队。我感到很内疚,但我只想赶快逃远一点,这样一来就听不到他们的抱怨,可是往诊间的路却显得无比漫长,史帝芬似乎非常自得其乐,还假装跛脚。我带他进入诊间,他开心地坐下咧嘴笑着。

"你以为你在干吗?"我问他。

"不然我还有什么方法能见到你?"

"没有。你不懂吗?不回你电话就是想告诉你,我不想再看到你。我犯了个错,这一切该结束了。"

听起来就像是我标准的口气,冷酷又有点难以对付。但是我的感觉却不是那么回事。我感到害怕还有点兴奋,我觉得自己好像突然年轻了起来,心里像是突然出现了一个年轻女孩,这个女孩忍不住开始纳闷,究竟伊娃有没有注意到嘉纳先生多么有吸引力?(我希望也许今天某个时间,伊娃会对我说:"你看到那个吊着手腕的人吗?他好帅啊!"到时我势必得努力克制自己,才不会说出一些沾沾自喜的话。)

"我们可以去喝杯咖啡好好谈谈吗?"

史帝芬在一个负责照顾政治难民的民间团体担任媒体主管。他关心政治庇护法案、科索沃还有东帝汶的局势,他坦承有时候甚至会担心到睡不着。虽然我们都是好人,但是为了折磨一个医生,装病出现在医院……那可不是好人该有的行为。那是坏事。我为此感到很困惑。

"我有一整房的病人在外面等着。不像你,他们全都身体不舒服,没有一个例外。我不能随便翘班出去喝咖啡。"

"你喜欢我的吊腕带吗?"

"请你离开。"

"只要你告诉我什么时候可以再见面我就走。你那天为什么半夜离开旅馆?”

“我感觉很糟糕。”

“为什么?”

“大概是因为我有先生跟两个小孩却还跟你上床。”

“喔,你是说那件事呀。”

“没错,就是那件事。”

“除非你愿意跟我约会,否则我是不会走的。”

我之所以没把他赶走,是因为我发现不知道为什么,这一切让人感到如此兴奋。几个礼拜前,当我还不认识史帝芬时,我不是那种会有男人只为了跟我见上珍贵的几秒而假装受重伤的人。虽然我长得挺漂亮的,而且只要我稍微打扮一下,绝对可以把我老公迷得神魂颠倒,但在此之前,完全没想过我还有能力让异性为我发狂。我是莫莉的妈妈、戴维的老婆、一个医生,过去二十年始终维持一夫一妻制。我不是说我没有性生活,我还是会做爱,但只跟戴维,所以维持对彼此的吸引力,或是其他有的没的,似乎就没必要了:我们之所以做爱,只不过是因为我们答应彼此不跟其他人做,并不是因为我们互相吸引到彼此的手离不开对方身体的地步。

而现在,看着史帝芬在我面前恳求,我确实感到有些虚荣。对,就是虚荣!我瞄了诊间里的镜子一眼,有那么一瞬间,就那么短短一秒而已,我可以理解为什么有人愿意大费周章把手放进吊腕带里装病,只为了见我一面。毕竟我的行情并不差:我不是说我的美貌惊人到会有人愿意为了我跳下悬崖,或是活活把自己饿死,又或者在家边听着哀伤的音乐边喝完一整瓶威士忌。我想这条吊腕带起码也花了他整整二十分钟才能做好,但前提是他手拙,才会花这么长的时间。从他住的肯特郡开车到这来,最多也只要四十五分钟,整整四十五分钟的不方便，但是开销极少，而且绝对没有疼痛。我想这算不上啥致命的吸引力吧？虽然这样说很荒谬，但我的直觉告诉我，我应该值得让一个男人做出比装上假吊腕带更大的牺牲。我突然觉得我的确有这个价值，过去我从没有过这种感觉，而这种感觉还挺不赖的。如果我还单身，而且最近刚好有成串的追求者，我一定会觉得史帝芬的行为很可悲，或是让我觉得受到威胁，再不然至少也会觉得他很烦；可惜我不是单身，我不过是个已婚妇女，于是我做了个自相矛盾的决定，我告诉史帝芬下班后我会跟他碰面喝一杯。

“真的吗？”他的语气听起来很惊讶，仿佛他自己也知道他的行为过头了，而且不会有任何头脑清醒的女人，在这种情况下还愿意跟他约会。有一瞬间，我新建立的性自信受到打击。

“真的。晚点再打手机给我。但现在请你离开，让我可以看看真的身体不舒服的病人。”

“我该把吊腕带拿下来吗？也许这样看起来像是你治好了我？”

“别傻了。但是你出去的时候可以不用再故意跛脚。”

“太夸张了吗？”

“没错。”

“你说得对。那晚点见啰。”

接着他愉悦地大步走出诊疗室。

没多久贝卡就走了进来，贝卡就像个编舞者，永远善于抓准时机。我想她来的时候一定看见了史帝芬的背影。

“我需要跟你谈谈，”她说，“我欠你一个道歉。”

“为什么？”

“你有没有做过这种事情？当你躺在被窝里睡不着，会开始把最近发生过的对话写下,让他们看起来像是剧本?”

“没有。”我爱贝卡,但是她说的话开始让我觉得她似乎有点不大正常。

“嗯,你应该试试看。这很有趣。我都会把这些对话保留下来,有时候会仔细阅读。”

她看着我,做出一个鬼脸,好像我才不正常。

“我的重点是什么?不重要啦,你记得上次我们一起出去吃披萨吗?”

“我记得。”

“我在,你知道的,我在把那段对话写下来的时候,记得我们谈到关于你弟弟的事情。但是,不要笑,好,你是不是说你有外遇了?”

“嘘!嘘!”我赶紧把她身后的门关上。

“我的天啊!你真的做了,对吧?”

“没错。”

“而我那天竟然就这样忽略了你。”

“没错。”

“凯蒂,我真抱歉。我不知道我为什么那样做?”

我做了个鬼脸,表示我爱莫能助。

“你还好吧?”

“嗯,马马虎虎。”

“所以到底发生了什么事?”

如果你仔细分析她的声音,会觉得非常有趣。里面夹杂着好几种不同的语调。其中有闺蜜之间那种“天啊!快告诉我所有细节”的那种语调,但是她认识戴维,也认识汤姆跟莫莉,所以也少不了那种小心翼翼的语调,此外还有一些忧虑,可能还有一点点不赞同。

“你们是认真的吗?”

“我不想谈这件事,贝卡。”

“但你之前想。”

“对,我之前想。但是现在不知道该说什么。”

“你为什么这么做?”

“我不知道。”

“你爱他吗?”

“不爱。”

“所以是怎么回事?”

“我不知道。”

我想其实我知道。只是贝卡不会了解的。就算她了解,只会开始同情我,直到超出我能忍受的范围为止。我可以告诉她过去几个礼拜感受到的兴奋与刺激,还有如梦似幻般的性爱。但是我不能告诉她史帝芬对我有多感兴趣,或是他对我有多着迷,那似乎是未来生活里唯一可以期待的事情。这真是太可悲了。她不会喜欢的。

当我下班后再度看到史帝芬,我感到非常紧张,感觉像是即将进入某种事物的第二阶段,而第二阶段似乎比第一阶段严重多了。当然我知道,第一阶段已经够严重了,因为里面包含了各种严肃的事情,例如不贞和欺骗。我原以为一切已经结束了,也乐见这样的结果,我以为史帝芬这件事可以就此从我生命里刷去,像是刷掉面包屑,不留任何痕迹。但如果它真的是面包屑,而我也真的已经刷掉它,那么今天早上它就不会吊着假吊腕带走进诊间。看起来这愈来愈不像是面包屑,比较像是红酒污渍、油渍,或是一片非常明显的印度外卖食物的酱汁。无论如何重点是,我很紧张,我紧张是因为我去见史帝芬，并不是为了告诉他我不会再跟他见面。

我不要他来接我下班，因为人言可畏，我们约在一个住宅区的街角，为了避免错过彼此，我们约在某栋房子前面。当我走在路上，试图想着那个长了疖的病人，因为我正在做一件很糟糕、阴险、充满欺骗的事情，而当你在诊断直肠结疖的时候，必须心存善念（除非你真的非常非常坏，或是，你很变态、败德、堕落），所以当我认出史帝芬的车时，我没有真的很专心地想我到底在做什么，或是我该如何跟他相处。我上了车，我们一路开往克勒肯维尔，因为史帝芬知道那里有一间时髦的新旅馆，里面有个安静的酒吧，而我竟然都没纳闷过为什么一个在卡姆登民间团体工作的人，竟然会知道克勒肯维尔有间时髦的新旅馆。

但那里挺适合我们的，隐秘而且没有灵魂，充满了德国人跟美国人。店家随酒附上一碗坚果，我们在那坐了一会儿，我第一次感觉到，真的，我对这个男人所知甚少。我现在该说什么？我跟戴维可以坦然地谈论彼此的关系，因为我知道该怎么做，天啊，都这么多年了，我总该会的。但是面对这个男人，我连他姐叫什么名字都不知道，又该如何开口问他，我是否应该离开我先生跟两个小孩？

“你姐姐叫什么名字？”

“抱歉，你说什么？”

“你姐叫什么名字？”

“珍。为什么这么问？”

“我不知道。”

看来这没什么帮助。

“你想怎样？”

“抱歉，你说什么？”

“从我身上。你想从我身上得到什么?”

“我不懂你的意思。”

他让我很生气,虽然只不过说了几句“抱歉”,还有应我要求说了他姐姐的名字,他一定很惊讶竟然这样就能挑起我的愤怒。他似乎就是不能了解,我现在面对的是我所珍惜,或者应该说曾经珍惜的一切都将毁灭,而他却坐在那边啜饮着啤酒,除了懂得享受这里的环境还有我的存在以外,对其他事物都麻木不仁。我真怕他随时可能会靠在椅背上,满足地叹道:“这一切真好!”我希望他也能体会我极大的痛苦与迷惘。

“我是说,你要我离家吗? 和你一起生活? 跟你私奔? 还是?”

“真要命。”

“‘要命’这就是你要对我说的话?”

“老实说,我还没真正想过这些问题。我只是想见你一面。”

“也许你该好好想想。”

“现在?”

“你知道我已婚还有小孩,对吧?”

“对,但是……”他叹道。

“但是什么?”

“我不想现在思考这些事情。我想先更了解你。”

“你很幸运。”

“为什么?”

“因为不是每个人都有那种闲工夫。”

“什么,难道你只想先跟我私奔,然后再来了解我吗?”

“所以你只是想搞段外遇。”

“如果我现在告诉你我今晚会留在这,会不会不大好?”

“你说什么?”

“我订了房间。只是以防万一。”

我把酒喝光,然后头也不回地走出去。

(下次见面时,他这么问我:“那是怎么一回事?”没错,我们后来又见面了,即便当时我上了出租车,回到我先生跟家庭的怀抱,但我知道一定还会再跟他见面。“你那天在旅馆为什么丢下我一个人离去?”我开了些玩笑,那种“你以为我是哪种女孩”的软弱无力的玩笑,但当然,这没有什么好笑的,真的。这其实很悲伤。因为他不知道为什么我在酒吧里没响应他那种下流的暗示;这很悲伤,因为最后我说服自己,做出这些暗示的男人,在我生命里有其意义跟价值。我们彼此从不谈论伤心的事情。毕竟我们是在搞外遇。我们之间有太多乐子可以共享。)

当晚我回家的时候,戴维背痛的老毛病又犯了。我当下不知道这会成为我们生命中的转折点,我怎么可能知道呢?戴维背痛的毛病很久了,虽然我并不希望看到他像现在这样,痛苦地躺在地板上动弹不得,头下枕了几本书,肚子上还放着电力耗尽的无线电话(电话没电,因此可以假设,我手机里不会有戴维的新留言),我看过他这样太多次了,所以根本不担心。

他比我预期的更生气。他气我晚归(幸运地,因为他太生气了,所以也不关心我去了哪里、做了什么),他气我在他行动不便的时候,还留下他一个人照顾孩子,他气他自己老了,而且他的背痛愈来愈常发作。

“你是个医生,却为什么不能想办法治疗?”

我没理会他。

“你要我帮你起身吗?”

“我当然不需要你帮我起身,你这个白痴该死的女人！我想要躺在这。虽然我没办法一边躺着,一边照顾两个该死的孩子。”

“他们吃过晚餐了吗?”

“喔对,当然。他们吃了鱼排,而且还是自己爬到烤肉架上烤的。”

“如果我问了个蠢问题,我很抱歉。因为我不知道你背痛是何时开始发作的。”

“他妈的几十年前。”

这里没有一句粗话是不小心脱口而出,每一句粗话都是非常非常谨慎才说出口的。每当戴维在孩子们面前这样大声咒骂,他们会假装在看电视,说他们“假装”是因为当他们听到不该听见的话,总会马上转头。戴维想表达自己很不开心、他的生活一团糟,还有他恨我,事情演变得一团乱,以至于他无法控制自己的语言。但事实上他当然可以,而且大部分的时间也控制得很好,我对他这样的手法感到厌恶。

“闭嘴,戴维!”

他叹了气,然后轻声抱怨,对我的一本正经跟缺乏同情心充满绝望。

“你希望我怎么做?”

“弄晚饭给他们吃,然后离我远一点。如果可以让我好好休息的话,我很快就可以站起来了。”说得好像我要求他跳林波舞、举起一个书架,或是背我上楼做爱一样。

“你需要报纸吗?”

“已经看过了。”

“那我把收音机打开。”

所以我们听着第四电台的艺术评论，我们听着电视里《辛普森一家》的声音，我们听着鱼排在烤炉里嗞嗞作响，而我试着别踩到我丈夫，我开始想念利兹跟克勒肯维尔的旅馆房间，我想念的不是房间里发生的事情，而是房间本身：宁静、舒适的床具，还有一个比现在更好更空虚的生活。

戴维在客房的地板上铺个垫子睡了一夜，我必须帮他把衣服脱下，虽然我们什么都没做，但看着他的裸体，我必然会联想到需求、欲望、权利与责任，还有那个直肠长了疖的男子。接着我上床看报纸，坎特伯雷大主教写了一篇关于离婚的文章，谈到所谓“得不到的最好”症候群，还有他并不反对人们有权利结束一段残暴可耻的婚姻，但是……（为什么所有报纸的文章都跟我、我、我有关？我只想好好读一则跟我无关的火车事故新闻，或是我不会吃的不安全牛肉，又或者那些我不会去住的地方在签署和平协议，诸如此类的。我不想触目所及都是关于口交或是现代家庭崩解的新闻。）所以我应该别再想所谓残暴可耻的婚姻关系，无论我是否身处其中，也无论我多努力逗自己开心——啊，对了，在我们这个住宅区里，“残暴跟可耻”的定义和别人不大一样，他骂我是白痴该死的女人，或当我亲人来访时故意把气氛弄僵，总是对我看重的东西持负面态度，或是认为老人在公交车上就应该待在为他们专门预留的座位上，对我们来说，这就是所谓的“残暴跟可耻”——我知道，实际上，我跟戴维的婚姻既不残暴也不可耻，可是我是真的不喜欢这段婚姻，但这似乎不足以构成离婚的条件。

外遇的最终目的到底是什么？接下来三个礼拜，我跟史帝芬上了两次床，两次我都没达到高潮（虽然说高潮并非性爱的全部，但是过程持续很久的话，难免会有所期待）；我们花时间聊彼此的童年假期、我的孩子，他说他曾经和一个后来搬回美国的女人同居，而且我们都对从不发问的人感到反感……但我还是不知道到底哪个部分令我如此着迷？而我到底又想要什么？不用我说你也猜想得到，我跟戴维已经不会再聊起彼此童年的假日了，然而那真的是我的婚姻所欠缺的吗——一个回顾前半生的机会？还是兴奋地跟老公聊起童年在康沃尔郡的岩池有过的美好时光？也许我该试试，就像有的夫妻会暂时离开孩子，换上时髦的内衣裤，共度一个浪漫的周末。也许我也应该回家对戴维说："我知道你已经听过了，但是我想再说一次，我是怎样在一只我爸叫我别碰的死螃蟹下面，找到两先令跟六便士铜板的。"但这种故事第一次说的时候，是傻得可爱，那时在戴维眼里，所有在我认识他之前发生的事情都是如此美好。但现在再对他说一次，他如果只给我一声叹息加上几句低声咒骂的脏话，我就算走运了。

你明白吗？我真正想要的，跟我从史帝芬身上得到的，是从头重建我自己。我在戴维眼里就像是张完整的图片，而且我很确定我们两人都不大喜欢这张图；我想把它撕毁，然后重新开始，就像我小时候如果画画画坏了，就会把那页撕掉，翻到空白页重画一张。谁是那张白纸对我而言根本不重要，真的，所以我到底喜不喜欢史帝芬根本不是重点，他在床上知不知道怎么做我才舒服，或是诸如此类的事情，一点都不重要。我只是想要看到，当我告诉他我最喜欢的书是《米德尔马契》时，他那种全神贯注的表情，我只是想要那种感觉，从他身上得到的那种一切都还很美好的感觉。

我决定告诉我弟关于史帝芬的事情。我弟目前没有小孩,单身;我几乎可以确定他不会用道德来审判我,虽然他爱莫莉和汤姆,甚至我不在的时候他会和戴维出去喝一杯,吃点奇怪的食物。但马克跟我很亲密,我发誓会相信他所说的一切,尊重他的直觉。

结果他所说的是,“你他妈的头脑有问题”。我们在穆斯韦尔山他家附近一家泰国餐馆,开胃菜都还没送上来,我真希望把最困难的部分留到晚点再说。(可是我本来不觉得这会很困难。我怎么会错得如此离谱?怎么会觉得我弟会耸个肩就把一切带过?在我的想象里,这会是姐弟间的悄悄话,配着冰啤酒还有沙茶酱烤串,那种互相嬉闹的、分享秘密的谈话,但是现在我发现估计错误,他不是那种会听完秘密,然后给你一个微笑、深情地摇头的弟弟。)

我看着他,然后无力地笑着。“我知道这看起来很糟,”我说,“但你真的不了解。”

“好。那你解释看看。”

“我一直很抑郁。”我说。他了解抑郁是怎么回事。他在我们家族里向来被看作最没用的人:没有稳定的工作,未婚,依赖药物,定期接受心理治疗。

“那你该帮自己开张处方笺,或是找人谈谈。我看不出来搞外遇对抑郁有啥帮助。离婚更不会有帮助。”

“你不打算听我解释,是吗?”

“我当然会听。只是听你说不代表我会鼓励你,不是吗?如果你只是想找人支持,随便找个女性友人都办得到。”

我想到了贝卡,冷笑了一下。

“你还跟谁说过?”

“没有人。好吧,还跟一个人说过,但她好像没听见。”

马克不耐烦地摇摇头,好像我说的是某种女性的暗喻。

“那是什么意思?”

我做出无助的手势。马克向来忌妒我跟贝卡这种人的关系;他很难相信会有人对别人开怀地笑,好像对方是中风患者,正口齿不清地说些废话。

“天啊,凯蒂!戴维是我的朋友。”

“他是吗?”

“好吧,他不是我最好的朋友。但他是,你知道的,他是家人啊!”

“所以这意味着不管他对我做了什么,都可以永远留在这个家庭,只因为他是你姐夫,而且你跟他出去吃过几次咖喱。”

“他对你做了什么?”

“重点不在于……他做了什么。我们认识的人没有人会真的做些什么。他只是……他总是看轻我。”

“真是叫人哀伤啊!”

“天啊,马克!你的语气跟戴维几乎一模一样。”

“也许你也该跟我离婚,那样你就可以逃离所有没有每天每秒完全赞同你的人。”

“他在耗损我的灵魂,他在压榨我!我们之间没有一件事情是对的,我也无法让他快乐……”

“你想过婚姻咨询吗?”

我不禁冷笑,然后马克也意识到我们现在谈的是戴维,他发出类似《辛普森一家》里的老爸碰到挫折时会发出“Doh!”那样的声音,在那瞬间我们又变成了姐弟。

“好吧,好吧,”他说,“那是个糟糕的点子。我该去跟他谈谈吗?”

“不要。”

“为什么不要?”

我什么都没说;我不知道为什么不要。只知道我不希望我们的对话会泄漏到真实世界去。我只是希望我弟弟能够真的了解今晚我这些诡异的胡言乱语。我只是希望他能了解我的感受,而不是真的要他做些什么。

“那要怎么做你会觉得比较好?”

这个问题我知道该怎么回答。我想过这件事,我有完美的答案。

“我希望戴维不要再继续当戴维。”

“啊,那你希望他变成谁?”

“一个不同的人。一个会好好爱我、让我感觉良好、欣赏我、觉得我很棒的人。”

“他的确觉得你很棒啊!”

我开始大笑。并不是讽刺的笑或是苦笑,虽然现在的确是很适合苦笑的时机,但我是捧腹大笑。这是几个月以来我听过最好笑的事。很多事情我并不确定,但我确定,我的一举一动戴维都不甚欣赏。

“怎么了?我说了什么?”

我花了一段时间才平静下来:“很抱歉。只是你说戴维觉得我很棒。”

“我知道他的确这么想。”

“你怎么知道?”

“我……你知道的。”

“不。我真的不知道。这就是重点,马克。”

我的确希望戴维不要再当戴维了。我希望事情的结构依旧，希望他继续当孩子的父亲，希望他仍然是跟我结婚二十年的那个男人，我甚至不介意他的体重还有背痛的毛病。我只是不想听到他的声音，那种语气，那个永远阴沉的样子。事实上我希望他喜欢我。难道对丈夫来说这是过分的要求吗？

03

我下班回家后,戴维几乎是用跳的从家中的办公室冲出来跟我打招呼。“你看!”他说,然后活泼地对我鞠躬鞠个不停,好像我是女王,而他是某个精神错乱的保皇党成员。

“你在干吗?”

“我的背。完全不痛了。一点都不痛。”

“你是去看了丹·席维曼医生吗?”丹·席维曼是我们医院推荐的整骨医生,我大概在几个月前,不,几年前就叫戴维去看这个医生。

“没有。”

“那么是怎么回事?”

“我去看了别的医生。”

“谁?”

“就那个人。”

“哪个人?”

“芬斯伯里公园的那个人。”

“芬斯伯里公园?”丹·席维曼的诊所在哈利街。据我所知芬斯伯里公园可没有一条路叫做哈利街。“你怎么找到他的?”

“书报亭的广告栏里。”

“书报亭的广告栏里？他有任何行医资格吗?”

“没有,不过那又怎样呢?”他的语气无可避免地夹带着强烈的骄傲跟侵略感。因为在我们对立的婚姻关系里,正规医学属于我这一方,因此戴维鄙视它。

“所以你让一个没有行医资格的人在你背上乱搞。很聪明的决定,戴维。他有可能让你终身残废。”

戴维又开始鞠躬:“我看起来像个跛子吗?”

“今天不是,以后就难说了。没有人能在一个疗程里就把背痛治愈。”

“嗯,好吧。好消息就有办法。”

“什么好消息?”

“那是他的名字。好消息,好坏的好,消息的消息,应该说是好消息 DJ,那是他的完整头衔。”

“DJ？他不是医生吗?”

“你知道那是圈内的说法。我想他以前在舞厅或是类似的地方工作过。”

“这种经历对治疗背痛实在是太有帮助了。不管这些。所以你去看了一个叫做好消息的人。”

“我去看他的时候,不知道他的名字叫做好消息。”

“我没兴趣听这些。他的广告上说些什么?”

“好比说,我记不清了,像是‘背痛吗？我能用一个疗程治愈你’之类的。还有他的电话号码。”

"这个广告让你印象深刻?"

"对啊,当然。何必浪费时间呢?"

"我猜这位好消息先生不是采用所谓的民俗疗法。"如果你知道戴维过去从不是所谓民俗疗法的支持者,应该就不会感到惊讶。他曾经激烈地跟我还有他的专栏读者争论过,他对任何不会伤害小孩跟怀孕妇女的疗法不感兴趣,如果有人推荐他不同的事物,那么这些人都是白痴。(附带一提,戴维除了政治的事以外都很保守。我注意到现在有很多这种人,那些人似乎愤怒到会支持再度实施死刑或是把加勒比黑人遣送回国,但实际上他们不会这么做,就像我们这个住宅区的其他人一样,他们是自由主义者,所以他们的愤怒必须透过不同的出口宣泄。每天只要打开自由主义的报纸,在专栏跟民意论坛都可以看到,他们对不喜欢的电影生气,对不好笑的喜剧演员生气,甚至戴头巾的女人他们也看不顺眼。有时候我会想如果戴维能够经历一次激烈的政治对话,而不是对使用顺势疗法的医生、公交车上的老人,还有餐厅评论生气,那我跟他的生活必定会轻松很多。巨大洪流般的怒气却只有小小的出口可以宣泄,感觉一定很不满足。)

"我不知道你会怎么形容他的疗法。"

"他开药给你吃吗?"

"没有。"

"我以为在你的定义里面,只要没有开药给你吃,就是所谓的民俗疗法。"

"重点是他治好了我。不像那些没用的英国国民健保服务。"

"你所谓没用的英国国民健保服务,你又试过多少次了?"

"那不是重点。总之他们没有用。"

"所以这个人对你做了什么?"

“他只是用酸痛药膏在我背上揉了一会儿,就让我回家了。大概十分钟左右。”

“多少钱?”

“两百英镑。”

我看着他:“你在跟我开玩笑吧?”

“没有。”

我从他脸上可以看出,他对这个荒唐的价格感到十分骄傲。如果在其他场合,有任何没有专业资格的庸医跟他索价十分钟两百英镑,他铁定会默默嘲笑,甚至直接一拳打下去,但是现在好消息(如果好消息将会变成我们固定的话题,我必须得帮他找个其他称呼)成为了我们两人战争里一个有用的武器。因为我认为两百英镑太多了,所以他很高兴地付了两百英镑。你仔细想想,这种固执的逻辑实在很令人担忧,这样恶性循环下去要如何才能结束?举例来说,有没有可能他只为了要折磨我,就把孩子贱卖给恋童癖集团?我是说真的,他虽然很爱孩子,但更讨厌我,所以很难说这件事哪天不会真的发生。

“两百英镑?”

“付了两百英镑,我随时可以回去复诊,完全免费。”

“但是他在第一次就治好你了,所以你根本不会再去。”

“这就是为什么他值得我付这么多钱。这就是为什么他索价这么高。”

他又开始鞠躬,上上下下,咧嘴对着我笑;我摇摇头然后去找孩子。

当天稍晚,我们全家一起看电视,这不是我第一次纳闷为什么我们可以如此平常地度过一个夜晚，但却无法这样度过一生。过去几个礼拜，虽然有史帝芬，虽然我们两人之间互存着恶意，还是发展出一套新的星期一晚上的例行节目；我们会一边吃饭一边看《与恐龙同行》，这类的家庭例行公事，就像是对恶劣环境忍受度特高的沙漠花朵，总是开在最荒凉的地方。

戴维仍试图毁灭我们之间的和谐，首先是他躺在地板上试着做仰卧起坐。（他失败不是因为他背痛，而是因为他肚子太大，还有不怎么样的体能，但正因为不是背的问题，所以他花了好几分钟赞扬好消息的丰功伟业，直到孩子们叫他闭嘴。）接着他又以跟旁白唱反调为乐。“三个礼拜前，雄性为了交配再度出现。”节目旁白肯尼斯·布莱纳说。“你确定不是两个礼拜前吗，肯？”戴维说，“毕竟那是几亿年前的事情。你可能会发现你少算了几天。”

“闭嘴，戴维，他们正在享受这个节目。”

“一点苛刻的评论又不会杀了他们。”

“你童年最缺乏的就是这个。苛刻的评论！”

但最后我们还是和解了。我们看了电视，帮孩子们洗澡，带他们上床睡觉，吃了几乎沉默的一顿饭。我几乎随时差点要说些什么或是做些什么，只是我真的不知道到底该说些什么或做些什么。

隔天早上，汤姆花了一整个早餐的时间盯着我跟戴维看，过了一会儿我开始觉得有些困窘。汤姆一直是个会让人困窘的孩子，他安静，理解力高，常常不经修饰就直指问题核心。他有天才儿童的特质，可是却看不出来天才在哪。

“你是怎么回事？”我问他。

“没事。”

“那你干吗一直盯着我们看？”

“你们是不是要离婚了。”

如果这是一部电影，那我手里应该捧着一大杯咖啡放在腿上，然后汤姆说的话会让我大笑不止，接着咖啡从我鼻子跑出来弄脏上衣。但是现在我正在把吐司放进烤面包机，而且背对着他。

“我们为什么要离婚？”

“学校里有人这么跟我说。”

他的口气没有任何不满；如果有人在工作场合告诉我我要离婚了，但实际上我没有任何婚姻问题的话，我会对这个消息来源感到非常生气。但是在童年时期，各种信息总是从四面八方飞向你，对汤姆来说，不管是从他父母口中或是从 2C 班的比利口中听到这个消息，都没什么分别。

“谁说的？”戴维说，他口气里的侵略感稍嫌过重，马上透露出他就是消息泄漏的源头。

“乔·叟特。”

“乔·叟特他妈的是谁啊？”

“学校里的一个学生。”

“这跟他有啥关系？”

汤姆耸耸肩。他对乔·叟特没太大的兴趣。他对戴维跟我是不是要离婚比较感兴趣。我明白他的重点是什么。

“我们当然没有要离婚。”我说。戴维得意洋洋地看着我。

“那为什么乔·叟特这么说？”汤姆问道。

“我不知道。”我说，“但只要不是事实，那么不管乔·叟特说什么都不重要，不是吗？”三分钟前我从来没听过乔·叟特这个名字，但是现在已经开始对他感到厌烦。我可以想象他是一个自以为是、坏心肠的金发小男孩，在每个人跟同学眼中，他像个天使，但是现在戴维跟我，却看见了他恶臭有毒的灵魂。“我是说，我们比他了解得多了，而且并没有要离婚，对吗，戴维？”

“你说没有就没有。”他真的很享受这一刻，但我实在不能怪他。

“那你们有一天会离婚吗？”莫莉问道。天啊，我现在终于知道，一个罐子里能装进多少只虫，这就是为什么不管什么时候打开都不是个好主意。

“我们目前没有这个打算。”我这样对她说。

“如果你们离婚了我们会跟谁住？”

“你们想跟谁住？”戴维问道。即使是在最野蛮的育儿手册里，也绝对不会推荐你问孩子这个问题。

“爸比！”莫莉说。她想了一会儿，又补充道：“但是不要跟汤姆住。”

“那汤姆可以跟妈咪住。很公平。”

“爸比是在开玩笑。”我赶紧跟汤姆说，但我怀疑伤害已经造成：戴维用吃一整个早上玉米片的时间成功分化了姐弟、母女、父子的情感。而我又答应不跟他离婚。这时我跟我弟弟、我儿子，还有霍默·辛普森一样，很想说一声：“Doh！”

在我的坚持下，戴维午餐时间到我工作的医院。我们去了街角一家小咖啡厅谈谈今天早餐的对话。戴维毫无悔意。（或者该说：戴维不会有悔意的。就像詹姆斯·邦德是007一样，是不会改变的。）

“只要我们不是真的要离婚，这会造成什么伤害？不过是假设的情形。”

“拜托，戴维。你可以做得更好。”

“比什么好？我做了什么？”

“你设陷阱。”

“什么？‘只要我们不是真的要离婚……’这段话，你觉得那是陷阱？”

“你希望我说：‘啊，我们有可能会……’然后你就可以抨击我立场反复，在你面前说一套，在孩子面前又是另一套。”

我带着蔑视观察了戴维的文字地雷，也未免太明目张胆了。（但《绿色守护者》的作者说话跟他书里的内容一样明目张胆，应该不会太让人讶异。）显然我输了，因为戴维欣然地抓住了我刚说的那句话，表示他正希望我这么说。

“等等，等等。当你从利兹打电话给我的时候，跟我说了什么？”

“我没有……好吧，我是说了，但我只是想……”

“你说了什么？”

“你知道我说了什么。”

“再说一次。”

“戴维，你真的不必这么做。你知道我说了什么，而且也知道早上我对孩子们说了什么。”

“你觉得那样算是言行一致，不是吗？”

“我知道从你的角度看起来不够一致。”

“那从你的角度看起来又如何呢？因为，真的，我想知道。我想知道怎么有人开口要求离婚，然后又不希望别人提起。”

“这些都不是重点。”我真的这么觉得。我想知道他怎么可以要他女儿从父母当中选一个，为什么如此不经思索对汤姆说出如此残酷的话，然后他为什么告诉一个叫作乔·叟特的小男孩的父母，或是一个叫作乔·叟特的小男孩的父母的朋友，甚至告诉一个叫作乔·

叟特的小男孩关于我们婚姻的难题。我想知道这些事情,应该还算公平,就像他想知道我为什么毫无预警提出离婚;但是我们只有一顿午餐的时间可以谈。我突然觉得,就算有一辈子也不够长,更别说是一顿午餐了。如果一顿早餐的谈话可以细分成这么多的细小碎片,而且没有一片能被拼回去,那么在过去四分之一世纪的时间里,我们能撷取出多少细小的碎片呢?他说然后我说然后他说接着我又说然后他想然后我想跟着他想然后我想于是他做然后我做然后……不应该是这样的。事情不该是这样发展的。如果过去二十五年间所有的事情都是我们共同的想法,我们共同完成的话,那事情就不会演变成今天这个局面。但我跟他唯一一件共同设法完成的事情,就是一起制造巨大的混乱,我真的不明白为什么会变成这样……

"戴维,我真的不知道我们要如何脱离这场混乱。"

"你现在在指哪件事?"

我试着把话说出口,我曾经说过一次的话,在今天早上收回的话,但是幸运的是我没有,我反而嚎啕大哭,当戴维带我走出咖啡厅回到街上,我还是啜泣啜泣啜泣个不停。

我很有可能疯了,或者只是单纯感到困惑与不快乐,又或者还有第三种可能,那就是我知道我自己要的是什么,但是我得不到,因为那会造成太多痛苦,这种想要却得不到造成的张力,让我快要爆炸了。但是当戴维带着温柔、爱意与关心触碰我,一切烦恼就这样如流水般消失了,我只想要跟他,还有我的孩子们共度余生。我不想再跟史帝芬接触,我不想争论戴维可能对别人说了或是没说什么,或者他对莫莉跟汤姆说过什么。我只想白天好好工作,傍晚看看恐龙节目,晚上和戴维共枕。没有其他事情比这些更重要了。我只要能抓紧这种感觉，那么一切就会很美好。

我们到车内坐了一会儿，戴维让我尽情地哭。

“我不能让这个情况继续下去。”他说。

“不会了。这是终点。”

“你愿意告诉我到底发生了什么事情吗？”

典型的戴维，典型的男人。他们认为一定得有什么事情“发生”，人才会陷入这样的情况……只不过，当然，实际上是有事情发生，毫无疑问地，这件事情让我最近很不快乐。突然间，刚刚那个关于恐龙节目的决定，还有戴维对我的好，我相信眼泪应该代表一切纷争就此结束，我该做什么说些什么，看来似乎都非常清楚了。

“戴维，我有外遇。”

我告诉他这件事，因为我不打算再跟那个人见面，因为我很清楚我要的是什么，因为我知道戴维对这件事情会有自己的解读。但我没想过我的自白对戴维而言，代表着某件事的起点，而不是终点，就算他认识我已经二十五年了，也不代表他会了解我。他安静了好一会儿，然后说：“你今天下班后能直接回家吗？”

“好，没问题。我们到时再来谈。”

“没什么好谈的。我只是想带莫莉去治疗湿疹，我需要你帮忙照顾汤姆。”

我跟自己玩了个游戏，我只是想知道那是什么感觉。游戏是这样玩的：我想象不是坐在家里的厨房看着我儿子写功课，而是在附近一间小公寓的厨房。在游戏里，这里是我分居后住的地方。莫莉不在这，因为此时此刻她拒绝跟我说话；她把发生的一切归咎于我（戴维一定告诉她很多不实的讯息），每次我试着跟她谈，她总是拒绝我。戴维关于家庭一分为二的可怕笑话,最后变成了乏味且非常显而易见的预言。

某方面来说,这个游戏相当有启发性。为什么?举例来说,为什么我选择想象身处一个不同的厨房?为什么?换句话说,我是不是无法想象在这场家庭崩解的悲剧里,我会是留下来的一方?不只是因为我是有罪的一方(虽然我要说,在这样的环境下是情有可原的,我也并非真的如此罪大恶极,而且我的婚姻既粗暴又堕落,应该算吧,虽然这里说的粗暴又堕落,是以一种温和且中产阶级的方式进行),也因为我是负担家计的人。戴维负责带孩子去上学,帮孩子做晚餐,指导他们做家庭作业;戴维从孩子们的朋友家接他们回来,他们的朋友我一个也没见过。如果戴维跟我离婚,那么我离开会造成最少的混乱,但是如果戴维离开,我真不知道我们要怎么生活。我是男人,我是父亲。不是因为我有工作,而是因为戴维没有,不能说没有,是没有主要的工作。所以对我来说,想象自己搬出去是多么容易,因为父亲总是搬出去的一方。而那也是为什么想象莫莉不愿意跟我说话也如此容易,戴维跟我,她永远都会选择戴维,而且无论如何,当女儿发现父亲有外遇,总是拒绝跟父亲说话。就弗洛伊德那一套来说,那样的事情很常见。如果我说莫莉嫉妒我跟戴维上床,会不会太过头?

"汤姆?"

"嗯?"

"你觉得我是你妈还是你爸?"

"什么?"

"不要想太多,就说出闪过脑海的第一个念头。"

"你是我妈。"

“你确定吗？不需要再多想一会儿？你是不是很困惑？”

“不用。你是我妈，我爸是我爸。”

“为什么？”

“妈，我真的很忙，好吗？”然后他难过地摇摇头。

莫莉从很小的时候开始，就深受湿疹所苦。她身上到处都有，手掌、手腕、腿、肚子，任何药膏、饮食疗法、顺势疗法都无法改善。今天早上她上学的时候，我帮她在手上擦了非常有效、有效到甚至可能会造成伤害的类固醇药膏，她手上到处都是难看的龟裂。但是当她回到家，跑过走廊对我伸出双手时，到处都看不到湿疹的痕迹。我掀起她的毛衣，肚子上也看不到湿疹。虽然听到戴维跟莫莉走进来，我的胃感到一阵翻滚，我当然害怕不知道今晚会发生什么事；但是此时此刻，只想知道莫莉本来又红又丑的伤口发生了什么事。（如果莫莉的湿疹比我的外遇重要多了，那当初外遇的意义到底又是什么？）

“这太惊人了。”我说。

“他只是碰了一下，然后湿疹就消失了。”莫莉说，“我亲眼看到的。”

“不是只有碰而已，”戴维说，“他用了某种药膏。”

“爸，他没有。我亲眼看到的。他什么都没做。只是碰了一下。”

“他用了药膏。”

“他只有碰了一下，妈咪。”

“谁碰了一下？”

“好消息 DJ。”

“啊，好消息 DJ 呀！我早该想到的。有什么事情是好消息 DJ 不会的吗？”

"他碰巧提到他很会治疗湿疹,"戴维说,"所以我想值得一试。"

"又是背,又是湿疹。同时会这两样专科非常罕见。"

"他也治好了爸比的头痛。"莫莉说。

"什么头痛?"我问戴维。

"只是……只是一般的头痛。我刚好提到我有头痛,然后他……按摩我的太阳穴。感觉很好。"

"所以,头痛、湿疹、背痛。他真是个巫师,对吧?这次又花了两百英镑?"

"你觉得不值得吗?"

我冷笑,虽然不知道我冷笑是想表达什么。我不知道我为什么要这样。只要能让莫莉好一点,付双倍的价钱我都愿意,但是不管在什么情况底下,碰到可以中伤别人的机会我总是很难抗拒。

"汤姆,你应该去看看。"莫莉说,"感觉很棒,感觉很温暖。"

"那是药膏的作用,"戴维说,"他治疗我背的时候也是这样。"

"爸,他没有用什么药膏!他明明没有,你为什么一直说有。"

"他在用的时候你没看到。"

"我看到了。不管怎样,我知道药膏的感觉是什么。感觉会滑滑的……"

"Der!"汤姆说。(虽然我不是很熟悉这些流行在前青春期少年间无意义的单音节字汇。但就我的理解,"Der!"跟"Doh!"是非常不同的。后者比较像是坦承自己的无知。而前者则通常是为了表示别人的愚昧。顺带一提,在说"Der!"的时候通常会伴随着不大好看的表情,紧眯着眼,龇牙咧嘴,试图用这个表情模仿你的愚笨。)莫莉没理他。"……他的手完全没有药膏那种滑滑的感觉。"

然而有件诡异的事情在发生,就是戴维不肯让这话题打住;显然除非莫莉否定她自己的感觉,否则这个谈话会继续下去。

“这根本是一派胡言,莫莉。读我的唇:他……用……了……药……膏。”

“这很重要吗?”我温和地问。

“当然重要!”

“为什么?”

“她在说谎。而我们不应该说谎,不是吗,莫莉?”

“没错,”汤姆不高兴地说,“你这个骗子,大骗子!”

莫莉嚎啕大哭,大叫:“这不公平!我恨你们每个人!”然后跑回她房间。几个礼拜以来这是我们第一次又谈到好消息,这次好消息再次熟练地为我们家带来另一次沮丧跟难题。

“干得好,戴维。又一次!”

“她不该撒谎的,不是吗,爸?”

“他用了药膏,”戴维说,没有特别跟谁说,“我亲眼看到的。”

戴维向莫莉道歉(我必须说不是因为他真的想道歉,而是因为我告诉他这是一个成熟的父亲该做的事情),汤姆也跟莫莉道歉,莫莉也向我们道歉,于是我们又和好如初。对现在的我来说,能在与丈夫争论江湖郎中跟药膏,还有我与另外一个男人的外遇会不会让这段婚姻结束之间,享有平静的两小时,就算得上幸福了。

“我们现在可以谈谈吗?”

“谈什么?”

“关于我午餐时对你说的事。”

“你还有什么要说的吗?”

“我以为你有什么话要说。”

“没有。”

“你打算就这样放着不管?”

“我没有要放任任何事情。我只是猜接下来几天内你就会搬出去。”戴维的语气有点不寻常,但我说不上来哪里不对劲。我很确定他应该会做出典型戴维的行为,包括一大堆的咆哮、胡言乱语、几百万则刻薄的评论,我确定其中有一大堆是直接针对史帝芬而来。但是这些都没发生,仿佛他根本不在意这一切。

“现在一切都已经结束了。”

“我不知道结束了没。但是我知道没有人会要求猫王免费演出。”

我感到不舒服又提心吊胆,他说的话跟他的语调,我全都不了解。

“这是什么意思?”

“这是汤姆·帕克上校跟白宫说的话。”

“请你认真跟我说话。”

“尼克松的幕僚打电话给汤姆·帕克上校,邀请他去白宫为总统安排一场表演。帕克说:‘好啊,不过酬劳是多少?’尼克松的助手说:‘帕克上校,没有人会在总统的私人表演上收取酬劳。’帕克说:‘我没听过这件事,但我知道不会有人要求猫王免费演出。’”

“我不明白!请你停止!我在跟你谈很重要的事情!”

“我知道。只是……你知道的,我突然想到这个故事,所以就说出来了。我的意思是,你做什么或不做什么已经不重要了。你是总统,我是猫王。所以这里我说了算,你既然脚都已经骑上脚踏车了,那么你就走吧。谢谢,再见。”

“你不是说真的吧。”

虽然我嘴巴这么说，但是几乎可以肯定他是认真的。他就是那种人。也许对这个住宅区的男人来说，面对这种事情是他们唯一守旧、脑筋转不过来的时候。他们愿意换尿布，能够谈感觉，还有妇女工作权以及其他基本的事情，但是碰到这种事，无论他得为此付出多少代价，无论我所做的事情伤他多深，他们还是宁愿选择马上结束，也不愿承认自己有任何受伤的可能。而且这件事他曾经对我说过，我确定现在会再度提起。

“你为什么觉得我不是认真的？你不记得了吗？我们曾经谈过这件事。”

“我记得。”

“所以？”

那时我们躺在床上，刚做完爱，我们已经有了汤姆，莫莉尚未出生，当时我还没有怀孕，所以应该差不多是一九九二年，我问戴维，未来的人生里，他只能跟我一个人做爱，除了我谁都不行，这件事是否曾让他觉得沮丧。他的答案一点都不像是他的个性会说的：他说有时候的确会，但是另一个选择可怕到他连想都不敢想，无论如何他知道他只能接受一夫一妻制，所以也不会纵容自己。最后当然我们玩起了所有情人偶尔都会玩的游戏，我问他在什么情况下会原谅我的不贞，好比说喝醉后的一夜情，隔天早上醒来后立刻强烈地自责。他说我从来不会喝醉，这一生也没有过一夜情，所以他很难想象；他说如果我出轨，一定有其他原因，他觉得这些原因会带来麻烦，一些他不愿意去想的麻烦。我很少夸赞戴维的洞察力敏锐，但此刻他这么说，我不得不摘下帽子向他致敬：我的确没有喝醉。这也不是一夜情。我为了各种不同的原因跟史帝芬上床，其中任何一个都会带来很多麻烦。

“你想过要住哪吗?”他问我,显然一副毫无困扰的样子。

戴维看着我,他的表情充满轻蔑,那让我想逃离这一切,逃离我丈夫、我的家、我孩子,永远不再回来。

我是个好人。大部分的时候都是。但我开始认为只要你有一方面是坏人,那么其他时间你人再好都没用。这世上大部分的人都是好人,不是吗?多数人都会想要帮助他人,如果他们的工作不允许,他们会用其他方式伸出援手,例如一个月一次去慈善机构帮忙接听电话、参加慈善健行活动,或是填写定期捐款单。即便我是医生,也不代表我是个好人,因为我只有平日是医生,而工作以外的时间我跟丈夫以外的男人上床。但是我又不算真的太坏,因为我可没有在上班时间跟别人乱搞。此时此刻,医生的身份显然不能弥补什么,无论我诊疗过多少直肠结疖都一样。

04

戴维告诉我，他要离开几个晚上。他没说要去哪，也没留下任何电话。他只带走我的手机，以防家里有急事，但我猜他应该是去他朋友麦克（离婚，本地人，有好工作、好公寓，还有客房）那里。他离去前，跟我说我有四十八小时可以跟孩子说这件事；他没说出口但我们都知道的是，一旦我告诉孩子我有多调皮后，就是我该打包离开的时候了。他离开的第一个晚上，我辗转难眠，我觉得除非我能够回答每一个在我脑海浮现的问题，否则根本无法休息。这些问题就像困在拖网里的鱼，在我脑中剧烈挣扎摆动个不停。大部分的问题（例如戴维会不会让我每星期一晚上回来陪孩子看恐龙节目）最后都窒息死亡，有些问题比较大，固执地不肯离去，例如：离婚后我拥有什么权利？你看，我其实不想离婚。好，我知道我之前想离婚，是因为我那时还不懂离婚真正的意义，没搞清楚自己真正的感觉，也没想过离婚后的未来有多可怕。现在我不想离婚了，我（几乎）确定我愿意做（几乎）任何事，好让我的婚姻回到正轨。既然现在想离婚的不再是我，那为什么还要由我来跟孩子们说？如果他不愿意考虑其他能和平共处的提议，我又为什么要帮他做这件肮脏的工作？如果我就是赖着不走，那他会怎么做？我陷在这个循环绕不出去：我们永远无法从这场混乱里逃离，因为事情已经超出我们所能控制的范围，不管什么时候离婚，都注定是一场灾难，现在抽身也许才是最好的方法……但在我心中某部分，一直都很清楚我永远无法坐下来告诉我的孩子们，我要离开他们。

“爸去哪了？”隔天早上莫莉问我。莫莉永远是负责开口问爸爸上哪去的人，自从上次戴维在孩子面前，像所罗门王般智慧地审判离婚后谁该跟谁住后，汤姆对父亲的行踪似乎就不再感兴趣。

“他出差去了。”我说，讲得好像戴维突然彻底变成另一个人。我是因为睡眠不足才会想出这种烂回答，这个答案跟戴维的生活和工作根本八竿子打不着。过去几年来，孩子们总得听他抱怨，他得跑去书报亭那里用复印机；现在他又怎么会突然变成那种得在欧洲各大首都旅馆过夜，边吃早餐边跟大人物谈生意的人呢？

“他没有什么差好出吧？”汤姆说，事实上也没说错。

“有，他有啊！”莫莉甜美又忠诚地说。

“那是什么？”汤姆也许最近喜欢我多过于戴维，但是当表现残酷的机会自动送上门时又无力抗拒，这一点我敢说是遗传自我。

“你为什么老是对爸爸这么坏？”

“问他在出什么差为什么是对他坏？”

“因为你明明知道他没事做，只是故意拿来说嘴。”

汤姆看着我然后摇摇头。

“你真的很不会跟人吵架，莫莉。”

“为什么？”

“因为你刚刚说他根本没事做。我之前那样说,你还说我很坏。”

莫莉停下来想了一会儿,然后告诉汤姆她恨他,就跑去准备上学了。可怜的戴维!即便他最忠实的辩护者也不能真的说服自己,他做了什么像是父亲会做的工作。如果我是那种有正确思想的父母,我应该加入他们的谈话,跟他们解释父亲其实做了很多不同的事情,但因为现在我实在太恨戴维,所以不想自找麻烦。

“所以他到底去哪了?”汤姆问我。

“他去他朋友那边住。”

“因为你们要离婚了吗?”

“我们没有要离婚。”

“那他为什么要去跟朋友住?”

“你去朋友那里住几天,不代表就要离婚。”

“我没结婚。而且我如果要去朋友家住,会先跟你说一声,还会跟你说再见。”

“这就是困扰你的地方吗?爸爸没跟你说他要离开?”

“我不在乎他有没有说再见。但是我知道事情不对劲。”

“你爸跟我是吵了一架。”

“看吧,你们要离婚了。”

如果我打算说出真相,那现在会是个好时机。所谓好时机并不是指说出口一切就会变得很舒服,而是不管从逻辑性、自然性、适当性、正确性,各个角度来看,现在都非常适合,而且不会来得过于突然:既然汤姆知道事情不对劲,而且我可能某天某个时间终究要说,再不然等戴维回家后,他也可能马上告诉他们……

“汤姆!你到底还要问多少遍?你什么时候才要准备去上学?”

他深深瞪了我一眼,然后用力蹬着鞋跟来表达他虽然服从了我的命令，但是充满愤怒。我想去医院埋首工作，希望今天可以像过去每个工作天一样令人不开心、一样难搞，如此一来，当这天结束后，我才能重新从自己身上得到些什么。我想看着堵塞的直肠、扩散的肿瘤，还有其他各种会让其他人看了反胃的东西，我希望借着这些举动让我再度觉得自己是一个好人。我也许是坏母亲，我也许是糟糕的太太，但我是个好人，这点毋庸置疑。

上班的路上，我突然感到一阵心慌，我担心史帝芬会打手机给我，所以我一到办公室就打电话给他。他想知道发生了什么事情，而我不想谈，接着他要求见我，最后我安排了跟他的约会，并且预约了保姆的时间。

“你要去哪？”当我准备要出门，汤姆问我。

“跟朋友去喝一杯。”

“什么朋友？”

“你不认识的。”

“是你男朋友吗？”

莫莉觉得这是她听过最有趣的一句话，但汤姆不是在开玩笑。他要我回答这个问题。

“你在说什么，汤姆？”

汤姆开始让我感到一阵惊慌。我觉得他好像随时都有可能说出史帝芬的名字，而且还能描述他的长相。

“那你朋友叫什么名字？”

“史帝芬。”

“他老婆叫什么名字？”

“他还没……”我竟然被一个十岁的小鬼要得团团转，“他还没结婚。他女朋友叫做维多利亚。”他女朋友之所以叫做维多利亚，是因为厨房桌上有一本杂志封面正是维多利亚·亚当斯跟大卫·贝克汉姆；如果汤姆是早上问我这个问题，在我神志还不是很清醒的时候，我可能会告诉他史帝芬的女朋友叫做高贵辣妹。

“她也会去吗？”

“我希望她会去。她人很好。”

“你觉得他会娶她吗？”

“我不知道，汤姆。如果你想知道的话，我今晚会问他。”

“好，拜托你了。”

“没问题。”

那晚后来发生了什么，完全不值一提。因为既沉闷又毫无惊喜可言。史帝芬对我百般谄媚，我感到被需要与刺激，我明白，就像第一次一样。戴维跟我的关系让我如此不快乐，以至于当我回家后却还想出去。喔，可是当晚我回家的时候，戴维竟然在家里等我，情势似乎再度改变了。

当我看到他坐在那儿，我感到有些惊恐，接着恐惧开始让我感到安慰，因为这份恐惧代表了我的婚姻的确是粗暴的，因此坎特伯雷的大主教应该会赞成我离婚。但另一方面，我可以明白我的恐惧不太像来自粗暴，而是其他因素：例如，史帝芬的存在，或是我没跟孩子们坦承发生了什么，我可以感觉到大主教的赞同迅速消失了。

“晚上过得还愉快吗？”戴维安静地问我，我认为他的安静是一种恐吓。

“还不错。谢谢你。我去……我是出去……”为了某些原因，我试图回想史帝芬的女朋友叫什么名字,直到我想起,她不过是我为了其他原因所编造出来的谎言。

“这不重要,”他说,“听着,过去我一直不够爱你。”

我目瞪口呆地看着他。

“我不够爱你,我真的很抱歉。其实我真的很爱你,只是没有适当积极地让你知道。”

“不,别这样说。谢谢你。”

“此外,我很抱歉我说想要离婚。我不知道我自己在想什么。”

“是喔。”

“你愿不愿意明晚跟我一起去剧院?我订了汤姆·斯托帕德新戏的票。我知道你很想去看。”

在戴维的骂人事业里,剧院比任何其他事情提供了更多的素材,仅次于德国人。他恨剧场。他恨剧作家,他恨剧本,他恨演员,他恨剧评,他恨观众,他恨节目单,他恨中场休息时间在卖的小桶冰淇淋。有一次他试着写一篇专栏解释他为什么讨厌防火帘,只是他凑不出八百字。

“喔。谢谢。”

“我希望我们今晚能分房睡,明天醒来后从起跑线重新开始。重建我们的生活。”

“是喔!”他可能觉得我在讽刺他,但我不是。不管他过去几年里曾经在我们的生活里制造过多少复杂跟痛苦。但此时此刻,面对戴维这个无忧无虑、温和的提议,一个听起来有点蠢,但充满愉悦的词汇,例如“是喔”,似乎是最适切的回应。

“很好。那我先去睡了。晚安。”他过来亲我的脸颊,给我一个拥抱,然后上楼去。

“你要睡哪一间房?”我问他。

“喔。抱歉。我不介意。你想睡哪一间?”

“我可以睡客房吗?”我其实也不介意睡哪间,无论如何,如果要求一个礼貌、亲切的男人,不管他是谁,要他搬出他自己的房间,似乎很没有礼貌。

“你确定你想睡客房吗?”他的口气听起来很热心,只是在反复确认,而不是试图暗示我遗弃了他,让他很受伤。

我耸耸肩:“是。”

“好。只要你确定就好。祝你有个好梦。”

当我起床,本来以为我会面对一连串的咆哮,还有侮辱,紧接而来有可能要求我在傍晚以前搬离这个家,但是想不到他帮我准备了茶和吐司,帮孩子倒好他们的玉米片,然后祝我有个愉快的一天。下班后我直接回家,我们吃了顿早晚餐,出门去剧场。他问我关于工作的事情,甚至当我告诉他有一个男人胸部感染了,却还不知道吸烟有害健康的故事时,他开心地笑了。(我向来无法逗戴维发笑,没有人能让戴维笑,除了少数他愿意承认比他还有趣的人以外,这些人包括伍迪·艾伦、杰瑞·宋飞、托尼·汉考克、彼得·库克,还有六十年代的模特儿。逗人发笑是他的工作。)我们搭地铁去剧院,他还是保持一样的态度:友善、好奇、愿意倾听、乐于发问,他帮我买了他过去很憎恶的冰淇淋。(没错,他用我的钱买冰淇淋给我,因为他忘了带皮夹,但重点不是他很大方,而是他愿意忽视伦敦剧院无数的罪恶。)我开始感到有点头昏眼花,也感到困惑,我到底跟谁在一起。这看起来像是史帝芬会做的事情,也是当初我为什么会被史帝芬吸引的原因,我开始担心我的情人跟丈夫之间的差异模糊了。也许那就是重点。

也许这是戴维做过最邪恶跟精心策划的事情：假装是个好人，然后……然后怎样？然后我也会对他好？然后我会想继续跟他在一起？试图让一段婚姻正常运作，真的有那么邪恶与工于心计吗？大部分的例子里，人们会说不是，但是我实在是无法信任戴维。

整出戏的每一秒我都非常喜爱。我将整出戏一饮而尽，就像某个脱水的人喝下一整杯冰水。我喜欢被迫思考跟我工作和婚姻无关的事情，我喜欢这出戏的机智还有严肃，而这是我第一百万次对自己发誓，一定要定期接受这种艺术文化的滋养，但发誓归发誓，我还是会在醒来时，发现昨晚没读完的小说仍压在身上。我花在偷瞄戴维侧脸跟看表演的时间几乎一样多。我发现一件奇怪的事，我从戴维挣扎的表情发现，他试图认真地享受这个夜晚。似乎有一场战争在他脸上展开，就在他的眼睛、嘴唇跟额头间。旧的戴维想要皱眉跟做鬼脸，表示他对每件事情的不屑；新的戴维显然想要学着如何在娱乐场所享受，观赏全世界最伟大的剧作家之一的最新杰作。有时这个教育自己的意图表现在简单的模仿动作上，当他记得的时候，会在观众笑的时候也跟着笑，虽然一直没有抓准时机。这让我想起汤姆跟莫莉小时候试图跟着某首歌唱和。有时戴维会试图自主性地做些反应，例如点头或是温和地微笑，这一切可以使他枯萎很久接受快乐的能力再度复苏，当然我所谓的快乐是充满善意的快乐，而不是靠挖苦别人得到的邪恶的快乐。有时候他会失去控制，诡异的台词会让他露出短暂的愤怒表情。（我对戴维的愤怒是如此熟悉，以至于我知道什么样的台词会令他生气：那种会让观众自以为是的台词；以及让观众觉得如果不笑，恐怕会显得无知的台词。虽然我也不是很欣赏，但不会让我气到想开枪杀人。）然而即使这些台词让他生气，可是他的脸看起来像被一双隐形的手抓住,硬是扭回原状,让愤怒的五官再度平滑,看来戴维像是付了昂贵票价,坚决要享受一段好时光。这实在太不像他了,不禁让我感到毛骨悚然。

我们从戏院出来,走入冷风中,好像我们是另一对满足的戏迷,我忍不住要问:

"你喜欢这出戏吗?"

"我喜欢,非常喜欢。"

"真的吗? 非常喜欢?"

"是的。"

"但你明明讨厌剧院。"

"我想……过去我以为自己讨厌剧院。那只是,只是我未曾仔细审视过的一种偏见。"

"你应该小心一点。"

"为什么?"

"如果你开始仔细审视你的每一个偏见,那你很快就会一无所有。"

他愉快地微笑,我们继续走着,打算叫出租车,我们每次在伦敦西区看完表演后,都是搭出租车回去。去的时候搭地铁,回程稍微享受一下。我突然觉得好累,累到快迷失方向,我需要一辆黄色出租车这一秒立刻出现在眼前,而且一想到要跟一大堆醉汉挤电扶梯就让人觉得害怕。

接着怪事发生了,这让我确定一定有什么怪事发生在戴维身上,在他身上的改变绝对不是单靠自省或是意志力就办得到。事情是这样的。我们路过走道上一个瑟缩在睡袋里无家可归的小孩,戴维摸摸他的口袋，想找些零钱。（让我替戴维说句公道话：他向来都会这么做，不是奇迹般突然开始关心游民。）他口袋空空如也，于是他跟我要了我的皮包，还说了很多次抱歉，然后再解释一次为什么他会误以为自己带了皮夹。我没多想，毕竟没什么理由好多想。我把皮包给了他，接着他把皮包里所有的东西都给了那孩子，因为我今天才去过提款机，所以里面大约有八十英镑的纸钞，还有三四英镑的零钱。但现在我们一毛都不剩了。

“你在干什么？”

我从那孩子手中把纸钞抢回来。一对拿着斯托帕德作品节目单的情侣停下来，看见我从一个无家可归的人手中把钱拿走，我想对他们说我是医生。戴维从我手中把钱拿走，又给了那个男孩，且试图催促我离开，但我拒绝。

“戴维，你在做什么？我们现在连搭地铁的钱都没有了。”

“我留了一张五英镑的钞票。”

“我想搭出租车。”那对情侣还在看着我。我真不喜欢自己哀号的声音。

“我敢说这个男孩也很想搭出租车，”戴维用一种令人发狂但甜美的声音说，“但他不行。”

“他要搭该死的出租车去哪？”我大吼，“他没有其他地方可去，所以他睡在这里。”我不知道我为什么会这样，但是我也不知道戴维为什么会那样。

“喔，你人可真好啊！”那对情侣中的男方开口了。

“我先生刚刚把我们所有的东西都送人了。”我告诉他。

“那不是事实，”戴维说，“我们还有房子，我们共同账户里的存款、我们存折里的存款。到了明天，我们根本不会注意到今天的损失。”

又有两三个路人过来围观,我明白这是一场我不可能吵赢的争论,至少不是在这,也不是现在,所以我们往地铁站走去。

“你不能到处给游民八十英镑!”我斥责他。

“我知道我不能到处给每个游民八十英镑。我只是想做一次看看,看感觉如何。”

“结果感觉如何?”

“很好。”

我完全不能理解。“你什么时候开始想当个好人了?”

“我不是说我要当好人,我是想要美好的感觉。”

“嗯……你可以去喝醉,去嗑药,去做爱,就是不要把我们该死的钱送光!”

“我对那些事情感到厌倦。我觉得我被困住了,需要做些不同的事情。”

“你到底怎么了?你离家的时候到底发生了什么事?你去了哪里?”

“没有什么该死的事情发生。”旧的戴维突然砰的一声就回来了,“只因为我想看一出舞台剧,然后给流浪儿童几个钱?天啊!”他深呼吸,“我很抱歉。我知道我的行为一定让你很困惑。”

“你愿意告诉我到底是怎么回事吗?”

“我不知道我办不办得到。”

我们到达莱斯特广场站,试着把五英镑纸钞放进购票机,但钞票太皱,机器一直把它退出来。我们只好排在两百个北欧旅客,还有三百个英国醉汉后面买票,而我还是想搭出租车。

回程的地铁上,一直到抵达国王十字车站前都没有位子,一路上戴维几乎全神贯注在节目单上。他似乎开始思考其他更深入的问题。我们拿厨房罐子里的应急资金付了保姆的薪水,然后戴维说他累了,想直接上床睡觉。

"你明天会跟我谈谈吗?"

"如果我能想到有什么可说的、任何说了你能够理解的事情的话。"

"那我们今晚要怎么睡?"

"我希望你能跟我一起睡。但是不勉强。"

我不确定我想不想跟戴维一起睡,因为史帝芬,因为事情变得一团乱,还有所有的一切,但我不只是不想跟戴维睡,我也不想跟另一个男人睡,那个喜欢剧院、拿钱送人、试图对人好的男人,我不确定我想不想跟这个男人同床,因为我并没有真的认识他,而且他开始让我感到毛骨悚然。不喜欢一个丈夫,还可以说是运气不好,但是如果两个丈夫都不喜欢,那就只能说是自己粗心了。

但是要小心自己许过的愿……我曾说我不希望戴维继续当戴维。我希望所有事情结构上不变,只是不想要那个声音、那个语气、那个永远紧皱的眉头。我希望他喜欢我,而现在他真的喜欢。我上楼回到我们的卧房。

你应该不会想知道过去我跟戴维是怎么做爱的,我所谓的过去是指在史帝芬、孩子们出现之前,而不是在更早之前、做爱的意义跟现在大不相同的那些日子。但是无论如何我还是要告诉你。我们会在床上看书,如果我兴致来了的话,我的手会慵懒地往他胯下游移,而如果他也想的话,他的手会在我其中一个乳头游走(永远都是右边那个,因为他睡在我左边,要碰到左边的乳头,他的手腕可能得有些不自然的弯曲,所以跨过我身边远比往旁边进攻容易)。如果彼此都有那个心情,那么一切就会开始,但是本来在读的书、杂志,或是报纸,可不会随便乱丢,而是会被整齐地放在一边的桌上。好吧,我知道你不会想在色情片里看到有人重现这段过程,除非你本来就讨厌看色情片。总之这个方式对我们很有效。

然而今晚有些不同。我伸手拿书,而戴维开始温柔地亲我的后颈,然后把我拉到他身边,试图给我一个深深沉醉的吻,他就像是(好吧,面对现实,轻微发福的)克拉克·盖博亲吻女主角那般亲吻我,只不过我们是平躺着。他像是读了一本五十年代的女性杂志,教人如何重新把浪漫带进婚姻的文章。其实戴维只要做好例行的按钮工作,我就已经够高兴了,至少那很有效率。但现在他看着我,仿佛这是我们第一次上床,而我们即将展开人生中最值得纪念的探索旅程。

我把他稍稍推开,以便我可以看着他。

“你在干吗?”

“我想跟你做爱。”

“好,很好啊。我们来做,但不需要这么费事。”我知道我说的话听起来像什么,就像喜剧演员出现在情欲电影,我讨厌自己这样,因为我不是那种性冷感的女知识分子,躺在床上脑中却想着英国。但事实上如果是旧的戴维,那现在早就做完了。我达到高潮,他也达到高潮,然后灯已关上。

“但是我想跟你做爱,而不只是性。”

“那有什么差别吗?”

“做爱还包括了沟通,还有情感的张力。我也不是很清楚。”

我的心沉了一下。迈入四十岁对我来说有以下优点,包括:不用换尿布，不用去人们跳舞的地方，不用跟住在一起的人彼此有任何强烈的张力。

“请试试看我的方法。”戴维令人怜悯地说，所以我试了。我看着他的眼睛，用他希望的方式亲吻，每一个动作我们都花了很长的时间，最后（顺带一提，我没达到高潮）我躺在他的胸前，而他轻抚我的头发。我勉强完成整个过程，但看不出重点在哪。

隔天早上，几乎整个早餐时间戴维都哼哼唱唱面带微笑，试图跟他的孩子们有些互动，而他的孩子们看起来跟我一样困惑，特别是汤姆。

“你今天要做些什么，汤姆？”

“上课。”

“我知道啊，但是上些什么？”

汤姆焦虑地看着我，好像期待我可以从中调停，阻止他父亲继续问一些完全无害的没话找话的问题。我看着他，试图用眼神传达一些复杂到不可能用眼神传达的讯息：这不是我的错，我不知道怎么回事，你就告诉他你的课表，然后继续吃你的玉米片。他的个性正在彻底改变。要做出那种表情，你的眼睛、眉毛得跟东欧青少年体操选手一样灵活才行。

“我不知道，”汤姆说，“我想是数学吧。还有英文。嗯……”他看了戴维一眼，想知道是否已提供了足够的细节，但是戴维仍然充满期待地看着他笑，“可能还有运动比赛。”

“有哪些需要帮忙的吗？我是说，你老爸虽然不是电视益智节目冠军，但他英文还不赖。写作那类的事情也还挺行的。”然后他咯咯地笑了，我们不知道为什么。

汤姆看起来不再焦虑，焦虑已经被类似恐惧的东西取代。我开始替戴维感到抱歉，这真的很叫人伤心，你无非想表达真心的温暖与关怀，却换来这样直接的不信任。可是十年的坏脾气无法这么容易被遗忘，打从汤姆一出生，戴维就是个脾气暴躁的人。

“嗯，”汤姆显然还是不信任他，“谢了，我写作还过得去。如果你愿意的话可以帮我准备比赛。”

这是汤姆开的小玩笑，而且还蛮好笑的，我忍不住笑了出来，但是显然戴维当真了。

“当然好啊，”戴维说，“你想要，嗯，例如在学校附近踢踢球吗？”

“是啊，那真是太好了。”汤姆说。

“好。”戴维说。

戴维当然知道所谓的“是啊，那真是太好了”是什么意思，过去几年他每天都要听上好几次。而他从来没有一次是用“好”来回应。通常他的响应会是“你这个爱讽刺人的小混蛋”“你这个不知感恩的家伙”，或简单的“闭嘴”，总之不会是“好”。那为什么这次他会选择忽视汤姆的语调跟口气，对汤姆想表达的意思视而不见呢？我开始觉得戴维的行为可能有某种不祥的医学解释。

“那我等一下会出门买双新球鞋。”戴维又补充了一句。汤姆跟我对看一眼，接着我们打算把今天当作日常的一天这般度过。

史帝芬在医院留言给我。我没理他。

我下班回家时，看到两个小孩跟一个成人在饭桌上玩纸牌推理游戏，电话答录机里有一堆留言。当我把外套脱下，电话又响了，但是戴维没打算接，所以所有人都听到戴维报纸专栏的编辑奈吉尔，试着要引起霍洛威最愤怒的男人的注意。

“我知道你在家,戴维。快接他妈的电话!”

孩子们吃吃地笑。戴维在掷骰子。

“你干吗不接电话?”

“爸比放弃工作了。”莫莉骄傲地说。

“我没有放弃工作,只是放弃了那份工作。”

奈吉尔口齿不清的声音依然在背后回荡:“接电话……接电话,你这个混蛋!”

“你要放弃专栏?为什么?”

“因为我不再愤怒了。”

“你不再愤怒了?”

“对。”

“对所有事都不再愤怒?”

“对。我的愤怒都消失了。”

“你的愤怒到哪去了?”

“我不知道。它就这样消失了。你也看得出来,不是吗?”

“是,我看得出来。”

“所以我再也无法写关于愤怒的专栏。”

我重重地叹了一口气。

“我还以为你会很高兴。”

我也以为自己会很高兴。如果一个礼拜前,有人答应帮我实现一个愿望,我一定会希望戴维不要再愤怒下去了,因为我实在想不到还有什么好要求的,甚至钱我也不要,因为再多钱也无法如此戏剧性地改善我——不只我——是我们的生活质量。嗯,我可能还是会考虑许一些例如找到癌症疗法或是世界和平之类的愿望,但其实心里还是偷偷希望精灵不会让我许这种好人才会许的愿望。我希望精灵会对我说:“不,你是个医生,你为这个世界已经付出够多了,你诊治了这么多疖,还有其他病症,该是你为自己许个愿望的时候了。”在仔细思量过后,我会说:“我希望戴维不要再愤怒了。我希望他可以认识到他的人生还不错,他的孩子们很好,而且他有一个既忠诚又爱他而且——他妈的——并非没有吸引力、也不笨的老婆,还有足够的钱可以请保姆、上馆子、付房贷……我希望他的坏脾气全部消失,每一寸、每一盎司、每毫升全都消失。”(戴维的愤怒在我的想象里,介于液体和固体之间,像是快凝固的水泥。)然后精灵会揉揉他的胃,然后一瞬间!戴维成了一个快乐的人。

然后真的是一瞬间!戴维在现实生活里变成了一个快乐的人,至少是个平静的人,可是我却只想叹气。事实上,我并不希望事情在一瞬间改变,我是个理性主义者,也不相信世上真有精灵这回事,或是有人的性格会突然转变。我希望戴维的愤怒是经过长年的心理治疗之后消失的。

“我是很高兴。”我说,但显然没什么说服力,“只是希望你有勇气亲自告诉奈吉尔。”

“奈吉尔的脾气不好。”戴维忧伤地说,“他不会了解的。”戴维对奈吉尔的观察显然是对的,从奈吉尔试图用一堆咒骂引起戴维的注意就看得出来。他甚至用了那句脏话,虽然我们都假装没听见。

“妈咪,你为什么不过来一起玩游戏?”

于是我加入他们,我们一直玩到晚餐时间。饭后又一起玩拼字游戏。现在我们是核心家庭的典范。我们共进晚餐,一起玩益智游戏而不是看电视。我们时常微笑。我担心我随时都有可能杀人。

05

隔天午餐时间,贝卡跟我一起去买三明治,我告诉她关于好消息跟剧院的事,还有那个无家可归的流浪少年,我甚至对她说了我跟戴维不寻常的性。("呃!"她说,"你竟然跟自己的老公那样做爱,真是太恶心了!")接着贝卡突然抓着我的手。

"我的天啊!凯蒂!"

"怎么了?"

"大事不妙了!"

"到底怎么回事?你吓到我了。"

"戴维一定是病了。"

"你怎么知道?"

"他突然改变个性,不就是个征兆吗?而且你不是说他好像头痛?"

我突然感觉胃里一阵翻滚。这不就是典型医学教科书里的案例吗?戴维之所以会有这些怪异行为,很可能是因为他得了重病。我几乎可以确定戴维得了脑瘤。我怎么这么粗心呢？我赶紧跑回办公室打电话给他。

“戴维，我希望你不要惊慌，请仔细听我说，然后照我说的去做。你可能得了脑瘤，你必须马上去医院做计算机断层扫描。然后，我再把你转到我们医院，但是……”

“凯蒂……”

“你听我说，我可以帮你转诊，但是……”

“凯蒂，我人好好的，没有生病。”

“如果没有生病当然最好，只是你的症状很明显。”

“是因为我开始对你好，所以你觉得我病了吗？”

“嗯，没错。而且你还带我去剧院。”

“你觉得我开始懂得欣赏舞台剧，就表示我一定得了脑瘤吗？”

“不止这些，还有你到处乱给钱，还有那天晚上做爱的方式。”

戴维沉默了好久。

“凯蒂，我很对不起你。”

“这也是症状之一，你无时无刻不停地道歉。戴维，我觉得你病得很重。”

“这真可悲。”

“长脑瘤并不可悲，但我真的觉得……”

“不，不。我不是在说脑瘤。我是说，当我开始对你好，你唯一所想到的理由竟然是我快死了。我真的没有生病，我发誓。我们该好好谈一谈。”

接着他把电话挂了。

戴维坚持我们独处时，才肯谈他的脑瘤。可是即便他说了，我却搞不懂他在说些什么。

“他没有用药膏。”这是戴维的开场白。

“你说什么？”

“好消息 DJ。他没有用药膏。”

“呃……好，所以……？”我试图理解这句话的重点是什么，但是我实在想不透。

“所以，莫莉没说谎，是这样吗？”

“喔，当然。她绝对没说谎。她一直都没说错。但是你看不出来重点在哪吗？好消息竟然只凭双手就治好了莫莉。”

“好，他没用药膏，然后呢？”

“没有然后了。”

“好吧。谢谢你告诉我这些。我现在……我现在更了解这整件事情了。”

“这是整件事情的重点。一切就是这样开始的。”

“什么一切？”

戴维仿佛对整个世界都不耐烦似的，舞动着他的手臂。

“所有的一切……我是说，跟我有关的一切。例如那晚送出去的钱。还有，我专栏的问题。一切的一切。好像都在改变……我也不清楚，好像整个气氛都不同了。我想你也注意到了，我们之间的气氛跟过去很不一样吧？所以你才会觉得我病了，不是吗？这一切……这一切都是从这开始的。”

“你是说这一切都是因为你的朋友好消息没用药膏所造成的？”

“对，算是吧。我是说，没用药膏这件事……有点……我没办法解释。我以为我可以，但还是办不到。”我从来没见过戴维这个样子，口齿不清，情绪激动，极度困窘，“我很抱歉。”

“没关系,你慢慢说。”

“过去两天,我都待在那里,都跟好消息在一起。”

“喔,嗯。”这是我们医生回应病人的方式:仔细倾听他们想说什么,不要插话,让他说完,即使这个病人是你丈夫,而且已经彻底发疯了。

“你该不会觉得我已经疯了吧?”

“不,当然没有。我是说,如果你觉得那样做对你有帮助,你就去做吧……”

“他改变了我的人生。”

“很好啊!对你们来说都是件好事!”

“你是在哄我吗?”

“对不起,我只是不知道该怎么……理解这一切。”

“我可以理解。这……这听起来很古怪。”

“我可以问你一个问题吗?”

“好啊。”

“你可以先解释一下关于药膏的事吗?”

“他没有用任何药膏。”

“当然,这我知道。他没用药膏。但我想知道他没用药膏这件事,跟你把钱送给无家可归的小孩到底有啥关系?我实在是看不出来。”

“这样呀,好。”他深呼吸,“一开始我之所以会去找他,只是因为我觉得那样可以惹你生气。”

“这我早猜到了。”

“好吧,我很抱歉。无论如何,他住在芬斯伯里公园站后面的一层小公寓里,在一家迷你出租车办公室楼上,那里简直跟垃圾场一样脏乱，我本来想回家的。但是我觉得他很可怜，所以……我告诉他我背不舒服、疼痛点在哪，接着我问他打算怎么治疗。因为如果他打算推拿，或是其他会让病情恶化的事情，我是不会让他靠近我的。但是他说他只会碰一下，就这么简单，他说他会把手放上去，然后疼痛就会消失。过程只需两秒，如果无效的话不必付钱。所以我想，管他的，反正他只是个瘦到剩皮包骨的家伙，而且……反正最后我脱下上衣，倒卧在他的沙发上，他甚至连个诊疗桌都没有，然后他摸了我，他的手异常地热。"

"你怎么知道他没有事先把手暖过?"

"因为他刚把手放上去的时候还是冷的，然后突然开始暖了起来。所以，我本来以为他是用了什么热力乳膏之类的东西。但是他并没有帮我按摩，也没有抹什么东西。他就只是碰了我，非常轻柔地，而且……而且疼痛就这么消失了。几乎是即刻见效，就像魔术。"

"所以，这家伙有特异功能？是一个靠信仰力量治病的灵疗者?"

"我想是吧。"他思考了一会儿，仿佛在想要怎么说才能让中产阶级、大学毕业、爱咬文嚼字的人比较容易理解，因为整件事的过程也未免显得太简单了，我猜他在找一些说法，能让这件事看起来比较困难、没有那么简单易懂、比较复杂、听起来比较聪明。要理解好消息是个灵疗者并不难，他碰了你，然后你的病情好转，接着回家，过程就是这么单纯。有什么好不能理解的？只是生活中其他曾有过的信念，最后都以妥协收场。戴维最后耸耸肩，放弃把这个故事复杂化。"是呀，这很……惊人。他有那样的天赋。"

"那很好啊，我们该替好消息欢呼。他治好了你的背痛，也治好了莫莉的湿疹。你能找到他实在是太幸运了。"我试图说些场面话好让这段对话能就此打住，但我猜故事不会这么简单就结束。

“但我不希望他真的是个灵疗者。”

“那你希望他是什么?”

“就……我不知道,也许是民俗疗法。总之,那就是为什么我会为了药膏的事跟莫莉争论。因为这有点吓到我,所以我宁愿他是用了……好比说什么来自西藏,或是某个传统医学界尚未发现的神奇药膏。我不希望他真的单凭双手就治好莫莉。你懂吗?”

“我大概懂。你希望他是用了神奇的药膏,而不是神奇的双手。是这样吗?”

“药膏没什么好神奇的,不是吗?那就是……某种药物之类的。”

这就是典型无知的理性主义者。虽然他们也知道,阿司匹林在医学上为人类带来魔法般的神效;但是,因为你在药妆店就买得到,所以算不上什么神奇的东西。

“如果药膏可以治好背痛跟湿疹,那就真的很神奇。”

“不管怎样,总之有点吓到我了。然后接下来是关于头痛的事……”

“对,我都忘了还有头痛这回事。”

“嗯,事情就是从那个时候开始变得古怪。因为……我自己都不知道为什么会告诉他我头痛,但总之我说了,然后他看着我说:‘我可以帮你解决许多困扰你的事情。’然后他摸了我……这里……”

“太阳穴。”

“对,他摸了我的太阳穴,然后头痛就这样消失了,而且我开始觉得……一切都不同了。”

“怎么个不同法?”

“就……我觉得很平静。”

“就在那个时候,你告诉我你要离开一阵子,而且要我跟孩子说我们要离婚。”

“我那个时候很平静，不是在责骂你或是生气。我也没有语带讽刺。”

我还记得当时我也感觉到戴维有些不同，也记得我是如何自怨自艾地安慰自己：我老公去拜访了一个灵疗者，因此神奇地变得平静许多，但对我来说唯一的好处就是，他很平静地提出分居的要求，没有语带污蔑。只不过我没想到的是，在那之后事情有了改变，我开始享受数不清的好处，只是没有一个是我喜欢的。我仿佛听到我弟弟说的那句“真是叫人哀伤啊”又在我耳边响起。

“所以后来你就跑去待在他那边？”

“我一开始也没打算住在那里。我只是……我只是想看看他能不能再那样治疗我的头痛，如果可以的话，趁机找出到底是怎么回事。我本来打算写篇关于他的文章，关于湿疹还有其他一切，还有……总之最后演变成我住在他那，而且跟他深谈了好几天。”

“嗯，我相信很多人都会这么做。”

“拜托，凯蒂。我不知道该怎么谈这件事情，请你别让它变得更困难。”

为什么不要？我忍不住想这样问。我为什么不该把这个过程变得更困难？你什么时候又曾为了我把事情简化？

“对不起。”我说，“请继续说下去。”

“他没有说太多话。他只是用尖锐的眼神看着你，然后仔细聆听。我甚至有点怀疑他是不是不开心。总之，几乎都是我在说话。好像他把我心里的想法全都吸出来。”

“看起来他把你整个人都吸空了。”

“对，没错。所有不好的事情。我仿佛真的可以看见它们从我体内被吸出来，就像是一层黑色的雾。我过去从不知道心里装了这么多坏东西。”

“不过他到底有什么特别的。为什么只有他有办法治疗你，别人都不行？”

“我不知道。他只是……他就有一股灵气。这听起来很蠢，但是……当我跟他说话，他又碰了我的太阳穴一次，我感觉到有一股惊人的暖意流遍全身，他说那就是爱。爱的感觉就是那样。你可以明白这让我有多惶恐吗？”

我当然明白，因为如果要挑一个人体验沐浴在爱的感觉，绝对不会有人想到戴维。沐浴在爱里面……这不是我们会有的体验。通常都是那些容易受骗、太轻信他人、头脑简单、脑袋被软性药物搞坏的人才会碰到。面对现实吧，那些都已经成年可以开车了，才开始看托尔金，还有埃利希·冯·丹尼肯的书，或是那些没有艺术或科学学位的人，才会碰到这种事。听戴维说这段故事已经够可怕了，如果亲自经历，想必更吓人。

“然后呢？”

“在那之后，我第一个念头是我必须彻底改头换面。彻彻底底。我过去所做的实在太少了。对彼此所做的也太少了。对孩子、对这个世界，或是……或是对……”

他犹豫了一会儿，笑了起来，可能是以修辞学来说，他应该再说出一个名词，这个句子才会完整，但是他都已经把“世界”这两个字搬出来了，实在也就没什么好说的，除非他打算扯些宇宙之类的事情。

“我还是不明白整整两天你们都在谈什么。”

“我也不知道。我根本没有察觉到时间。当他告诉我已经是星期四下午，我非常惊讶。我跟他谈了……谈了很多关于你的事，还有我没有好好对待你。然后谈了我的工作、我的写作。我记得我对他说，我以我的写作为耻，我很讨厌我作品里，怎么说呢，那种尖酸刻薄的感觉，缺乏宽容。现在想起来我还是觉得……天啊，这真令人困窘。"这时我脑中突然闪过一个念头，我不确定那念头是不是夹杂着恐惧，可能得再找时间好好思考一番。

"你们之间没有发生什么奇怪的事情，对吧？"

"你是指？"

"你没跟他上床吧，对吗？"

"没有，"他说，听不出来任何语气，他既不觉得好笑，也不生气，或试图要反驳什么，"我们没有上床。事情不是你想的那样。"

"对不起。那他有要求你做什么吗？"

"他要我跪在地板上，握住他的手。"

"然后呢？"

"他要我跟他一起冥想。"

"是喔。"

戴维并没有恐同症，虽然他曾说过他不了解同性恋文化跟行为（特别是同志都喜欢雪儿这件事，让他百思不得其解），不过从戴维宽松的三角裤，还有坚持用莱特牌炭皂洗澡这两件事就看得出来，他绝对是个异性恋，戴维的性向完全无庸置疑，如果你懂我的意思的话。可是对我来说，去想象戴维口交，比想象戴维跪在地板上冥想要来得容易多了。

"然后你同意了，是吗？当他要你冥想，你没有，好比说打他或是之类的举动吗？"

"没有。我知道过去的戴维或许会这么做。但如果真的这么做，那就大错特错了。"他的语气非常诚恳，诚恳到我一度想跟着弃暗投明，抛下我惯有的尖酸刻薄，“我必须承认，一开始这的确让我不大舒服，后来我发现可以想的事情实在太多了，不是吗？”

我同意，的确有数不清的事情值得我们好好思考。

“我是说，仔细思考每个人身处的环境……”（“每个人身处的环境？”我眼前这个男人到底是谁，这个跟他老婆在自家床上说话，还引用“今日小语”节目内容的人？）“……那可以花上好几个小时，甚至好几天。除此之外，还有很多事情……”

“例如什么？整个世界吗？全世界的苦难之类的事情吗？”要克制自己不挖苦他实在是很困难。但同时我却发现过去那个身体里每个细胞都喜欢挖苦别人、自嘲的戴维已经消失了。

“你说得没错。在我仔细思考前，过去从没注意到这个世界上有这么多人受苦。”

“所以呢？”我实在不想听他继续说这些。我只想抄快捷方式，跳过这些琐碎的部分，想知道这些故事到底跟我、我、我有什么关系。

“我也不是很清楚。只知道我想过更好的生活。我希望我们都能过更好的生活。”

“那我们该怎么做？”

“我不知道。”

我忍不住觉得这些话听来有种不祥的预兆。

史帝芬在我手机里留言。我没回他电话。

隔天晚上我回家的时候，听到了一阵吵闹；我站在门外正把钥匙插入门锁，就听见汤姆在大喊，而莫莉在哭闹。

“怎么回事？”戴维跟孩子围坐在饭桌前，戴维坐中间，莫莉在他左边，汤姆在右边。餐桌上老摆着的杂物，像是信件、旧报纸、买玉米片送的小玩具都被清扫一空，显然是为了开家庭会议而刻意整理过的。

“他要把我的电脑送人。”汤姆说。汤姆并不常哭，但是此刻他眼睛闪着光，可能是因为愤怒，也可能是因为眼泪，实在很难分辨。

“所以我现在得跟他共享一台电脑。”莫莉说。莫莉哭泣的能力从来没有人会怀疑，她现在悲伤得看起来像是全家都死于车祸。

“我们用不到两台电脑，”戴维说，“两台电脑实在是……虽然不到令人厌恶的地步，但是绝对是过于贪心。他们两个从来没有同时使用过电脑。”

“所以你就这么把电脑送人了。也没有先跟孩子们，或是跟我商量一下。”

“我认为商量这件事没什么意义。”

“你也知道他们不会希望你这么做，不是吗？”

“我认为他们应该是不了解我为什么这样做。”

当初是戴维，没错，就是戴维，去年圣诞节他坚持两个孩子都应该有一台自己的电脑。我本来打算让他们共享一台就好，不是我小气，我只是担心会宠坏他们，而看到两个巨大的箱子放在圣诞树旁（箱子塞不进树底下），并没有办法舒缓我恶心的感觉。我那时的想法是，我并不想当这样的父母，汤姆跟莫莉攻击包装纸的画面让我心生厌恶；当时戴维看到我的表情，在我耳边说我是一个典型无趣的自由主义者，那种会拒绝孩子所有要求，可是却对自己百般纵容的人。想不到六个月后，我竟会为了我儿女们不能留下自己的电脑而感到愤怒，更想不到的是，我竟然会站在邪恶的一方。

“你把电脑送到哪里去？”

“肯特镇的妇女收容所。我在地方新闻看到关于他们的报导,那里的孩子一无所有。”

我不知道该说什么才好。惊惶、不幸的妇女们,她们同样惊惶、不幸的孩子一无所有;而我们什么都有,而且还有两份。我们拥有的太多,现在只不过捐出其中一部分,微不足道的一部分。我有什么好生气的呢?

“为什么非得由我们来捐助？这不是政府该负责的吗?”汤姆问。

“即便政府也无法面面俱到,”戴维说,“所以我们也该付出些什么才对。”

“我们已经付了。”汤姆说,“电脑的钱不就是我们自己付的吗?”

“我的意思是,”戴维说,“如果我们担心弱势族群得不到充分的照顾,不能光依赖政府,得做些我们认为对的事情。”

“好吧,我不觉得你这样做是对的。”

“哪里不对?”

“因为那是我的电脑。”

戴维没说话,只用一脸幸福洋溢的微笑响应他。

“为什么不能就当他们只是运气不好?”莫莉问他,我忍不住笑了。在戴维开始改变之前,如果孩子们问戴维为什么没有新款游戏机、阿森纳足球队客场球衣,或是任何同学有而他们没有的东西,戴维总是回答“你只是运气不好”。

“这些孩子们根本没有所谓的运气可言,”戴维带着过度自信的耐心缓缓地解释,活像是新诞生的天使,“过去他们的爸爸一直殴打他们的妈妈,所以他们被迫离家躲藏,他们连玩具都没有……而你是如此幸运,难道你不想帮助他们吗?”

“有一点想。”汤姆心不甘情不愿地说,“但没有想到要把整台电脑送出去。”

“我们可以过去探望他们，”戴维说，“你可以当面对他们说。说你只有一点点想帮助他们，然后把你的电脑要回来。”

“戴维，这太过分了。”

“为什么？”

“你不能这样威胁你小孩。”

我开始觉得好多了。刚开始我还有点挣扎，毕竟戴维所说的在道德上的确很有道理，但是我现在看得出来他疯了，他只是想羞辱我们所有的人。我怎么会忘记，所有宗教或是政治狂热者都是这样。他们过头了，不懂什么才是合宜的举止，而且失去了逻辑思考的能力，最终他们除了自己谁都不关心，只关心自己虔诚的信仰。

戴维用手指在饭桌上敲打着，看起来很生气地在思考着。

“对不起，我错了，你说得对。这太过分了。我过头了。请原谅我。”

他妈的。

接下来的晚餐时间实在让人忍不住要生气。不知为何，莫莉突然站在戴维那一方，可能是因为莫莉逮到一个可以嘲笑汤姆的机会，也可能是莫莉从来没看过她爸爸像今天这样，如此完美又理性，也可能是戴维送出去的不是她房里的电脑，虽然说我们把剩下的那台放在客房里，这样谁也不吃亏。然而，汤姆依然固执地坚守对西方唯物主义的信念。

“汤姆，你这样实在很自私。爸，你说对不对？”

戴维不想蹚这场浑水。

“有很多小朋友什么都没有，”她继续说，“你有的已经够多了。”

“我现在什么都没有了。都被他送光了。”

“那你房里那些东西是什么?”戴维温和地问。

“而且你还有半台电脑。”

“我可以离开了吗?”汤姆几乎什么都没吃,但是他愤怒的碗里装满了来自四面八方的假道学,所以我并不怪他。

“先把晚餐吃完。”戴维说。他张嘴又打算说些什么,我可以确定他大概又会说汤姆拥有眼前那一盘微温的意大利肉酱面已经够幸运了,应该想想别人有多苦……诸如此类的废话连篇。但是戴维看到我的眼神,所以收起了这番话。

“还是你想吃点别的?”我问汤姆。

“我只想抢在莫莉之前占住电脑。”

“那就去吧。”汤姆一溜烟似的跑走了。

“你不该让他去的,妈咪。这样他会以为以后都不用吃晚餐了。”

“闭嘴,莫莉。”

“她没有说错。”

“喔,你也给我闭嘴。”

我需要好好想想,我需要指引。我是好人。我是个医生,可是现在却站在贪婪那一方跟无私对抗,为富裕欢呼,向贫穷喝倒彩。但我并没有真的支持谁,对吧?毕竟我可没有站起身,对着自以为是难以忍受的丈夫,还有现在同样变得自以为是难以忍受的八岁女儿,大喊:“你给我听清楚,我们可是非常辛苦工作才能买下那台电脑,如果有女人笨到会跟殴打她的男人住在一起,那并不是我们的错,不是吗?”如果我真的那样说,那才叫辩护。我所做的不过是在脑子闪过一些毫无价值也没人听得见的想法,然后帮汤姆摆脱一盘没吃完的意大利肉酱面。如果我真的要跟他吵,我会用一些简单的常识回击,我会说就算是乐善好施的人,通常也会在电脑老旧之后才……才送给慈善机构。诸如此类的。

所以我到底相信什么?显然这个世界令我信服的事并不多。我相信这世界上不该有人无家可归,如果有人不同意,我随时都准备好与对方争论。同样地,我也认为这世上不该有妇女受虐。关于种族歧视、贫穷、性别歧视,我也同样反对。我相信国民医疗服务体系的资金不足,也相信红鼻子节是件好事。虽然,当你在超级市场看到年轻人打扮得像是《荒唐阿姨》里的柏丝和雅典娜,却在你面前挥舞着募款箱,实在让人很恼怒。最后,我更合理地深信汤姆的圣诞节礼物就该是他的,不该被捐出去。我说完了。这就是我的宣言。请投我一票。

三天过后,孩子们仿佛已经忘记了他们曾经需要两台电脑,莫莉本来就对电脑不大感兴趣,而汤姆则把时间都花在《神奇宝贝》上。我们收到一封妇女收容所寄来的感谢函,感谢我们替不幸福的年轻生命带来了改变。但我并没有完全推翻我所相信的事,例如反对贫穷,或是医疗服务体系的资金不足。这些信念我是无论如何都不会动摇的,除非你能够提出充分的证据说服我。

戴维现在放弃写小说了,甚至连专栏也不写了。一如其他的改变,他只是用一句"不适合了"解释。就我所知,白天他坐在办公室里看书;下午煮饭,陪孩子玩耍、写作业,他想跟每个人讨论各自一天的生活……简单来说,他现在是个模范丈夫跟模范父亲。某天,我把这事说给贝卡听,一个模范丈夫跟模范父亲的模样在我脑海中不请自来:在我的想象里,他是塑料做的,然后五官永远是表现出一副关心跟忧虑的神情。戴维变得跟芭比的男朋友肯尼一样完美，但是那种思想纯正、会开心歌颂天主的基督徒版本，只不过他没有肯尼阳刚英俊的长相，还有线条分明的身躯。

但我不认为这表示戴维成为基督徒了，虽然我想不出来他到底是变成什么了。直接问他对厘清真相不会有什么帮助。在收到妇女收容所来信后的隔天晚上，汤姆忧虑地问我们，以后是不是要开始上教堂了。我不得不说汤姆这问题实在是真知灼见。

"教堂?"戴维说。如果是几个礼拜前听到这问题，戴维肯定会大发雷霆，并且感到不屑，但如今他的口气却很温和。"当然没有。你为什么这样问？你想去教堂吗?"

"不想。"

"那你为什么这样问?"

"不知道，"汤姆说，"我只是以为我们以后都得去教堂。"

"为什么?"

"因为我们开始把东西都送人。那是教堂会做的事情，不是吗?"

"就我所知不是。"

对话到此结束；汤姆的恐惧得到舒缓。但是当天稍晚，我跟戴维独处的时候，忍不住又提起。

"那还蛮好笑的，对不对？汤姆竟然会以为我们从此要上教堂。"

"我不懂汤姆为什么这样想？难道只因为我们把一台电脑送人吗?"

"我想不只是因为这样。"

"不然还有什么别的理由吗?"

"他们也都知道你把钱送人的事情。还有就是……总之，你上次问我有没有注意到气氛不同了。嗯，我想他们一定也感觉到了。所以，才会把这个改变跟教堂联想在一起。”

“为什么？”

“我不知道。我猜……是因为你散发出来的气氛让人以为你经历了一场宗教的洗礼。”

“嗯，我没有。”

“你没有成为基督徒吗？”

“没有。”

“那你到底是什么？”

“我是什么？”

“对，你到底是什么？我是说，你是佛教徒还是，还是……”我试着想出其他适合的宗教，可是想不出来。穆斯林似乎感觉不对，印度教也不大适合……也许印度的“国际黑天觉悟会”分支会蛮适合的？或是任何跟自我否定有关的教派，那种开着阿尔法罗密欧的矮胖宗教领袖？

“我什么都不是。只是有了判断力。”

“那是什么意思？”

“我们都过着错误的生活，我想把它导回正轨。”

“但我不觉得我们的生活有什么不对。”

“我不同意。”

“喔，是这样吗？”

“你工作时的生活没什么问题，但是其他时间……”

“其他时间哪里不对吗？”

“例如你的性行为。”

我的性行为……有一瞬间我几乎忘了过去二十年都维持着一夫一妻制，直到最近才被一个短暂又不幸的外遇打断（我突然想到，不知道他最近还好吗？几通未回复的电话似乎就浇熄了他的热情）。性行为这个词让我觉得似乎该跟那些好莱坞明星一样，去治疗性成瘾症的诊所挂号，好像我是那种无法将裤子穿上的女人。这画面让我有点惊恐，但我相信我会想到它是为了说服自己，戴维实在太荒谬了。我并没有那么夸张，事实上不过只是一个几个礼拜前跟别人上过床的已婚妇女罢了。虽然戴维的用词听起来冠冕堂皇，但我知道他其实想说什么。

“你不是一直不想谈这件事吗？”

“那其实没什么好说的，不是吗？”

我仔细想想，发现他说得对，这的确没什么好说的。我可以大玩文字游戏，戴维很清楚这点；但拿掉那些虚无的文字，其实只是个简短而陈腐的故事，没有什么特殊意义。

“所以我还有哪里错了？”

“不是你做错了什么？是我们都错了。”

“错在哪？”

“我们不够关心这个世界。我们只照顾自己，忽略了那些弱势贫苦的人们。我们鄙视那些政客，因为他们什么都没做。我们觉得光是这样就代表够关心这个社会了，可是同时我们却住在有中央空调，而且对我们来说太大的房子……”

“嘿，等等……”在好消息 DJ 进入我们的生活前，我们的梦想是搬离这个狭小的连栋房屋，住进一个倒车不用担心撞到小孩的地方。现在突然间，在戴维眼中，这栋位在霍洛威镇的小房子变得跟猫王故居优雅园一样奢华。

“我们有一间客房，还有一间书房，可是同时却有人得睡在人行道上。我们把好好的食物倒进厨余桶，可是却有人在马路的尽头乞讨一杯茶或是一袋薯片。我们有两台电视,在我把一台电脑捐出去前,我们有三台电脑;当我把四口之家里的电脑由三台减少为两台,竟然被看作是种罪恶。我们毫不考虑就花十英镑外带咖喱饭……”

我承认这的确很罪恶。我以为戴维会继续说“……一个人花四十英镑在时髦的餐厅吃一餐”,我们偶尔会这么做,有时候的确觉得有些怀疑跟良心不安。但是十英镑一顿外卖餐?好,我承认这的确有罪:我常常想都不想就花十英镑买外卖餐,但从来没想过我的不假思索会是疏忽、有罪的。你不得不佩服戴维把事情想得如此透彻缜密。

“我们花十三英镑买一张 CD,可是里面的歌我们早就已经有了,只不过是不同格式……”

“那是你,我可没有。”

“……我们花钱买影片给孩子看,可是那些电影他们早就在电影院看过了,而且根本不会再看第二次……”接下来还有一连串类似的罪行,这些罪行都非常琐碎,而且在别的家庭绝对合法,但是突然间,这些事情从戴维口中说出来,都变得自私又卑劣。我忍不住分心了一会儿。

在他冗长罪状列举的结尾,他说:“我是自由主义者最害怕的梦魇。”他脸上带着一抹微笑,要用严苛、偏执狂,或是不怀好意来形容,似乎都挺贴切的。

“你这话是什么意思?”

“我的想法其实跟你没什么不同。只不过我打算实践这些想法,而不是空谈。”

星期天我爸妈过来共进午餐。他们并不常来,通常都是我们过去他们那，所以当他们来访，我总是慎重以对，害得我的孩子们也得遭遇跟我儿时一样的痛苦：头发得梳整齐，穿上最体面的衣服，帮忙收拾家里，用餐时被迫全程待在餐桌前，即使我妈话匣子一打开就没完没了，其他人几个小时前就吃完的奶油曲奇，似乎还在她喉头隐约可见。除此之外，令人受不了的还有烤肉大餐，我跟我妈都很讨厌（可能它本身就注定惹人厌：咬不烂的软骨、太老的羊排、煮太久的甘蓝菜、老是结块不顺口的肉汁、油腻易碎的马铃薯，这根本是六十年代战争期间的食物），但是汤姆跟莫莉爱死了。不像我父母，戴维跟我都擅于烹饪，却很少下厨煮给孩子吃，因为他们根本不懂品味美食。

最后终于搞定孩子们的衣服，家里也收拾整齐，我爸妈抵达，我们在客厅喝着无糖的雪莉酒，吃着什锦坚果。戴维进厨房切牛肉，做肉汁。不一会儿工夫就回来了，快到我觉得他应该还没做完手边的工作。

“吃烤牛肉和烤马铃薯好吗？还是要冷冻千层面？”

“烤牛肉跟烤马铃薯！”孩子们高兴地欢呼，我爸妈则低声窃笑。

“跟我想的一样。”戴维说，然后又再度消失了。

“你爸真会逗你们开心，不是吗？”我妈对汤姆这样说。如果在别的家庭，看到刚刚那幕情景，有这样的反应绝对很合理。可是在我们家，这句话显得有点格格不入。因为戴维不是会逗人开心的人。他过去不是（他讨厌我父母来访，也不可能是那种活泼友善、逗大家开心的人），现在也不会是，自从好消息 DJ 用指尖轻触他之后，他的背痛跟幽默感就一并消失了。我进厨房，看到戴维正把花了几个小时煮的东西装进我们最大的法国砂锅里。

“你在干吗？”我平静地问他。

“我办不到。”他说。

“办不到什么?”

“我不能坐在这里享用大餐,同时却有人流落在外一无所有。我们有纸盘吗?”

“不,戴维。”

“明明就有。上次圣诞派对还剩下很多。”

“我不是说纸盘。我是说你不能这样做。”

“我必须这么做。”

“我……如果你吃不下,我可以理解。”(其实我根本不理解,只是试着用他的语言跟他沟通。)“你可以选择不吃,然后……然后……告诉我们为什么。”等一下要面对令人苦恼的午餐时间,想到我爸妈(两个人都是保守党,但他们不是什么坏人,至少在戴维以外的人眼中,他们不是)可能被迫听一堂数落他们罪状的课,我就觉得很尴尬又混乱,但现在担心这些没什么意义。事实上,我曾经发誓,这顿午餐只要食物能顺利上桌,然后人们(我说的人们是指我认识的人。上帝请原谅我!)会乖乖吃完,我就谢天谢地了,而且我会带着同情心与兴趣倾听戴维的观点。我看着戴维拼命地把烤马铃薯塞进盘子里。他不辞辛劳地想把马铃薯泥从肉块旁挖出来,易碎的金黄色马铃薯外皮因此开始碎裂。

“我得把这些拿去送人,”戴维说,“我打开冰箱拿食材的时候,看到里面堆了那么多食物……我突然发现,我再也不能忍受这样的现况。那些游民……”

“去你的现况!去你的游民!”去你的游民?我变成会说这种话的人了吗?在这个自由大都会的历史中,可曾有过任何一个阅读《卫报》的工党支持者,曾说过这种话?而且是认真的,不是气话。

"凯蒂！发生了什么事?"我爸妈跟孩子们聚集到门口围观;虽然我爸已经退休十年了,但看起来还是很有校长的架势,他气得满脸通红。

"戴维疯了！他想把我们的午餐送人。"

"送给谁?"

"妓女、酒鬼、毒虫。那些一生中从来没有脚踏实地工作过的人。"如此偏激露骨的措词,只是为了让我爸站在我这边;虽然这没什么好骄傲的,但是我想要我的烤肉大餐。**我要我的烤肉大餐**。

"爸比,我可以跟你一起去吗?"莫莉说。我开始也瞧不起莫莉了。

"当然可以。"戴维说。

"拜托,戴维。"我又重复一次,"请让我们好好吃顿午餐。"

"我们还是会有顿很好的午餐,只不过不是现在这些。"

"为什么不能给他们别的食物?"

"我想给他们一些热食。"

"我们可以加热其他食物。例如千层面。我们可以微波加热,然后下午的时候全家一起拿去送给他们。"

戴维沉默了一会儿。我感觉我们现在像是电影里,一个武装但是感到恐惧的罪犯拿枪指着一个手无寸铁的女警,然后开始思考他到底在做什么?通常这种场面的结局会是,他把枪丢在地上然后开始号啕大哭。我们家的版本则应该是,戴维从冰箱里拿出千层面,然后开始大哭。是谁说英国拍不出地道的惊悚片?有什么会比这个画面更吓人呢?

戴维沉思了一会儿:"对游民来说千层面好像比较方便食用,对吗?"

“没错。”

“因为千层面不需要用刀子切开。”

“对，用一个勺子就可以分开了。”

“对。或是拿金属的锅铲也可以。”

“也可以啊。”

他盯着肉块，还有那堆破烂的马铃薯瞧了好一会儿。

“那好吧。”

我爸妈跟我像是那个手无寸铁的女警般松了一口气，接着我们坐下默默地用餐。

06

当晚我们没有人有胃口吃饭，反正家里也没剩什么可吃的。我本来打算把冷冻千层面拿出来用微波炉加热，然后才想起早就一盒都不剩了。所有的千层面都被送到芬斯伯里公园去了，这些千层面装在纸盘上，分送给住在七姐妹路公园门口长椅上的酒鬼。（戴维亲自去分送餐点，我们其他人则坐在车上。莫莉想跟他一起去，但我不准。老实说，我不是担心她的安危，而是在当下她实在令我感到厌恶。我担心如果看到我八岁大的女儿变成狄更斯笔下分送食物给穷人的慈爱妇女，我会变得太讨厌她，以至于无法善尽母亲的职责。）

回到家后，我拿了星期天的报纸躲回房间躺着，可是却读不下去。报纸里的故事不再全部与我、我、我有关，但却都跟戴维脱不了关系，报纸里全都是戴维会看不下去、想做点什么的那种新闻。过了一会儿，我发现我看报纸不是为了吸收新知，而是想了解我的家庭、冰箱里的食物跟银行账户里的存款，以及将来还会遭遇到什么麻烦。我看到一篇报道，说有一群阿富汗难民占据了位于伦敦贝思纳尔格林区的一间教堂，我忍不住把报纸扔到一旁哭了出来，因为我知道光这件事所蕴含的不幸与困苦，肯定会让我们一家人开始跟着挨饿。

我看着报纸裂开的破洞，突然感到好疲累。我们不能继续这种生活。这样说好像也不尽然，因为其实我们可以的，这样的日子还算舒适——也许没有从前舒服，但还算是不错——而且无论我们送出多少千层面，其实也不会真的饿到自己。好吧。那我应该说，我们可以过这种生活，但是我不想。这样的生活不是我自己选的。只是这么说好像也不对，毕竟在我答应嫁给戴维的那一刻，我就做出了选择，我誓言无论贫富，无论健康或疾病，只要我们还活着就要厮守终生：显然直到现在，我才真正了解这段誓词的意义。

当我嫁给戴维的那一刻，我认为自己选择了什么呢？我俩又各自觉得选择了什么呢？如果现在回想当初半成型的幻想，我会说大家对于富有跟健康的部分都说错了。在我的幻想里，我们的婚姻一开始会是贫穷但快乐的，我们可能住在一间狭小但可爱的公寓里，多半时间要不是在看电视，要不就在酒吧喝着半品脱的啤酒，然后凑合用着我们父母送的二手家具。换句话说，在我的幻想里，婚姻初期可能会有的痛苦，其实在本质上都挺浪漫的，我想这大都是受到电视喜剧里，那些关于年轻婚姻生活陈腔滥调的情节所启发，但事实上大部分电视喜剧的情节，可能比我的幻想来得成熟复杂许多，所以我想我可能是受到住房公积金广告的影响才对。到后来，原先幻想中的难题（在小公寓里看电视，吃着烘烤过的豆子）被新的难题取代：当你有了两个可爱、开朗、健康的孩子，就会开始想象将会碰上什么样的难题。可能会有满是泥泞的足球鞋、霸占电话的青春期女儿，还有必须把粘在电视机前的老公从电视前撕开，才能要求他去洗碗……天啊，这类的麻烦将会永无止境，而且绝对不是我的想象力过于丰富：

满是泥泞的足球鞋绝对令人非常难受。但是我早已做好准备。我可不是新手,也不是昨天才出生。我绝对不会买白色地毯……

但是你结婚的时候,绝对不会、也不该想象到的是,有一天你会开始痛恨你的另一半,你会看着他,开始后悔认识过他,更别说曾经与他交换戒指还有体液。你也无法预见未来将会面对的绝望与沮丧,那种生命就此结束的感觉。还有面对哭哭啼啼的孩子,偶尔竟会有想打人的冲动。虽然你很清楚,事实上你绝对不可能真的下手。当然你也不可能想过外遇,而当你的人生走到开始会想外遇的阶段(每个人早晚都会有这么一天的),一旦你真的做了,其实不会有反胃的感觉,也不会想到外遇这件事注定是悲剧收场。也不会想到有一天醒来,你丈夫竟然变成一个陌生人。如果有人在结婚当下就想到这些,那么绝对不会结婚,如果知道婚姻的未来会是这样,还有想结婚的冲动的话,那简直跟冲动想喝下漂白水没两样,面对这种冲动我们通常会选择忽视,而不是庆祝。所以我们不能去想这些事情,因为结婚——或说找到一个想共度余生、生儿育女的伴侣——是在人生规划里。我们知道有一天我们都得这么做,如果把这件事从人生中剔除,那人生就只剩下工作升迁跟赢得乐透彩这两件事可以期待了,可是这样我们并不满足,于是安慰自己说,婚姻里最大的困难就是清除地板上的泥巴了。最终我们会变得郁郁寡欢,开始服用百忧解,然后离婚,最后孤单老死。

也许我反应过度了。只不过是把千层面送给饿坏的酒鬼,就开始联想到喝漂白水、吃百忧解、孤单老死,是有点过头了。我们婚礼那天,牧师私下对我们说,要尊重彼此的想法、意见跟建议。在当时,这个要求听起来非常合理,非常容易就可以答应:例如戴维建议我们去某家餐厅用餐,我会说:“好啊。”或是他想到要送我什么当做生日礼物。诸如此类的事情。但现在我知道一个丈夫可能对他妻子提出五花八门的意见,但并非全部都值得尊重。他可能会提议我们吃些很可怕的食物,例如羊脑,或是提议开个新纳粹式的派对。我们难道真的要尊重这些想法吗?婚礼过后二十年,我才想到当初应该对牧师指出这些矛盾。我想得入神到门铃响了也没理会。但是几分钟后,戴维在楼梯间对我大喊,说我有个访客。

是史帝芬。当我看到他,我的腿一软几乎站不起身,我丈夫就站在他身边,我孩子从他身边跑过,就像是看到电影里的场景重现,令我目瞪口呆,这远远超出我的想象。

我开始把我情夫介绍给我丈夫认识,但是戴维阻止了我。

"我知道他是谁。"他平静地说,"史帝芬刚刚自我介绍过了。"

"喔,好。"我想问史帝芬是不是把名字跟身份都一并介绍过了,但是从这气氛看来答案已经很明显。

"我想跟你们谈谈。"史帝芬说。我焦虑地看着戴维。"我要跟你们两个谈谈。"史帝芬补充道,好像这句话会让我稍微安心一般,但是显然没有。我一点都不想谈。我希望戴维跟史帝芬进房讨论,出来的时候再告诉我该怎么做就行了。不管他们的结论是什么,我照做就是了。只要我不用跟他们两个一起坐在餐桌前就好。但是戴维带领史帝芬走进厨房,我们一起坐在餐桌前。

戴维问史帝芬要喝点什么,我暗自祈祷史帝芬会拒绝。如果我们都默默坐在桌前,等着水滚,又或者戴维试图从冰箱翻找出制冰盒在哪,然后连续碎碎念个十分钟,那样的光景我实在无法想象。

"水就好了。"

"我来倒。"

我跳起身,从洗碗机里拿出一个玻璃杯冲洗了一下,然后装满水也没等水凉,就这样把杯子用力放到他面前。没加冰块,也没加柠檬,当然也毫无优雅可言,但就在戴维站起身后,事情速战速决的愿望就此落空。

“那你呢,凯蒂?要喝茶吗?还是我该泡壶咖啡?”

“不用了。”我大叫。

“还是我先把热水壶打开,以防……”

“我拜托你坐下好吗?”

“好吧。”

他坐下了。我们盯着彼此。

“谁要先开始呢?”戴维看来颇开心地问。我看着他,不确定他了不了解眼前这一刻有多严肃。(是我太郑重其事?还是我太自以为是?也许这根本不是什么严肃的事情。也许这种事情其实很常见,否则戴维不会看来如此轻松。我是不是又跟往常一样总是过于严肃了呢?)

“我想应该由我开场,”史帝芬说,“因为这场会面是我发起的。”

两个男人都微笑了,我确定刚刚的直觉是对的:我把事情看得太严重了,显然这种事每天都在发生,我的不安只象征着二十世纪的人们惯有的悲惨又令人难堪的一丝不苟。也许史帝芬只是偶然拜访过去几乎每礼拜固定上床的女人的老公。也许……也许戴维事先知情,也许这就是为什么他看起来如此从容。

“我只是想了解现在到底是什么情形,”史帝芬愉悦地说,“我很抱歉没先来电告知一声,但是我在凯蒂的手机里留了好几通留言,她都没回,俗话说‘擒牛先擒角’,所以我想何不直接登门拜访呢?”

“角,我头上不但有角,还有别的东西。”

“抱歉,你说什么?”

“除了角，我头上还戴了一顶绿帽。不好意思，只是个烂笑话。”

史帝芬礼貌一笑：“喔，我懂了。还蛮好笑的。”

“谢谢。”

也许事情会变成这样都是因为我的缘故。也许这跟我这个当代北伦敦居民一无所知的性习俗无关，也许这跟好消息对戴维造成的影响也无关；也许只是因为我的魅力没有大到会让人为了我而发怒。好吧，也许我的吸引力足够让史帝芬想跟我上床，但还不到为了我而忌妒、进而强烈地想占有我、陷入单恋苦恼的程度。我是凯蒂·卡尔，可不是《木马屠城记》里的海伦，也不是帕蒂·博伊德或是伊丽莎白·泰勒。男人不会为了我大打出手。他们只会在星期天的傍晚闲晃，然后说些懦弱的双关语。

“我可以打个岔吗？”我暴躁地说，“我想稍微加快进度。史帝芬，你来这搞什么鬼？”

“啊，”史帝芬说，“答出这个问题可以拿走六万四千英镑。好，让我深呼吸一下。戴维，如果我的造访造成你的惊吓，我深感抱歉，你看起来是个好人。但是，嗯……我觉得凯蒂并不爱你。她想跟我在一起。我很抱歉，但这就是事实。我想跟你谈谈关于……你知道的，关于我们接下来该怎么做。来场男人间的对话。”

当我听到史帝芬所谓的“事实”，我想喝漂白水自尽的念头就神秘地蒸发了。事实上，我比较希望史帝芬喝下漂白水。我现在感到一阵恐慌。

“真是鬼扯！”我对所有在听我说话的人说，“史帝芬，在你自取其辱前，最好就此打住，然后离开。”

“我就知道她会这么说，”史帝芬说，他叹了口气，做出一个“我太了解你了”的微笑，“戴维，也许我们该私下谈谈。”

看到史帝芬这么厚颜无耻,令我怒火中烧——“对,对,我最好离开,然后再告诉我你们的结论,告诉我该跟谁在一起。”——实际上我确实也想离开,我当然想。我一点都不想参与这场令人厌恶的对话。上一次让我有这样急于逃离的感觉,是在生汤姆的时候:可能因为麻醉或是无痛分娩药剂的作用,我开始认定一切痛苦的根源是来自这间产房,而不是这个孩子,我觉得产房要为我的痛苦负责,而我只要逃离产房就可以彻底抽身。但事实上并不会,而现在也是同样的情形,不论我在不在场,痛苦都是必然的过程。

我对史帝芬的斥责不但无效,似乎还助长了他的勇气,让他更放松。

“戴维,”史帝芬说,“接下来我要说的可能有点伤人,但是……根据过去几个月我跟凯蒂聊过的内容……嗯,我知道你们之间很多事情都不对劲。”

在史帝芬继续列举他认为我跟戴维的问题之前,戴维打断了他:“我们谈过那些问题了。我们正在设法改善。”

这瞬间我忍不住觉得好爱戴维。虽然他现在绝对有权力对每件事、每个人生气,但是他表现得如此镇定,这么久以来,我终于再度觉得我们是一体的,我们是一对,我们是夫妻,而婚姻本该如此,这才是我们每个人所向往的婚姻。此时此刻,我很高兴身处这段婚姻关系中,能够以二对一,跟我的搭档联合起来,对抗这个我曾上过床、危险又具毁灭性的入侵者。除了反抗,其实还有另一个选择,那就是陷入一段三角关系,但那实在太令人害怕又太过于劳心劳力。

“有些问题是你解决不了的。”史帝芬说。他不愿意跟我们任何一人目光交会,只盯着玻璃杯瞧。

“例如?”

“她不爱你。”

戴维看着我，寻求我的回应。我最后摇摇头，转转眼珠——对于一个非常复杂的问题来说，这样的响应实在过于模糊（两分钟前我爱他，二十分钟前我恨他，下午稍早的时候我对他谈不上爱也说不上恨，我还可以继续不停地往前回溯，也许可以一直回溯到我们大学舞会相识那天）——但显然摇头或是转转眼珠都不能让任何一方满意，因为现在他们两人都盯着我看。

“我从没这样说过。”我满怀希望地补充。

“有些事不需要真的说出口。”史帝芬说。而我不能否认的是，每当我谈到戴维，任何人听到后绝对不会认为我还深深为戴维着迷。“还有你们的性生活……”

“我绝对没有说过任何关于……”

“你说过，凯蒂。你说那就像艺术跟科学般不同，你还说你比较喜欢艺术。”

喔，天啊。这绝对不是他好运猜到的。我不记得曾经对他说过我的艺术与科学理论，但是显然我真的说过。

“我从来没说过我比较喜欢艺术。”

“你说你的职业已经很科学了，不想在床上继续科学下去。”

现在他这么一提，我倒想起我的确说过，但我是为了让史帝芬好过些才说的，你知道的，我想让他以为我跟戴维已经没什么了。讽刺的是，现在这些话被他拿来当作武器攻击戴维这个实际上跟我一直都有什么的人。（如果你感兴趣的话，其实这里还隐含了另一层讽刺，因为戴维是极度反科学的人，总是强调艺术远比科学重要，所有的科学家都是白痴，诸如此类的。所以首先，以现在的情形看来，戴维在不知情的情况下已投身敌营，成了自己最可怕的敌人。然而，投身敌营之后的成就反而比原先来得高——当然这也许只是我身为科学家一厢情愿的看法——也让他倍感挫折。)

“抱歉,我听不懂你们在说什么。”

我跟史帝芬都没有心情解释,只好让他悲伤的(而且面对现实吧,这完全可以理解的)困惑停留在空中。但如此一来,我跟史帝芬突然间变成一伙了,而戴维的困惑使他被孤立,我讨厌这种感觉。我不想跟这个蠢蛋建立任何同盟关系。再也不要。

“史帝芬,我对你说那些话,只是为了让你好过些。好解释我为什么没有赴约。”我瞄了戴维一眼,我希望这个坦率到近乎粗鲁的自白可以让他高兴起来,我期待这份喜悦会从他脸上泄漏一些蛛丝马迹,但他还是一脸茫然。不管他现在的感觉是什么,我都希望我能让他好过些,但我现在了解到,谈论我跟史帝芬的性行为,甚至指出它的失败,显然无法振奋戴维。

“你现在当然这么说,”史帝芬说,他的声音带有一丝哀伤,我不喜欢这种感觉,“那时我们在利兹,你躺在我身上的时候可不是这么说的。”

戴维暂时把目光移开,好像打针时会把头转过去不敢看。“对,我当时不是这么说的。”我的声音有一股热气,他真的惹毛我了,“我们都知道当时我说了什么,而现在正在各自解读我当时说过的话。请你跟上进度,史帝芬!”

“喔,我很抱歉对你来说我的反应不够快。”我们怒目相向,而这个情况终于让戴维站起身。

“我很抱歉突然打断你们,”他说,“但是在我看来你们两个真的不像一对幸福快乐的情侣。你们看来相处得不大融洽,在这个阶段应该要很甜蜜。毕竟你们才刚开始,应该是热恋期才对。”

这个观察多么显而易见，而且来得正是时候，让我不禁笑了，虽然说“你们两个”跟“情侣”这两个词还是让我难以接受。

“我是说……面对现实吧，史帝芬，凯蒂显然没那么喜欢你。我会让她表达自己的意见，但我不认为她急着想跟你远走高飞。而你知道……这种事必须你情我愿才行。否则是不会发生的，不是吗？”

“他妈的当然不会。”我说。

“凯蒂……”史帝芬试图要握我的手，我推开他。我不敢相信他还试图继续争论下去。

“我不是十六岁，史帝芬。这不像说服别人跟你一起去看电影那么简单。我有先生跟两个小孩。你觉得我会突然认同你的观点然后离开他们吗？‘喔，对，你说得对，我想要跟你在一起。我真傻。’我是犯了个错误。而我必须接受这个事实，戴维也是。请你离开。”

他就这么走了，我再也没有见过他。（喔，但是偶尔会想起他，我当然会想。虽然他不再是我生命故事里的一部分，但三不五时，我还是会想起他，想知道他是否已找到新伴侣、是否还记得我、我是否在他身上留下了虽然小却丑陋的伤疤……我睡过的男人不多，所以每个都记得很清楚，特别是最近这个。所以就算再也不曾听过他的消息，也并不会就这么从记忆里消失。）

“谢谢你。”当我们听到门被甩上时，我对戴维这么说，“谢谢，谢谢你。”

“谢什么？”

“这对你来说一定很不好受。”

“这……这的确不好受。我好忌妒。我恨死他了。你刚刚都在想些什么？”

“我不知道。”我是真的不知道，史帝芬对现在的我来说谁都不是，不过是某种疾病引发的幻觉，“你刚表现得很棒，我很抱歉让你陷入这样荒唐可笑的局面。”

他摇摇头，静默了一会儿。“我自己也该负责，不是吗？如果我能让你幸福，这一切根本不会发生，所以我也很抱歉。”

现在我真的觉得亏欠他。不是因为我许久之前的承诺，而是因为五分钟前他所做的。婚姻本该如此，不是吗？那天晚上上床睡觉的时候，我真的觉得我愿意为他做任何事情。

“事实上我想请你帮我一个忙。”当我们准备熄灯时他这样对我说，而我很乐意帮助他。我现在充满助人的心情。

“好啊。”

“我昨天跟好消息谈过，然后……嗯，他没地方住。他房东要求他搬出去。我在想他能不能来这里待几个晚上。”

我当然不希望好消息来住：我有预感这不大妙。但是我丈夫今晚才花了好些时间听我前任情人列举他的缺点，不用想也知道什么才是正确的决定。

好消息是个有趣的小个子。三十来岁，矮小、瘦得惊人；如果他跟汤姆单挑也未必会赢。他的蓝眼睛大又明亮，看起来像是受到惊吓，他有一头浓密但脏乱的金色鬈发，我猜个人卫生对他来说不是最重要的事，所以也许该等到有人劝他去冲个澡之后，再来评断他的发色。他还留了山羊胡，那绝对是个不聪明甚至极度失败的决定，因为看起来就像嘴唇下方有一撮杂毛，还是什么污点，任何做妈的看到，都会想沾点口水擦掉它。当你看到他，第一眼会注意到的是，他两道眉毛都穿了环，两边各戴了一个坠饰。孩子们似乎都特别为此着迷，这完全可以理解,我不怪他们。

“那些是陆龟吗?”汤姆问,他甚至连招呼都还没打。我本来不打算看着他眉毛上的饰品,但现在我发现汤姆是对的:他把他的宠物挂在脸上!

“不是。”好消息轻蔑地说,好像汤姆犯了一个极度无知的错误,当好消息正准备高谈阔论,莫莉说话了。

“那是海龟。”她说。我本来对她可以如此肯定地指出汤姆的错误感到印象深刻,接着我才想到她已经见过好消息了。

“那有什么不同吗?”

“海龟才会游泳,不是吗?”戴维过度开心地说,仿佛他的灵魂已经进入另一个完全不同的场合——在那个场合里,我们坐在一起吃披萨,看着自然生态节目,而不是正在欢迎眉毛上挂着动物的灵疗者来我们家。我看得出来,这份快乐其实来自尴尬,毕竟他曾经花了很多时间跟这个人一起跪在地上冥想,一下子有很多让他觉得尴尬的事情发生。

“为什么你要戴海龟而不是陆龟?”汤姆问。这不是我第一个想问的问题,但是好消息 DJ 是如此不寻常的家伙,以至于所有他愿意分享的信息都无比迷人。

“如果我说出来你不会笑我吧?”但他连说都还没说,我就忍不住笑了出来。我就是忍不住。就算不知道他为什么要佩戴海龟,光是在眉毛上戴海龟这件事本身就已经够好笑了。

好消息看来很受伤。

“对不起。”我说。

“那样蛮无礼的。”好消息说,“我很惊讶你会这样无礼。”

“你了解我吗?”

“我想我还蛮了解的。戴维谈了很多关于你的事。他很爱你，但你似乎刚度过一些很糟的时光，不是吗？”

我一度以为他是在等我响应——“对，我是！”——但后来我发现他那句“不是吗？”不过是这个世代的口头禅之一，就像头虱在他们族群间交互感染。我从没碰到过像好消息这样的人。他说起话来像是狡诈古怪的牧师，语气自大，带着一堆喉音，总是一脸愁容，但却让人觉得可疑。

“总之，”他说，“这些海龟，真的很古怪，对吧？我有一次做梦梦到蓝色海龟，还有斯汀，你知道的，那个歌手。嗯，我不是很喜欢他，我小时候还挺喜欢‘警察乐队’的，但我觉得他单飞之后的作品根本是垃圾，请原谅我的粗鲁，总之我梦到他出了张唱片叫做《蓝海龟之梦》，所以……”

他耸耸肩。其他的，例如眉毛穿环跟坠饰的部分都显得理所当然了。虽然我还是觉得，关于决定的过程并不是说得很清楚。

“而且我一直都对海龟有好感。我总觉得它们能看到我们看不到的东西，不是吗？”

孩子们一脸困惑地看着他们的父亲。

“海龟可以看到什么？”莫莉问。

“好问题，莫莉。”他指着她，“你很棒，观察力很敏锐。看来我得多注意你才行。”莫莉看起来很开心，但是戴维显然无意回答她的问题。

“他不知道海龟可以看到什么。”汤姆轻蔑地说。

“喔，我当然知道。但也许现在不是谈这个的好时机。”

“那什么时候才是好时机？”

“你们要不要带好消息去看他的房间？”戴维对孩子们说，显然要把海龟跟海龟的特异功能这个话题做个结束；而好消息似乎也无意继续阐述他的理论，便拿起行李走上楼。

戴维转过身面对我。

“我知道你在想什么。”

“我该想些什么？”

“我知道他有时候会疯言疯语的，但千万别拘泥于这些表象。”

“还有呢？”

“你没感觉到一股特别的氛围吗？”

“没有。”

“喔，喔没事。”这句话换个说法就是：有些人——我们之中直觉比较敏锐、充满灵性的人——可以感受到这股特殊的氛围，而其他人——无趣、迟钝、信奉写实主义的人，例如我——感受不到。我听了很不爽。

“那你觉得我应该感受到什么氛围？”

“这不是由我来决定的。它就在那。有趣的是我跟莫莉都能感受到，你跟汤姆却不行。”

“你怎么知道汤姆不行？你又怎么知道莫莉可以？”

“你没注意到汤姆对他很无礼吗？如果一个人感受到了，是不可能如此无礼的。莫莉就不会这样。她第一次见到他的时候就感受到了。”

“那我呢？我很无礼吗？”

“还不至于，但是你充满怀疑。”

“那样有错吗？”

“如果你知道方法的话，几乎可以看到他所拥有的一切。”

“你觉得我办不到吗？”我不知道为什么这件事让我这么困扰，但它就是这样。我想知道到底要怎么看；又或者说，我希望至少要让戴维觉得，我是那种可能知道怎么看的人。

“镇静下来。我没说这有什么不好。”

“你是没说，但其实这就是不好，不是吗？根据你的论调，这正是为什么我是一个糟糕的人，因为我看到的只有眉毛，而不是……那种……那股气。”

“我们不可能面面俱到。”然后他微笑着把这句话重复了一次，就去加入了其他人。

“有几件事好消息感到有些困扰。”当他们再度下楼的时候，戴维这么对我说。

“我很抱歉。”我说。

“我不太适合床。”好消息说。

“喔，”我说，“你介意我睡在床上吗？”我希望我的语气听起来像是无糖且不会太烈的顺口白酒，但是我担心实际上听起来的感觉更像是醋。

“别人要怎么做是他们的事，”好消息说，“我只是认为床会让人软弱。让你愈来愈看不清事物的真相。”

“何谓真相？”

戴维看了我一眼。不是过去那种我常收到的“我恨你，我希望你去死”的表情；这一次是新的“我真的真的真的真的好失望”的表情，有一瞬间我开始想念过去，那时仇恨是我们的共同语言。那时仇恨是我们共通的频率，而且彼此配合得很好。就像是只要丢给猪一大捆小麦，它们自然就会活得好好的。虽然不难想象这种方法养出来的猪必定乏人问津，但至少这个方式保有俭约的美德。

“这是个很大的问题，凯蒂，”好消息说，“我不知道你是否准备好迎接这个复杂的答案。”

“妈，你准备好了，不是吗？”汤姆非常忠心耿耿地说。

“总之，”戴维说，“好消息希望把床从客房里搬出来。不然他没办法睡在地板上。”

“好，不过床要摆哪儿？”

“我会把它放在我的办公室。”戴维说。

“我也可以把床搬走吗？”莫莉问，“我不喜欢那张床。”

“你的床哪里有问题？”与其说我对着莫莉说话，倒不如说更像是对着戴维，好让他看清楚他朋友替我们的世界带来多少混乱。

“我不认同它。”莫莉说。

“到底是哪一点你不认同？”

“我就是不认同，它们是错的。”

“等你有自己公寓的时候，你要睡在钉子上我也不管。但只要你住在这里，就得睡在床上。”

“我很抱歉，”好消息说，“我给你们添麻烦了，是吗？拜托当我没提过吧，没关系的。”

“你确定吗？”戴维说。

“真的没关系。我可以将就一下。”接着他沉默了一会儿，他看着戴维，戴维现在成了好消息地球上的发言人。

“还有一件事就是，我跟好消息都很烦恼，他应该在哪儿治疗病人。”

“他打算在这里治疗？”

“对，不然要在哪儿？”

“我以为他只打算住几晚而已。”

“也许是这样没错。但是他需要工作。而且他对人们做了承诺。所以,你知道的,如果最后他得在这里待上比较久的时间……”

“客房不行吗?”

戴维看着他,他耸耸肩。

“不是很理想,”好消息说,“因为里面有床。但如果里面空无一物的话……”

“实在太有趣了,因为我们刚好有一间从来没用过的空诊疗室。”

“恐怕讽刺是凯蒂的坏习惯之一。”戴维说。

“我还有一大堆坏习惯,上百万个。”我突然记起来,我有一个坏习惯最近才拜访过我们,而戴维表现得异常和善,让我感到内疚,“我很抱歉,你的房间恐怕是暂时最适合的地方了。”

“很好。我可以在那里好好工作。你知道吗,那里有一股祥和的气氛?”

“最后一件事情是,好消息吃素。”

“很好。”

“而且是很严格的素食主义者,奶制品跟蛋类都不吃。”

“很好,很合理。这样对你比较好,对吗?”

“我想是吧,毕竟要在这里待上一阵子。”

“希望你在这住得开心。”我对好消息说,我想他自己也确信会在这过得很快乐。至于我则相信,他是不会走了。

戴维在厨房一边跟好消息聊天,一边替我们煮了鸡肉,又另外替所有人准备了蔬菜,接着我们第一次一起用餐。餐桌上所有话题都跟好消息有关:好消息跟他的海龟(他们所看到的海龟,就是这么自然地发生,没有办法用言语解释)、好消息跟事情的真相(“虽然这世界看来不大妙。但你知道吗，其实人生处处充满希望，只要你知道该往哪儿追寻。”）、好消息跟他有治疗能力的双手：莫莉一直想要好消息再让他的双手发热一次，不过戴维告诉她，这可不是什么派对上的把戏。

“你一直都有这个能力吗？当你还是我这年纪就有了？”

“没有，我一直到大概二十五岁的时候才开始有这个能力。”

“那你现在几岁？”

“三十二。”

“那你当时是怎么发现的？”这个问题来自汤姆，他似乎还没感受到好消息的魅力。

“我当时的女友——她的脖子扭伤，要我帮她按摩，结果……怪事就发生了。”

“怎么个怪法？”

“一切都很怪。灯泡变得更亮了，室内温度升高。那场景真的很可观。”

“那你觉得你的天赋是从何而来？”我必须很高兴地问，这一次我的语调听起来绝对没有那么酸了。我还在学习当中。虽然我还不是一瓶美酒，但绝对可以入口，你可以把我加到潘趣酒里一起喝。

“我知道它从何而来，但不能在孩子面前告诉你，因为那不是什么好事。”

我不知道他指的是什么，但如果好消息认为他如何成为灵疗者的故事不适合对未成年孩子说的话，我不打算跟他争辩，但显然那些未成年的不打算就此打住。

“喔，继续说啦。”汤姆说。

“不行。”好消息说，“我是说真的。你可以问我其他问题。”

“你女朋友叫什么名字?”莫莉问。

“这什么蠢问题。”汤姆不屑地说,“谁想知道啊? 你这个白痴。”

“嘿,汤姆,听好。如果这件事对某个人来说很重要,我们又有什么资格评断呢?”好消息说,“莫莉可能因为各种不同的原因,所以想知道我女朋友叫什么名字。可能是一些很棒的理由,所以我们不要叫别人白痴,好吗? 她叫做安琪亚,莫莉。”

莫莉沾沾自喜地点了点头。汤姆的表情像是一幅满怀恨意的照片,那种报纸会用来当作报道南斯拉夫种族分裂新闻的插图。我知道好消息 DJ 帮自己树立了一个敌人。

接下来的时间,我们试图避开任何会引起争执的话题;好消息客气地问候我们的工作、学校,甚至是数学老师,而我们也客气地(有时候简短到有点不客气)回答,我们就这样消磨用餐时光,一直到吃下最后一口食物,开始收拾碗盘为止。

“我来洗碗吧。”好消息说。

“我们有洗碗机。”我对他说,而好消息焦虑地看着戴维。不用猜我也知道接下来会发生什么事。

“你不赞成用洗碗机。”我说。我刻意用一种厌烦的语气,想要强调好消息对各种不同事物的厌恶有时候真的很让人很不开心。

“没错。”好消息说。

“很多一般人可以接受的东西你似乎都不太赞成。”我说。

“没错。”他同意,“但是就因为很多人可以接受,不代表那就是对的,不是吗? 我的意思是,过去很多人都认为……例如……奴隶制度是对的,但你很清楚那是错的,不是吗? 错得离谱。奴隶制度完全是错的,那真的是很糟糕的事呀。奴隶根本不该存在。”

“你觉得奴隶跟洗碗机是同样的事情吗,好消息? 还是你也同意，其实这两者不大相同？”

“也许对我来说两者是一样的。”

“也许对你来说什么都是一样的。也许对你来说恋童癖跟……跟……肥皂是一样的。也许法西斯主义跟厕所也是同一回事。但这不代表因为你个人特殊的道德观点，我就要让我孩子尿在花园里。”也许法西斯主义跟厕所也是同一回事……我刚刚真的这么说了。我不知道怎么搞的，刚刚突然像活在另一个世界，而在那个世界里，这句话在刚刚的争论当下是再适合不过的回应了。

“你表现得很幼稚，又充满讽刺。”戴维说。

讽刺——我糟糕的坏习惯。“喔，所以幼稚的是我，是吗？不是那个不愿意睡在床上的男人，只因为床对他来说不够，不够真实吗？”我觉得我搞砸了。本来我不需要借助这种幼稚的人身攻击，就可以吵赢这场奴隶对洗碗机的架。

“我只是试着不使用那些并非每个人都有的东西生活。”好消息说，“除非每个人都有那样东西，否则我不打算使用它。如果巴西雨林的佃农也有一台洗碗机，或是卡布其诺咖啡机，或是几乎跟房子一样大的电视，那就算我一份。在那天来临之前，我不打算用这些东西。”

“真是非常高尚的情操。”我说。疯子，我是这么想的，我觉得松了一口气。我确定从这个人身上没什么值得学习的地方，他再也不能让我感到渺小或是自责，也无法让我觉得自己卑鄙或是过于放纵自己：因为他只不过是个疯子，所以我可以理所当然地忽视他。

“这世界上每个人都有洗碗机啊！”莫莉说，她显然被搞迷糊了，过去很多时候我都觉得我是一个失败的母亲，但那些都比不上这一刻来得让我无地自容。

“并不是，莫莉。”我快速又严厉地说，“你明明知道并不是每个人都有洗碗机的。”

“那谁没有？”我看得出来她不是在狡辩，她是真的想不出来有谁没有洗碗机。

“这什么傻话。”我说，但其实我只是替自己争取一点时间，好想出在莫莉的世界里有谁是自己洗碗的，“丹尼跟夏绿蒂不就没有吗？”丹尼和夏绿蒂跟莫莉同一个学校，他们就住在路口的公租房，但我话才出口就觉得好有罪恶感，因为我知道我所说的话里带有最滑稽可笑的刻板印象。

“他们什么都有啊！”莫莉说。

“他们家还有 DVD 跟数字电视。”汤姆说。

“好吧，好吧。那不然爸爸把汤姆的电脑送给他们的那些小朋友呢？”

“他们不算，”莫莉说，“他们什么都没有。他们连家都没有。而且我又不认识他们，也不想认识他们，谢谢。虽然说我很同情他们，而且我很高兴他们拿走汤姆的电脑，但是他们的生活听起来好苦，我不会喜欢他们。”

这就是我的女儿吗？

我向来很重视儿女的道德教育。我跟他们谈过医疗服务体系的意义，也跟他们谈过纳尔逊·曼德拉；当然也谈过游民、种族歧视、性别歧视、贫穷，以及金钱观，还有公正。我跟戴维尽我们所能地对他们解释，为什么除了爷爷奶奶以外，我们家不欢迎支持保守党的人。虽然我很讨厌莫莉在戴维送电脑跟千层面时表现出一副油腔滑调的样子，但我心里总有一部分还相信，会的，有一天她会了解，我相信我跟她所谈过的绝不会白费。但我现在明白她是个讨人厌的假名媛，约莫二十年后她会坐在某个令人作呕的慈善晚会委员会上，为了难民叹气，然后把她不要的顶级羊绒衫送给她的清洁女工。

“你看吧，”好消息说，“这就是为什么我不想参与这种比赛。比赛谁的东西多。我认为这会让人们变得懒惰、被宠坏、又不懂得关心别人。”

我看着我懒惰又不懂得关心他人、还被宠坏的女儿，接着我告诉好消息我的孩子们会很乐意帮他洗碗。

07

我做医生到目前为止，总共看过大概一千两百个病人。有些我常见到，有些则几乎不曾再见过。有些病人我可以帮忙，有些却是爱莫能助。这些病人当中，最让我苦恼的是那些常来看诊，但我对他们的病情却一筹莫展的人。我们都称这些病人为“揪心病人”，不用我说你也应该知道为什么。有人统计过每个医师的病历表里，大概有五十位揪心病人。他们走进诊疗室，坐下，然后盯着我看，而我们其实都很清楚他们已经无药可救了。我觉得有罪恶感，我感到悲伤，我觉得我自己根本是个骗子，但老实说，有时候我觉得自己才是受害者。如果其他人像我这样总是让他们失望的话，他们根本不可能再回去复诊。如果修电视的没把电视修好，或是水管工人解决不了漏水，电工修不好你的灯……如果试过一段时间，情形都无法改善，既然他们帮不上忙，那你跟他们的关系就会到此为止。但是我跟我的揪心病人的关系却永无止境。他们永远都会坐在那，用谴责的眼光看着我。

我知道，至少我希望珂坦萨太太知道，我对她的病无能为力。她的关节受损，而且饱受背痛折磨，她痛到睡不着，即使止痛药也发挥不了多少作用，她一而再，再而三地复诊，我们谈了又谈，而我想了又想，还是找不到任何治疗的方法（在这过程中，我不停地开各种药给她，替她照 X 光，进行各种手术），现在我只希望她去找其他医生，别再来烦我，让我可以治疗一些我认为还有机会治愈的病人：有希望的人、年轻人，因为珂坦萨太太已经老了，她的生理状态比她实际年龄七十三岁还老，她的病痛起因于年老，还有她帮人家扫了一辈子的房子。（承认吧：这些房子大多属于像我这样的人，所以这其实是有因果关系的。如果我们别再老想着要当好人，想拯救世界，而是乖乖待在家打扫自己的房子的话，那么像珂坦萨太太这样的人就不需要看医生。也许珂坦萨太太就可以从她的疼痛跟辛苦的工作中解脱。如果我不是那么坚决地想要治愈她的话，我就不会忙到没时间擦家里的地板，如此一来，也许珂坦萨太太会替这个社会带来更多贡献。也许她会去教成人识字，或是去帮助逃家的少年们。）

好消息搬进来的隔天早上，珂坦萨太太蹒跚地走进诊间，她的头发因为年纪跟毕生辛劳的关系变得灰白，她跌坐在椅子上摇摇头，我的心照例马上揪了起来。当她调整呼吸的时候，我沉默以对，她指着我钉在布告栏上汤姆跟莫莉的照片，然后又指指我，我笑着点点头，她也笑了，然后竖起大拇指，意思是说孩子们都长这么大了。我确信我们脑海中必定同时闪过同一个念头：当年她刚开始来就诊，他们都还好小。那时候布告栏上应该是贴着他们蹒跚学步的照片，如今我孩子们都长这么大了，我却还治不好她，这在在凸显了我的无能。

“你还好吗，珂坦萨太太？”她的喘气声变小了，所以我可以开始跟她对话。她摇摇头，她并不好。

我看了看病历:“上次开给你的药如何?”她又摇摇头。显然那些药没什么作用。

“那你睡得好吗?”她根本睡不着,可以说毫无睡眠可言。没有一件事是好的。我盯着她看,直到我感到尴尬,才刻意转头看看病历,仿佛病历里不但可以找到治疗她的方法,还可以找出拯救全世界的方法。

接着我突然想到,我家不就住了个能治疗一切疾病的人吗?如果我真的是个医生,那我应该尝试任何可能的疗法才对。我打电话给戴维,要他带好消息过来。

“你得付他钱。”他说。

“我要拿什么来付?我的秘密医疗预算吗?”

“我不管那么多。总之你不能占他便宜。”

“不然这样如何,他治疗珂坦萨太太,我们就不跟他收房租、伙食费、电费,也不计较他带来的种种不便。”

“但你不能每天都要他过去。”

“我不会每天都需要他。你知道,我是个专业的医生。我开给病人的抗生素偶尔还是有效的。”但我一边说,一边却在心里列出一份累犯名单:阿瑟先生!麦克布莱德太太!还有巴米·布莱恩·毕奇!如果能让好消息治愈他们,那会让我的医生生活好过许多。

好消息在十五分钟内就赶过来了,这四分之一小时显得无比漫长,但跟平常问诊珂坦萨太太的时间比起来又短了些,因此我还是很高兴。好消息抵达的时候,我在前台人员脸上看到一些有趣的表情,但没有人真的出声抗议。

珂坦萨太太盯着好消息眉上的坠饰瞧,她对好消息的敌意赤裸裸地写在脸上。

“哈啰,亲爱的。”好消息说,“你真是个美人儿,不是吗?你叫什么名字?”

她继续盯着他看。

“这位是珂坦萨太太。”

“我不是说这种冰冷冷的姓氏称谓。我是说她的名字。”

她叫什么名字,我完全一无所知。我怎么可能会知道呢?我不过才诊断她短短五年的时间而已。我翻了翻病历表。

“她叫玛莉亚。”

“玛莉亚,”好消息说,然后他又用一种夸张做作的欧洲腔重复了一遍,“玛莉~亚~我们该拿玛莉亚怎么办?你听过那首歌吗?《西区故事》里的那首歌吗?”

“那首歌是出自《音乐之声》,”我对他说,“《西区故事》的是另一首歌。”我一度怀疑整个问诊过程里,我没有比现在更专业的时候了。

“所以有两首歌是在描写你的?”好消息说,“像你这么可爱的女孩,这一点都不令人意外。”

珂坦萨太太羞涩地笑了一笑。看到她这么好哄,我真想掐死她。

“所以她哪里不舒服呢?我们要怎样才能让玛莉亚再度翩翩起舞呢?”

“她的关节几乎慢性发炎了,臀部跟膝盖都是。她的背痛也很严重。”

“她很难过吗?”

“我想是吧,有这么多病痛在身上。”

“不,我是指精神上。”

“精神上?你知道我们现在谈的是她的膝盖,而不是她的精神状况吧?”

“好吧,我不像你那么会说话。这位自作聪明医生,我们就来看看谁才有办法帮助她。”

“我不懂,难道她一定得要不快乐,你才能治疗吗?”

“如果我能掌握到事情的关键,会比较有帮助。”

“你会感到悲伤吗,珂坦萨太太?”我问她。

她看着我:“悲伤,你说悲伤吗?”她的听力跟英文都不是很好,所以很难说是没听清楚,还是听不懂。

“对,我是说悲伤。”

“喔,当然。”她说,她的语气听起来很乐在其中,通常只有老人才有这种本事,“非常,非常悲伤。”

“为什么呢?”好消息说。

“太多原因了。”她说。她比了比她的衣服——从我认识她以来,她始终穿着黑色——她的眼眶含着泪水。“我丈夫,”她说,“还有我姐姐,我母亲、我父亲。太多事情了。”没有人会想表现出一副没有同情心的样子,而且对他人的哀伤过于客观,也不会有什么帮助,但是我忍不住要想,该不会珂坦萨太太如今连一个亲人都没有了吧?“还有我儿子。”珂坦萨太太又补充道。

“你儿子过世了?”

“不,不,他没死。他搬去亚奇威了,而且从来不打电话给我。实在是太糟糕了。”

“这样够悲伤了吗?”我问好消息。我不知道他治疗之前得先了解他们的悲伤,这样看来,让好消息治疗巴米·布莱恩并不是个好主意。我可以想象巴米·布莱恩内心藏了许多的悲伤,而且恐怕都是很沉重的事情。

“这就难怪了。”好消息说，“她说的悲伤我大都感觉得到。请你跟她说明我必须碰她的肩膀、脖子跟头部。”

“我听得懂。”珂坦萨太太说，听起来她觉得有点受到侮辱。

“可以吗？”我问她。

“可以。”

好消息坐在她对面，闭上眼睛好一会儿；接着起身，站在她身后开始按摩她的头皮。他一边做一边低声呢喃，我完全听不清楚他在说些什么。

“好热！”珂坦萨太太突然开口。

“那很好。”好消息说，“愈热愈好。开始见效了。”

他说得对。的确见效了。也许是因为这样的经验所产生的暂时性强烈张力，也许这间房里的人都非常专注，但我似乎真的感觉到房间突然温暖起来，非常温暖，而且有一瞬间似乎变得更亮了。我并不想感受这股暖流，也不想注意天花板上的灯泡，突然从昏暗的四十瓦变成耀眼的一百瓦；看到、感觉到这些，似乎表示我将看到更多更复杂的事。如果你不介意的话，我宁可眼不见为净，所以，我决定尽我所能地忘记。

比刚刚那些场景更令人难忘的是：经过几分钟轻柔的按摩以及随之而来的光线骚动，珂坦萨太太站起身，小心翼翼地伸展四肢，接着对好消息说：“谢谢你。我觉得好多了。好非常非常多。”她对我点点头——可能是我想太多了，但总觉得这个点头是用一种酷酷的方式告诉我，她的病是多么微不足道，只要我够专业，老早就该治好她了——然后用平常的五倍速度走出诊间。

“嗯，”我说，“你对年老造成的退化也颇有一套。干得好！你真厉害。这应该可以让你赚不少钱。”

“没有，我没治好她。”好消息说，“她不可能治得好。她的身体毁了，但是生活会过得比较轻松。”我看得出来他很高兴，是发自内心地高兴——不是为了他自己，而是为了珂坦萨太太，顿时我觉得自己好渺小，人生失去希望。

“你现在可以告诉我了，”他离去前我对他说，“孩子们不在这。你的秘密是什么？”

“我不知道什么秘密。我那时说不能在孩子面前讲的并不是什么秘密。”

“那你现在可以说了。”

“嗑药。”

“你说嗑药是什么意思？嗑什么药？”

“一切就是这样开始的。迷幻药。我想应该是吧。那阵子我嗑药，每礼拜五晚上在舞厅里，嗑了药以后就会开始说些‘我爱你，你是我的朋友’那种话，而我……我觉得自己像是美国漫画里的英雄，蜘蛛侠那类的。毒品改变了我体内的分子，给了我超能力。”

“你说迷幻药给你超能力。”

“我想是的。”他耸耸肩，“很怪，不是吗？你在大学研究大腿骨跟膝盖骨之间的关系，或是诸如此类的事情，而我则在舞厅里嗑药。结果我们殊途同归，现在都在做同样的事情。但别误会，我还是认为医生有其存在的价值。”

“谢谢你。你真是太大方了。”

“不客气。那我们回家见。”

当天稍晚，我坐在浴缸旁看着莫莉泡澡，试图找出湿疹的痕迹却找不着。

“莫莉,你还记得是什么时候去看好消息的吗?”

“当然记得。”

“你记得当时他对你说了什么吗?他问你什么问题吗?”

“例如什么?”

“我不知道。例如他有没有问你当时感觉怎么样?”

“嗯,喔,有。他问我难不难过。”

“那你说什么?”

“我跟他说有时候我会有点难过。”

“为什么?”

“我有时候会为了鹦鹉奶奶难过。”她指的是戴维的母亲,她去年过世了。因为她家门柱上有只石鹦鹉,所以莫莉都这么叫她。

“对,那的确很令人难过。”

“还有波比。”我们养的猫,在鹦鹉奶奶过世没多久也意外身亡。莫莉是近距离面对了这两件死亡的悲剧,在我们帮莫莉打造的理想世界里,这是不该发生的。鹦鹉奶奶来我们家的时候昏倒,虽然那晚在医院里过世,可是谁都看得出来她被送去医院的时候情况已经不妙了;还有——现在回想起来我真是太笨了——那时我们组成了一个队伍到处寻找走失的波比。结果我跟莫莉在马路上找到她(而且尸首散落得整条马路都是)。我多希望她没有看见这两起不幸的事故。

“那也很令人难过。”

“还有你的小婴儿。”

“我的婴儿?”

“死掉的那个婴儿。”

“喔，那个婴儿。”

我流产过，大约在我怀汤姆的十八个月前。流产没什么特别的原因，那是我的第一胎，当时才十个礼拜大，我非常痛苦，如今几乎都忘了有这回事；我不记得曾经对莫莉说过，但显然我一定说过，而她记得牢牢的，而且用她自己的方式替这个胎儿哀悼。

“那件事也会让你难过吗？”

“嗯，有一点。”我很想告诉她那个胎儿还未满三个月，身体各部位都还没成形，恐怕连灵魂都没有，实在不值得一个八岁大的孩子一直记到现在。但我换了个话题：“还有其他让你难过的事吗？”

“你跟爸比也让我很难过。”

“为什么要替我们难过？”

“因为你们可能会离婚，而且总有一天你也会死。”

“喔，莫莉。”

我知道各种响应这件事的说法，但当下看来，这些说法基本上都不大诚实，虽然这时来自父母的安慰非常必要，但我就是办不到。我们的确有可能离婚，也绝对会死去。在我突然感到厌世跟绝望的想法里，这听来像是对当下情况最精准的总结，所以我不打算反驳莫莉。相反地，我伸出手摸摸她的额头，就像好消息那样，虽然注定失败，但还是想试着把这些想法从她脑中吸出来。感觉这是我唯一能跟莫莉所有的肢体接触，因为再多一点，可能就会触动我心中一发不可收拾的悲伤与绝望。

“不过我现在已经不会再烦恼这些了。”莫莉开心地说，仿佛是她该安慰我，而不是我该安慰她。

“真的吗？”

“对，真的。好消息把我的烦恼都赶走了。”

孩子们上床就寝后，我不想下楼加入好消息跟戴维，我独坐在卧室里好一会儿，然后思考着。虽然说我现在最喜欢做的事情就是什么都不想，但是我跟莫莉的对话，让我不得不好好地思考。我在想的是：我们现在所过的生活，多数人肯定认同，这再也正常不过。当然有些人，例如摇滚歌手、小说家、年轻的报纸专栏作家，他们自认为所有跟小孩、白天工作、出团旅游有关的事情，都既漫长又痛苦，而且会让人失去灵魂；他们认为我们这些人，还有全心全意拥抱某种保守生活的态度，实在低劣又卑贱。还有一些人，你知道是谁，会觉得我们幸运到不可思议，如此受主眷顾，他们认为我们被从小得到的教养、肤色、教育跟收入给宠坏了。对于后者，我不打算辩驳，毕竟我能怎么辩驳呢？我知道我们的确拥有许多，我们很幸运不用经历许多苦难。但至于前者……我不知道。因为我认为正常的生活，或者说在这些人瞧不起的“正常”生活里，其实有许多美好的事物能让你得到满足，而且很多事情虽然苦闷，但没有严重到让你失去灵魂的程度，更何况这些人又有什么资格评论别人呢？

在莫莉头八年的生命里经历过什么挫折吗？几乎没有。我们极尽所能地保护她，不让她被真实世界所伤害。她生长在一个充满爱的家庭，父母健全，从来没挨饿受冻，她接受良好的教育，让她有能力面对将来的生活；但是她还是难过，而且并不是无理取闹。她父母间的关系令她焦虑；她失去了挚爱的亲人（跟一只猫）；而她明白这样的失落是人生中无可避免的。在我看来单单身为人这件事本身就已经够戏剧性了，不需要去吸食海洛因，或是当个表演诗人才能体会生命的极限，你只需要爱一个人就够了。

我忍不住想，我是一个失败的母亲。她才八岁，但已经开始感到伤悲……而我并不希望它发生。她出生的那刻起，我发誓我不会让她伤心难过，但我失败了，虽然我也认为，我为自己设下的任务既不切实际而且不可能达成，但这已经不重要了：因为我制造了另一个困惑又恐惧的人类。

我独自坐在黑暗里够久了，是时候重回到正常的生活了。所以我决定下楼跟我先生，还有眉毛上戴着坠饰、跟我们住在同一个屋檐下的心灵导师一起用餐，听他们谈着街上的每一户人家都应该邀请流浪儿童到家里住上一年这个话题。

但我马上发现：他们是认真的。他们的计划已经进展到列出街上每一户人家，戴维把他所知道的信息尽可能地列出来。他们没有人发现我走进厨房，所以我站在戴维身后听他们讲话，看他在写些什么。那份清单内容如下：

1. 待查

3. 待查

5. 待查

7. 老太太（好像还有一位老先生？不过不重要，因为他们应该睡在同一张床上）

9. 待查

11. 理查德、玛莉、丹尼尔、克洛依

13. 友善的亚洲家庭（4?）

15. 待查

17. 待查

19. 温迪跟艾德

21. 玛蒂娜

23. 休

25. 赛门跟理查德

27. 不友善的亚洲家庭(6? +德国狼犬)

29. 罗斯跟马克斯

31. 安妮跟比特+2

33. 罗杰跟梅儿+3

35. 出售中

他帮偶数号的住户也列了一张同样的清单。我一度有点恍惚，因为我发现我们认识邻居的方式竟然有着相同的模式——我们会认识隔壁跟对面的邻居，但对于住在六七十码以外的住户几乎一无所知——直到他们全然愚蠢的对话又把我拉回现实。

“我认为这整条街上至少有四十间空房，”戴维正说着，“这太令人不敢相信了。四十间空房，可是却有上千人流落街头连床都没有？过去我从来没有这样想过。我是说，虽然我看到空房子会生气，但其实真正让我生气的不该是空房子，不是吗？如果光这条街上就有四十间空房，那我们整区的空房全部加起来应该就可以收容所有流浪街头的孩子了。”

“我们把目标定在，嗯，大概十个家庭愿意收留他们就好，”好消息说，“有十户我就很满意了。”

“真的吗？”戴维看来有些失望，好像仅仅说服十户人家收留一个陌生人，对他来说是一种恐怖而且不准备接受的妥协。现在的情况变成：不能跟洗碗机和谐相处的灵疗者变成了我们家顽固的现实主义者，而我丈夫却变成了天真的乐观主义者。“如果只能说服十户家庭，我不知道，那是不是表示我们没什么说服力？因为如果我们好好说的话，照理应该没有人会拒绝的。”

“有些人就是无法理解。”好消息说。

“有些人可能会想把空房留作其他用途。”我说。

“例如什么？”戴维问我，语气中带有一丝丝挑衅。过去如果他想跟我作对——例如，我为什么要教孩子认识其他宗教（他希望他们最好什么宗教都别认识），或是我为什么想去听玛雅·安吉罗的朗读会（“怎么，你现在变成了黑人女权分子了吗？”）——他就是用这种语调跟我说话。我几乎都快忘了这种语气有多么令人厌恶。

“例如你以前就在家里其中一间空房里工作。”

“好，所以四十户里有五户要拿它来做办公室。”

“也许有人要留着空房以便爸妈来的时候住？”

“天啊，你真是缺乏想象力。”

“我说有些人可能有父母，这跟缺乏想象力有啥关系？”

“这不是重点，那是一种精神。一种你完全缺乏的精神。”

“谢谢。”

“你说的这些根本不是什么问题。你只是为反对而反对。”

“你对这些人的生活一无所知。连他们的名字都不知道。”我指着他面前的清单，“可是你却可以很开心地告诉我，对他们来说什么才算得上是真正的问题。你有什么资格说这些话？”

“在街上有这么多人住在纸箱里的同时，他们又凭什么可以拥有一栋半空的房子？”

“凭什么？凭他妈的贷款，所以他们有资格住在房子里。那是他们的家，戴维。他们又不是住什么豪宅。你怎么不去针对比尔·盖茨？或是汤姆·克鲁斯？他们家里有多少空房间？”

“如果他们就住在附近，我会找上他们，但他们不是住在附近。而且我们也不需要他们，因为这条街就有足够的房间收留所有的人。你只是怕我丢你的脸。”

“并不是。”但其实当然是，百分之百是。我害怕所有尴尬的场面，而且我相信尴尬的场面将会多到得用卡车才载得完。事实上，就在我们说话的同时，我已经听到柴油引擎正轰隆隆向我们驶来。“那你打算怎么做？”

“我不知道。也许挨家挨户拜访。”

“不如办个派对如何？”好消息愉悦地说，“我们在这里开个派对，然后你可以跟所有人发表谈话……那一定会很棒。”

“太好了！”戴维说得像是他碰见了某个天才一样。

“太好了。”我的语气听起来像是打算把自己的头放进烤箱，只是他们对此完全不感兴趣。

好吧：他们错了，显然是如此。而且他们彻底疯了。但是，我其实也想不透为什么。在一九四〇年收留战争难民，跟在二〇〇〇年收留街头游民到底有什么不同？你可能会说难民面对的是生死关头；而戴维跟好消息会告诉你，跟我们比起来，街头游童对生活的要求低到不行。你也许会争论一九四〇年整个国家需要人民团结起来互相扶持；他们会说这种精神正是我们现在所需要的。你可以嘲笑他们，说他们假好心、假虔诚，说他们是神圣的笨蛋，假道德之名行勒索之实，是宗教狂热分子；他们会说他们不在意你怎么想，因为有更伟大的善行值得孤注一掷。当二月天气又湿又冷，有人却睡在人行道上的时候，在道德上我们究竟有没有权利把一间空房拿来放垃圾，或是听音乐，或是留给那些永远不会来过夜的客人住？为什么每个月固定捐钱给收容机构还是不够？如果我先生，或是好消息，或是他们两个，最后成为耶稣，或是甘地，或是鲍勃·吉尔道夫该怎么办？万一整个国家其实正急需这样的动力，万一他们改变了人们对私有财产的看法，然后从此伦敦或是整个英国，甚至整个西方世界都不再有游民的问题，那该怎么办？而我所害怕的尴尬又该怎么办？

这些问题我没有答案。我只知道我不想办这个派对，也不想让我的邻居经历这些，我宁愿戴维跟好消息去开一家网络公司然后大赚一笔，这样就有钱请那些杂志第三页上的半裸女郎，在泳池畔开场派对，派对里大家穿着名牌服装，吸着可卡因。这种派对大家比较容易理解。这种派对不会惹人讨厌。

隔天早餐，戴维跟好消息向孩子们提起这场派对。莫莉充满好奇，汤姆则像是灵魂出窍般一边玩掌上游戏机一边吃玉米片，显然他是没什么兴趣。我坐在两个孩子中间，而那两个男人则是并肩背靠着料理台回答他们的问题。很难不去注意到整个屋里的力量关系已经改变了，我现在和小孩站在了一边。但不是从母亲的直觉角度；这感觉比较像是我十四五岁参加家族聚会的时候，总是很困惑吃饭时到底该跟堂弟妹坐在一起，还是跟伯父伯母坐在一起。

“所以我们家也要收留一个流浪汉吗？”莫莉问。

“当然。”戴维说。

“我们不是已经收留一个了吗？”我一边说，一边意味深长地看着所有相关的人。

“那还有谁也要收留他们？”

“任何想要的人。”戴维说，他的回答让我忍不住笑出声。任何想要的人……现在是圣诞节，每个人都想买一个流浪汉回家，就像几年前每个人都想买巴斯光年一样。只不过前者在流浪汉专卖店库存着从来销不出去。

“你可以告诉我们什么事情那么好笑吗,凯蒂?”

我发誓他是这么说的,一字不差。他的口气听起来活像是老师:严格,老是看起来心神不宁,口中说的无非是那几句几百年前就写好的老套台词。

“台词不是这样说的,”我突然觉得,既然我是最年长的孩子,我就有义务要当那个最调皮捣蛋的,“你应该说:‘你愿意跟班上分享这个笑话吗?’”

“你在说什么?”

“我知道,”汤姆说,“爸,你听不懂吗?你是老师,然后妈妈是捣蛋的学生。”

“别傻了。”

“是真的,”汤姆说,“你刚刚的口气听起来就像那样。”

“好吧,我很抱歉。我不是故意的。总之,这件事大家都可以接受吗?”

“我有个问题。”跟孩子们坐在桌子的同一边,然后又像个孩子被训斥,让我彻底豁出去了;既然成人的公民权被剥夺了,那我就可以像孩子一样畅所欲言。

“什么问题,凯蒂?”

“如果流浪汉搬进我们的邻居家,结果把他们偷个精光该怎么办?”只有小孩才敢说出大人不敢说的话。

“你的意思是?”

“我的意思是……嗯,我刚说得很清楚。如果我们替邻居引狼入室的话,那该怎么办?如果某个游民身上一无所有,却又染上毒瘾急需用钱,那该怎么办?”

“你只是用刻板印象去丑化游民罢了,凯蒂。我不认为你这个推论是对的。”

“我知道自己在想什么,戴维。只是你知道……大家对足球迷的刻板印象就是他们会喝个烂醉,然后拿酒瓶往别人头上砸。我知道这是刻板印象,我知道很多球迷不是这个样子。只是……也许有一两个人真的符合所谓的刻板印象。我不确定去跟罗斯跟马克斯说,他们得跟这种人住在一起,会不会是个好主意。”

“我不认为说这些对事情有什么帮助。”

“你难道没想过这些问题吗?”

“当然没有。”

“很好,那你打算好好想想吗?”

“不要。”

“为什么不要?”

“因为我想改变人们的看法。如果我自己都改变不了,又怎么可能改变别人?我相信人性本善,否则何必去做这些事呢?”

关于他的最后一个问题,我其实有许多答案可以提供,但是一个都说不出口。我摇摇头,起身去上班,好让我再度又变回一个成年人。

只不过我没想到,工作的环境竟也跟着家里的环境改变了。唐恩,我们医院的前台人员,站在前台后方,目瞪口呆,皱着眉头,试着了解为什么有一堆欧洲老太太举起双手在空中挥舞,喊着“热!非常热!”,然后比手画脚地表示房间是如何突然亮了起来(但由于这些老太太都不是什么明亮的人,大都只能透过眼神来传达所谓明亮的感觉),试图做出一副悲伤的样子。

唐恩绝望地看着我。“你干了什么好事?”她问。

“什么都没有,”我不假思索地说,这马上透露出我一定是做了什么,“好吧,我昨天找来一个人。一个按摩师。我让他按摩珂坦萨太太的背。她们在问的就是这个吗?”

“那个按摩师是长得很可口还是怎样?”

“喔,应该不是这个原因。我想他是用了——我话才出口,马上就有一股似曾相识的感觉——他是用了某种药膏之类的……我想那种药膏可能对老太太们特别有效吧。”

“那我该怎么对她们说?”

“嗯,就……我不知道。就跟她们说去买酸痛药膏好了。效果也是一样的。把它写在纸条上发给她们,然后打发她们走人。”我往走廊的另一端走去,虽然明知道不可能,但还是希望只要我离开现场,就可以把恼人的一切抛在脑后,但安静不到一小时,贝卡就跑来了。

“在候诊室一直传言某个人治好了我们的病人,”她语带谴责地说,“而且这个人似乎跟你有关。”

“我很抱歉,不会再有下次了。”

“我也希望如此。嘿,那些老太太跑来找我,喋喋不休地说你朋友有一双会发热的双手。该不会就是他吧?”

“哪个他?”

“你外遇的对象?”

“不是。是……是别人。”

“真的是别人吗?还是你嘴上说是别人,但其实就是他?你放心,就你跟我知道,我不会说出去的。”

“真的是别人。外遇那个已经消失很久了。这个人是灵疗师,就是让戴维得脑瘤的那个。现在搬来跟我们一起住。”

“那你没跟他上床吗?”

“天啊,当然没有!我没跟他上床。我以为你感兴趣的是他有能力单靠触摸病人就能治愈他们这件事,而不是跟谁上床。”

“并不是。我过来只是想问你跟双手发热的男人上床是什么感觉。可惜你不知道。”

“我是不知道。”

“那如果将来你知道了,会跟我说吗?”

“贝卡,你似乎因为……因为我最近发生过的事情,就误以为我会一直有某类型的新情人。你知道,外遇并不是一种事业。我不会否认过去做过的事,但请你别再拿它开玩笑了,好吗?”

“抱歉。”

“我该拿这个男的怎么办?”

“你有那么多男人。你是说哪个?”

“闭嘴!”

“对不起,对不起。”

“我该再请他来治疗病人吗?”

“天啊,当然不要!”

“为什么?”

“我们是医生,凯蒂。我们受过七年的专业训练。我相信这世界上有很多人比我们更厉害,但是我们不能让病人们发现,否则就没得混了。”

当然,她说得没错。就算好消息有能力治愈我的病人,我也不希望好消息每天都来这里。因为那是我的工作,不是他的,他已经抢走我太多的工作了。

08

汤姆没有掌上游戏机。这我知道，戴维也知道，整个早餐时间我们看着汤姆在玩，却都没想到眼前的画面有多么不合理。接着我去上班，没有突然感觉哪里怪怪的，也没隐约觉得哪里不对劲，但又有一种说不上来的感觉。我很想声称我是出于母亲的直觉，才拿起电话，想厘清纷乱的思绪，但事实不是那样的：我拿起电话只是因为电话响了。一直等到戴维打电话跟我说，汤姆的校长找我们去学校，谈谈汤姆最近突然开始的偷窃行为之后，我才想起来，汤姆根本没有掌上游戏机。

“他偷了什么？”我问戴维。“掌上游戏机，那是他偷的第一个东西。”他说。

直到此刻，我母亲的直觉才终于又恢复运作。

下午四点，我们抵达学校，校长桌上有一整排汤姆偷来的赃物，看起来简直像在玩记忆游戏：桌上有那台掌上游戏机、几卷录像带、一张“七小龙组合”的CD、一个电子宠物鸡、一大堆神奇宝贝产品、一件曼联足球队球衣、几袋吃过的甜食,此外还有一件奇怪的东西:一个纸做的皮夹,里面放了一位同学出游的照片。

“你要这些东西干吗?”我问汤姆,他只是耸耸肩,显然他自己也弄不清楚。他弓着身子坐在椅子上,双手环抱着身体;他知道自己错了,但同时也看得出来,他有些愤怒。每当汤姆惹了麻烦,他总会刻意盯着你看,后来我才发现,汤姆是想从你脸上找到一丝温柔,他想知道虽然你不认同他犯的错,但你还是会爱他,他那样的眼神总是令我心碎。然而今天他却没有这么做。他不愿跟屋里任何人有眼神接触。

“他几乎把所有能偷的东西都偷走了,”校长说,“因此应该可以想见,他现在不是很受同学欢迎。”校长是个友善、聪明、温柔的女人,她叫做珍妮·菲尔德,她过去对我们的儿女总是极尽夸赞,我想有一部分原因是因为我们孩子向来很少给她惹麻烦。他们按时上学。他们喜爱学校的课程。他们不跟人打架。他们准时回家。如今汤姆变成另一个消耗她时间跟精力的问题学生,这让我感到很抱歉。

“最近家里的环境有任何形式的改变吗?”

该从何说起呢?是该先说他爸心灵上的转变,还是该说他爸问他如果父母离婚想跟谁住?或是谈谈好消息的出现?我看着戴维,想让他知道,要在不让任何人尴尬的情况下,把过去几个月发生的事情解释清楚,可不是什么愉快的差事,而戴维只是不自在地不停调整坐姿。

“我们家最近的确有些问题。”我突然想起他遇见好消息以后,就非常反对刻意逃避任何尴尬的场面,他认为那是一种中产阶级的心理障碍。我突然感到一阵惊慌。

"汤姆,可以请你先到外面等一会儿吗?"我马上说。汤姆一动也不动,所以我抓起他的手,硬是把他带出门外。戴维出声抗议,但我对他摇摇头,他只好闭上嘴。

"我想凯蒂不会介意我在这里说出她有外遇这件事。"当我走回办公室,戴维正这么说。

"其实我很介意。"我郑重声明。我得让他知道我的态度。

"喔,"戴维沮丧地说,"不过都是我的错。我过去是个不用心而且脾气暴躁的丈夫。我不够爱她,也没有好好珍惜她。"

"这……嗯,这种情况难免会发生。"珍妮说。显然她现在宁愿跟某个文盲、性变态学生的暴力毒贩父母会谈,也好过面对我们。

"但是我……嗯……我……在我遇到一位灵疗者之后,他帮我体认到自己的缺点,我想我应该已经改变了。凯蒂,你觉得呢?"

"嗯,你的确改变了。"我厌倦地说。

"那位灵疗者目前住在我们家,而我们……我们正在反省生活上的许多选择,然后……仔细想想,也许其中某些部分让汤姆感到不安。"

"没错,我想这的确很有可能。"珍妮说。我看着她的脸,找不出一丝冷淡的表情。她的确很懂得如何把话说得像白葡萄酒一样顺滑。

突然有人敲门,接着汤姆走进来。

"你们说完了没?"他说,"我是说,你们谈完那些所谓我不能听的事情了吗?关于妈妈的男朋友,还有其他相关的事?"

我们全都低下头来,盯着自己的脚看。

"去坐好,汤姆。"珍妮说。他坐在房间角落的椅子里,那把椅子在我们身后,所以我们全都得转过身看着他。"我们在讨论是什么原因造成你这样的行为？有什么事让你不开心吗？不管是在学校或是在家，或是……”

“我在家里什么都没有了。他不停地把我的东西拿去送人。”他对着他父亲点点头。

“喔，汤姆，”戴维说，“别说傻话了。你拥有太多东西了。所以我们才一起决定要把其中一些捐出去。”

“等等，等等。”我觉得我好像错过些什么，“汤姆，你的意思是除了电脑以外，他还把你其他东西拿去送人了吗？”

“对。一大堆东西。”

“没有那么多。”戴维说，但是声音里的不耐烦泄了底。

“到底发生了什么事？”

“上个礼拜他要我们检查自己的玩具，要我们把其中一半捐出来。”

“你为什么不告诉我？”这个问题我对着汤姆问，而不是戴维，这个举动本身其实暗示意味十足。

“他叫我们别说。”

“你干吗听他的？你明知道他是个疯子。”

珍妮站起身。“我想这些事情在家讨论可能比较好，”她温和地说，“不过恐怕你们的问题需要费点工夫才能解决。”

原来那些送出去的东西——又是送给妇女收容所——都是垃圾，是他们早就不玩的玩具。根据戴维的说法，是莫莉主动把标准提高：她觉得除非送的是好的、他们真正喜欢的玩具，不然送出去根本没意义。所以他们做出一个协议（一个汤姆似乎被迫签署的协议），要捐一些常玩的玩具。汤姆送出了一辆无线遥控汽车，他几乎马上就后悔了。看来我们找到他的犯罪心理动机了：他送出了一些东西，所以需要拿点别的东西来填补空缺。

回到家后我们跟汤姆谈过，并且要他保证以后一定会约束自己的行为；我们彼此都同意，他得接受合理的处罚（一个礼拜不准看电视，一个月不准看《辛普森一家》）。不过我认为需要约谈的不是我儿子。

“我不懂你在干什么，”我跟戴维独处的时候这么对他说，“你得跟我解释清楚。因为我真的不知道你到底想怎样。”

“我做了什么？”

“你把我们的孩子变成了怪物。”请别跟我说这个世界上所有人都一样怪，拜托拜托千万别这么说。因为那不是真的，对吧？这不可能是真的，除非‘怪’这个字的意思是没什么特别的。（但话说回来，当每个人都在看《谁想成为百万富翁?》的时候，如果选择不看，这样算怪吗？当几百万人都没有东西吃，你却觉得麦当劳巨无霸难以入口，这样又算怪吗？啊哈：不，这一点也不怪，因为我可以在一个圆圈里再画一个圆——一个刚好把我所在的区域环绕的圆——在这个圆圈里，像我这样的人才是多数。然而如果要我画一个圆，圆里面的人会把星期天的午餐跟孩子的玩具拿去送人的话，这个圆会不偏不倚地落在我们家。而这才是我对怪这个字的定义，同时也快变成我对寂寞的定义了。）

“关心外面的世界难道真的有这么怪吗？”

“我不介意你去担心，你担心到死也没问题。可是你不只是担心，还试图插手想改变它，这样会造成很多问题。”

“告诉我你所谓的问题是什么？”

“我所谓的问题是什么？难道你看不出来吗？”

“我看得出来哪些事对你来说恐怕会是问题。可是对我来说那不是什么问题。”

“你儿子都快变成《雾都孤儿》里面的小扒手了,这还不算是个问题?”

“他会停止的。而且目前有比这更重要的事正处于关键时刻,等着我努力。”

“这就是我不懂的。我不懂这些事情到底意义何在。”

“我没有办法解释。我试过,但我就是没办法。我只是……我只是想追求不同的生活,一个更好的生活。过去我们的生活都错得太离谱了。”

“我们?你说我们?你该搞清楚,你才是那个写什么狗屁小说的人。你才是那个在报纸专栏批评每个人有多糟糕的人。而我所做的可是治疗生病的人。”我知道这些话听起来很伤人,但是他真的把我给惹火了。我是好人,我是个医生,我知道我有过外遇,但那不代表就此成为坏人,也不代表需要把一切都捐出去,或是看着我孩子把自己的东西都送光……

“我知道我要求很多。也许太多了。也许这对你们不公平,也许你觉得再也无法忍受,但那是你的事。我目前对此无能为力。我只是……凯蒂,我突然觉悟了,我所过的生活是多么地浪费。”

“但是你这么做的最终目的到底是什么?”

“那不是重点。”

“那什么才是重点?拜托告诉我,因为我真的不懂。”

“重点是……重点是我的感觉。我不在乎最后会获得什么。只是不想到临死前才后悔自己从来没试过。虽然我不相信真的有天堂,或是诸如此类的事情。但无论如何我希望我能有资格上天堂。

你懂吗?”

我怎么会不懂呢?我可是个医生。

当天晚上,半梦半醒间,我梦到这个世界上所有的坏人,包括毒贩、军火贩子、贪污政客,所有愤世嫉俗的混蛋,都在被好消息触碰之后,从此变得像戴维一样洗心革面。这个梦吓坏我了。因为我需要这些人,他们就像我的指南针。在我的指南针上,南方有圣人、护士,跟闹区学校里的老师;北方则有烟草公司的总经理,还有愤怒的本地报纸专栏作家。请别把北方从我的指南针上带走,不然我会迷失,漂流在一个我无法分辨善恶的世界。

隔天是星期四,我下午轮休,因此汤姆放学回来后,我要带他出去散步。他对这个提议完全抗拒与不解——“我们散步途中要做些什么?我们要走去哪里?”——如果可以的话,他一定会断然拒绝我。但是他知道他才惹过麻烦,他很聪明,他知道如果到家里附近的公园绕一圈对他有帮助的话,那么这趟路绝对值得一走。

虽然这么说会让我既伤心又担忧,但是我最近似乎没那么喜爱汤姆跟莫莉了。我已经察觉了一阵子,总是跟自己说这没什么,这很正常——当汤姆两岁的时候,他的脸上总是充满笑容,每当我在他身上看到自己的轮廓,总是不由得感叹造物者的奇迹;如今他变成一个沉默、偶尔暴躁的男孩,我对他的感觉又怎么可能没有改变呢?可是我现在不大确定。我有时候会想,他是不是应该更可爱点才对?我不够爱他,究竟是因为他个性不讨喜,还是我的母爱太少?

“我没有错,你不能说是我的错。”在离家十码的地方他开口这么说。我现在非常确定了:不是我的母爱不够,而是他应该更有教养才对。

“为什么不是你的错?”

“因为那是爸的错。还有好消息的错。”

“东西是他们偷的吗?”

“不是,可是,是他们逼我的。”

“他们逼你的。怎么个逼法?”

“你知道他们做了什么。”

“我要听你说。”

“他们一直在剥削我。”

“什么叫剥削?”

“就像学校里那些小朋友。你之前说他们被剥削。”

有一次他问我为什么学校里有一群男生总是被欺负,而我跟他解释什么叫被剥削,现在回想起来,这么说实在很不智。我以为我只是尽母亲的责任,没想到却演变成我儿子替他的罪行辩驳的借口。

“那不一样。”

“哪里不一样?”

“因为……”

“你说他们家境比较不好,所以才会被欺负。我现在一样也是什么都没有,所以才会惹上麻烦。”

“你觉得你在家拥有的还不够多吗?”

“以前够,现在不够。”

我现在由衷地痛恨自由主义。它既复杂又累人,而且会被……被鬼鬼祟祟、娇生惯养的小孩误解跟滥用。而且会让人自我怀疑,我现在对此感到非常厌倦;我要的是一份确定的价值观,就像戴维,或是像撒切尔夫人。谁会想当我这种人呢? 我们这些人,虽然清醒的时候大都想着怎么让世界更美好,但几乎确定自己总是做错事;我们几乎可以确定我们一定会下地狱。因为我们虽然知道什么是对的，但是从不真的去做，因为那太难了。因为那要求太多了，虽然我试着治疗珂坦萨太太，或是巴米·布莱恩，但我并不能对他们保证什么，所以每一天结束的时候，我总是感觉有所亏欠。今天我总算了解我并不是真的喜欢我的小孩，我还变相鼓励他们去偷同学的东西；而此时此刻，戴维正密谋着如何拯救流浪汉！但不知为什么，我还是宁愿相信我比戴维优秀。

"汤姆，你开始变成一个可怕、爱发牢骚的男孩！"我对他说，没有多做解释，也没有承认他是被一个可怕、爱发牢骚的大人给创造出来的。我们在沉默中走完这段路。

早在好消息出现以前，我们就已经很久没有跟朋友聚餐了。这个星期五晚上，我们去跟安德鲁和坎儿用餐。好消息负责带孩子：是他提议的，孩子们看来似乎也不反对，再加上一时也找不到其他人选，因此我们心怀感激地答应了他的提议。安德鲁和坎儿跟我们很像，像得令人忍不住为他们担心：安德鲁在媒体工作，他的脚勉强踩在媒体圈的最外环，而且似乎随时会摔下来。不过就算真的摔了下来好像也不会伤得多严重，不会对他自己或是他的家庭造成多大损失就是了。他为一本男性健身月刊写专栏，因此可以想见，他写的那些文学评论大概不会有多少人想看。当然，除了专栏之外，他也写些其他东西，他写剧本而不是小说，这正好，如此一来戴维可以同情他，而不会感觉被威胁，而且他们可以——应该说过去可以——一起痛骂他们看过的烂片或是读过的烂小说，透过痛骂别人的过程，他们得到的可不是只有不爽而已，他们会奇迹般地从这个过程中感觉到一股互相支持的力量，进而产生同盟关系。坎儿在医疗服务体系担任主任，她人很好，只是我们两人没什么共通点：她开口闭口都是医疗服务体系的工作，而且向来都不打算生孩子，而我则是只要有别的话题好聊，包括关于孩子的话题，就绝对不聊工作。我们对彼此都很客气，因为我们都知道我们两家之间的关系，对我们愤怒、沮丧的男人来说，意义有多么重大。

只不过现在，我的男人突然变得既不愤怒也不沮丧。安德鲁还不知道这件事。他只是打电话过来邀请我们，我很自然地就答应了，然后挂上电话，我没机会跟他提到芬斯伯里公园的奇迹这件事。戴维看起来并不担心。在开车前往的路上(通常我们会搭出租车过去，但是戴维不打算喝太多酒，所以这次由他开车)，我温和地问他是否打算跟安德鲁说好消息的事。

“为什么这样问?”

“没为什么。”

“你觉得我不该说吗?”

“不是。我的意思是……你知道的，你如果想说就说。”

“我坦白跟你说，凯蒂。我发现这件事还颇难以启齿的。因为不管怎么说，好消息都像是个怪胎。”

“没错。”

“你觉得为什么会这样?”

“我不知道。”

“你不觉得人们的目光都太狭隘了吗?”

“你说得没错。所以最好还是别谈起这个话题吧。”

“我想你是对的。在我……在我发展出一套适当的说辞之前，最好还是别提。”

我全身的每一块肌肉突然都放松了，而之前我甚至不知道自己是紧绷的,但还是有预感这会是个难熬的晚上。“那你打算跟他们聊什么呢?”

“你说什么?”

“我是说我们该跟他们聊些什么呢?我们的对话会是什么情况?”

“我怎么会知道?这真是个奇怪的问题,凯蒂。你又不是没去过人家家里吃饭。你知道是什么情形的。话题自然而然会出现,我们会知道该聊些什么。”

“理论上是这样没错。”

“什么意思?”

“嗯,大部分的情况下是这样没错。但你知道,每次我们跟安德鲁和坎儿吃饭,一走进他们家,安德鲁会说谁跟谁是个讨厌鬼、谁的新书又有多糟,接着你会说谁的新电影可笑至极,虽然十次有九次我知道你根本没看过那些电影。然后坎儿跟我会坐在那里微笑,偶尔你们是真的幽默而不是挖苦别人的时候,我们也会跟着大笑,接下来你会喝醉,然后对安德鲁说他是天才,然后他也醉了,会说你也是个天才,接着我们回家。”

戴维轻轻地笑了:“胡说八道。”

“随你便。”

“真的吗?你对我们跟安德鲁和坎儿吃饭的印象真的是这样吗?”

“这不只是印象,是事实。”

“我很遗憾你竟然会这样想。”

“这不是我空想出来的,事实就是这样。”

“我们等着瞧。”

我们走进他们家，他们送上饮料，我们坐下。

“你们好吗？”坎儿说。

“我想我们还不错。”我回她。

“那比J那个王八蛋好多了。”安德鲁开心地说。就这么简单，只消一句“我们还不错”；就因为我们还不错，所以让他有机会告诉我们谁过得不好：那个人就是J。J是个知名作家，大家都知道他最近时运不济。他的新小说招致全面恶评，销售也惨遭滑铁卢；同时他妻子离开他，投向他的年轻对手的怀抱。旧的戴维一定会对此大肆嘲弄一番，但是新的戴维看来却很不自在。

“对啊。”戴维温和地说，“他最近运气不大好，不是吗？”

“没错。”安德鲁说。接着，可能是戴维只针对J运气不好的部分做响应，而没有提到J是个王八蛋，所以安德鲁带着希望地补上一句：“他这个王八蛋。”

“那你们最近过得怎样？”

安德鲁看来有些困惑：他提供戴维两次可供发泄敌意的机会，但两次都被拒绝了。他又试了一次：“我们过得也比那个王八蛋好多了。”他说，而且显然觉得自己的笑话还挺好笑的。

“那很好啊，”戴维说，“我很为你们高兴。”

安德鲁不怀好意地笑了，好像戴维终于上钩了。“你看《星期日泰晤士报》的评论吗？天啊，我看了之后真想把电脑丢出窗外然后移民。”

“我没看。”

“我还留着。本来还打算拿去裱框。要我找出来给你看吗？”

“没关系，不用了。”

通常到了这个时候，坎儿跟我可以离开，让他们自己去聊，然后我们四个人就按照性别整齐地划分成两组，但是现在他们几乎无话可说，我们只好继续坐在那安静地听他们对话。

“你怎么会没看呢？”

“我……嗯，我已经不看评论了。我最近很忙。”

“喔，我懂了。你是在说我太闲了。”

“不，不是。对不起，我不是暗示那些有时间读评论的人比较低等。我不想审判任何人。”

“你不想审判任何人？”安德鲁开心地大笑。向来是高等法院首席审判长的戴维，竟然说他不想再审判任何人！你看得出来，安德鲁认为戴维把讽刺带到一个更新、更成熟，直到不可思议的境界。

“你最近在忙什么呢？怎么会突然忙到没时间看评论了？”

“目前我……嗯，我在策划一个活动，是关于推动街坊邻居收留街头游童的活动。”

整个气氛顿时凝结了一会儿，安德鲁跟坎儿仔细研究了戴维的表情，接着两人都笑了出来。这笑声显然伤了戴维：他的耳根涨红，仿佛这些笑声攀附着带刺的藤蔓，进入戴维耳朵的同时刺伤了他。

“你所谓的策划，”安德鲁说，“是打算策划如何搞破坏吗？”

“不，”戴维顺从地说，“我是打算要发起。”

这时安德鲁的脸上终于出现了一丝疑惑的表情。

“你的意思是？”

“喔，说来话长。改天再跟你说。”

“好。”

接着是一阵无比漫长的沉默。

“有谁想吃点东西？”坎儿说。

接下来这份名单，是安德鲁跟戴维到目前为止认为没有才华、过誉的，或者是讨厌鬼的人：绿洲乐队、滚石乐队、保罗·麦卡尼、约翰·列侬、罗比·威廉姆斯、金斯利·艾米斯、马丁·艾米斯、伊夫林·沃、奥伯伦·沃、萨尔曼·鲁西迪、杰弗里·阿切尔、托尼·布莱尔、戈登·布朗、威廉·莎士比亚（不过为了不冤枉他们，我得说他们只有看不起他写的喜剧，还有几出历史剧而已）、查尔斯·狄更斯、E. M. 福斯特、丹尼尔·戴-刘易斯、巨蟒喜剧团、戈尔·维尔达、约翰·厄普代克、托马斯·哈里斯、加西亚·马尔克斯、米兰·昆德拉、达明安·赫斯特、翠西·艾敏、梅尔文·布莱格、丹尼斯·博格坎普、大卫·贝克汉姆、瑞恩·吉格斯、萨姆·门德斯、安东尼·伯吉斯、弗吉尼亚·伍尔夫、迈克尔·尼曼、菲利普·格拉斯、史蒂芬·斯皮尔伯格、莱昂纳多·迪卡普里奥、特德·休斯、西尔维娅·普拉斯、史蒂夫·史密斯、玛吉·史密斯、史密斯乐队、艾伦·艾克本、哈罗德·品特、大卫·马麦特、汤姆·斯托帕德，当然，还有所有当代剧作家，加里森·凯勒、苏·劳莉、詹姆斯·诺蒂、杰里米·帕克斯曼、卡洛尔·金、詹姆斯·泰勒、肯尼斯·布拉纳、范·莫里森、吉姆·莫里森、柯特妮·洛芙、柯特妮·考克斯以及《老友记》里的所有演员，本·埃尔顿、斯蒂芬·弗雷、安德烈·阿加西、皮特·桑普拉斯，以及所有当代男子网球选手，莫妮卡·塞莱斯，以及历史上所有女子网球选手，球王贝利、马拉多纳、林·克里斯蒂、莫里斯·格林（"为什么全世界跑得最快的短跑选手也被你认为是过誉的？"有一次我曾经绝望地问过他，但是我没有得到令人满意的答复）、T. S. 艾略特，以及埃兹拉·庞德、吉尔伯特与沙利文、吉尔伯特与乔治、本和杰瑞、鲍威尔和普莱斯伯格、玛莎百货、科恩兄弟、史蒂夫·旺德、尼科尔·法伊，以及任何以设计他妈的衣服为生的人，娜奥米·坎贝尔、凯特·摩丝、强尼·

戴普、斯蒂芬·桑德海姆、巴特·辛普森(但不包括霍默·辛普森)、荷马、维吉尔、柯勒律治、济慈,以及所有浪漫派诗人,简·奥斯丁、勃朗特三姐妹、所有肯尼迪家族成员、拍《猜火车》这部电影的人、拍《两杆大烟枪》这部电影的人、麦当娜、教宗,还有那些过去在大学任教,但如今却在新闻界、广播电视界或是艺术界争名夺利的人,除此之外还有太多太多太多人了,不胜枚举。事实上,把历史上他们两个共同喜欢的人列出来,可能容易多了:鲍勃·迪伦(虽然最近他们好像没那么喜欢了)、格雷厄姆·格林、昆汀·塔伦蒂诺、托尼·汉考克。我记忆所及似乎还没有其他任何人曾让这两个文化守护者都双手竖起大拇指称赞过。

我厌倦了老是听他们说所有人都一无是处、讨人厌,既没有才华又可怕,那些人不配碰上任何好事,他们如果倒霉全是活该。但是今晚我很想念过去的戴维——这种感觉就像是有人会想念他的伤疤,或是义肢一样,人偶尔会想念一些丑陋却充满个性的东西。当你跟旧的戴维在一起时,很清楚可能会碰上什么情形。那时我从不曾觉得尴尬过,从来没有。厌倦与绝望的感觉当然会有;三不五时地飙粗口,那也免不了;突如其来的恼怒,则几乎是例行公事,但是从来不曾感到尴尬。我已经习惯跟他的愤世嫉俗相处,而且话说回来,我自己也是个愤世嫉俗的人,只不过一直到现在才体认到这点。愤世嫉俗是我们共同的语言,是我们之间的世界语,虽然我说得不是很流利——因为我喜欢的东西太多了,而且我忌妒的人还不够多——但是也勉强过得去。无论如何,愤世嫉俗跟讽刺这两件事是无可避免的。不管谈论什么话题,例如伦敦市长选举、黛咪·摩尔,或是高贵辣妹跟贝克汉姆,还有他们的儿子布鲁克林,你一定得表现得尖酸刻薄,才能证明你是个健全的、有想法的都会人。

虽说我现在已经不大了解这个跟我住在一起的男人，但至少可以确定的是，今晚将会是个重要的时刻，因为我知道戴维最近突然变得诚恳的内心世界，还有他想关爱和了解即便是上帝最任性的产物的渴望，将会面临无人理解的窘境。在今晚的话题里，那个最任性的产物是即将卸任的美国总统，而面对戴维诚恳到有点吓人的态度，响应的都是坎儿而非安德鲁。虽然我们对美国总统大选所知不多，但还是尽可能地交谈。坎儿说她并没有真的关心下一任美国总统是谁，只要他能把那话儿乖乖放在裤子里，不要骚扰女实习生就好了，戴维起先只是不停转换坐姿，最后终于用不情愿的语气质疑，我们有什么资格评论这些，接着坎儿笑他。

"我是说，"戴维说，"我不想再去谴责那些我对他们生活一无所知的人。"

"但是……不谈这个还能聊些什么？"安德鲁说。

"我厌倦了，"戴维说，"我们对他根本一无所知。"

"我们知道的已经远超出我们想知道的。"

"你知道什么？"戴维问他。

"我们知道他干了啥坏事。"

"我们真的知道吗？就算他真的干了那些事，我们又知道他的动机吗？"

"什么？"坎儿说，"所以这一切是社会的错吗？还是希拉里的错？我真不敢相信，戴维。"

"你不相信什么？"

"你竟然为克林顿辩护。"

"我不是替他辩护。我只是厌倦了这些。对我们根本不认识的人尽情辱骂、取笑、指责，这些讨人厌的事情好像永远没完没了，这些话语就像毒药滴答滴答滴个不停。简直让我想好好洗个澡。”

“请自便，”安德鲁说，“那里有干净的毛巾。”

“但是我们在谈的可是比尔·克林顿！”坎儿说，“我是说，如果连他这种人都不能骂，那这世上还有谁可以骂？”

“我不知道事情的真相。你也不知道。”

“真相？全世界最有权势的男人，不对，是全世界最有权势的已婚男人，让一个二十来岁的女孩帮他口交，然后事后又撒谎不认账。”

“我想他一定是有很多烦恼，而且过得很不快乐。”戴维说。

“我真不敢相信，”安德鲁说，“你以前一天到晚转寄一堆关于克林顿跟莱温斯基的低级笑话给我。”

“我很后悔。”戴维的语气之强烈，让坐在餐桌前的那对夫妇脸上露出了迷惑的表情。我们只好假装专注于盘里的食物。

我大胆地把话题转到他们新改建的厨房，并且大力称赞一番，我们因此得以快乐好一阵子，但是显然我们同时察觉到，除了厨房以外，几乎没什么话题能让我们这样和谐地交谈，而且三不五时我们三人之中就会有人说错话，这让我们觉得自己好像得了文化妥瑞症，频频为了自己的行为道歉。我对杰弗里·阿切尔的文学造诣做了些轻蔑的评论（一个没什么人听到的评论——甚至称不上评论，只不过是个微笑，一个当大家针对某个电视节目交换意见时，没人注意到的微笑），而戴维告诉我我不知道写一本书有多难。坎儿开玩笑说，最近某个官员因为侵占公款而入狱，他的名字从此变成不可靠的代名词，而戴维要求坎儿试着宽恕。安德鲁对于姜汁辣妹担任联合国亲善大使感到很不以为然，戴维则说这总比什么都不做来得好。

换句话说，这是不可能的：我们没有办法正常交谈，这个晚上就在困惑跟尴尬的气氛中提早结束。在我们的住宅区里有一个共识，像姜汁辣妹或是比尔·克林顿、杰弗里·阿切尔这种离经叛道的人是不值得尊重的,如果有人替他们辩护,那这种共识就会彻底瓦解。有没有可能只因为一个男人拒绝对姜汁辣妹无礼,就跟他离婚呢?我想恐怕有可能。

09

派对的请帖已经都送出去了，每到晚上，戴维跟好消息大都锁在戴维的书房里推演作战计划。有一次我开玩笑地说他们简直像在作战，结果两位将军茫然地看着我，不只是因为他们对于任何幽默都是这种响应，也因为他们真的将其视作一场军事行动，感觉像是十一世纪的十字军圣战。我们的邻居成了异教徒、野蛮人；而好消息跟戴维要带着游民的头去撞破他们的大门。

"你不能就把它当成是一个单纯的派对，好好享受吗？"早餐时我又再度抱怨这件事的时候，戴维这么对我说，"你不是挺喜欢派对的吗？其他部分你就假装没看到就好了。"

"你是说要我假装看不到你对着邻居朋友，在我的厨房里高谈阔论关于流浪汉的议题吗？"

"首先，那是我们的厨房。再来，我不是高谈阔论，我只是想跟他们聊聊天，建议他们如何让这条街更美好。第三，我打算在客厅站在椅子上说。"

“你真是完全说服我了。”我说,“有什么我帮得上忙的吗?”

“我们要做奶酪条,”莫莉说,“你可以帮忙做三明治。”

“我才不要做什么奶酪条。”汤姆说。

“为什么?”莫莉不敢相信这么好玩的事情,竟然有人会不开心地拒绝。

“你这笨蛋。”

“那你要负责做什么?”

“我什么都不想做。我不想要这个派对。”

“爸,汤姆说他不想要这个派对。”莫莉在她的小报告后面加上一个不可置信的窃笑。

“不是每个人对每件事都会有一样的感受,莫莉。”戴维说。

“你打算再拿一些我们的东西送给别人吗?”

“这不是这次派对的目的。”戴维说,但这句话暗示了之后可能会有别的活动,主要目的会是关于把东西送人。

就在我们各自准备出门上班上学的时候,好消息走了进来。他每天早上五点半就起床了,但是一直到八点半才会下楼;我不知道这三个小时他在楼上都干些什么,但我相信一定是某些心灵活动,那种即便是我们之中最有灵性的人也撑不了几分钟的活动。莫莉和戴维温和地跟他打招呼,而我只是点点头,汤姆则是怒视着他。

“嘿,你们好吗?”

“我很好。”戴维说。

“我打算做一些奶酪条。”莫莉说。

“太好了。”好消息说。对他来说,没有什么不是好消息。“我在想我们不如做些奖牌怎么样?颁给那些自愿收留游童的人?”

我不想听他们讨论奖牌,也不想听他们讨论这个派对还有奶酪条，我幻想着派对当晚，我可以跟我的女性友人去某个鸡尾酒吧，喝名为“酥缓的做爱”的鸡尾酒，或是任何一种粗鲁而且反游民的鸡尾酒也可以，最好还是七英镑一杯。我只跟孩子们说再见，没理会我老公跟好消息，就出门上班去了。

我走在路上的时候，有一个我不认识的女人把我拦了下来。她大约四十来岁，看起来易怒，而且口红有点画过头了，从她唇边的皱纹不难想象，过去几十年她应该常常不以为然地噘起嘴。

“你是不是邀请我参加派对?”

“不是我。是我先生。”

“我收到邀请函了。”

“是的。”

“为什么?”这个问题多数邻居都想知道答案，但是只有不客气的人或是疯子才敢真的来问。

“什么为什么?”

“你丈夫为什么要邀请我参加派对？他又不认识我。”

“是没错。但是他希望有这个机会认识你。”

“为什么?”

我看着她，几乎可以看到她头上环绕着一股令人不悦的氛围；我猜她不是真的想知道答案，而且从来没有人真的想要认识她。

“因为他有个疯狂的愿景，他希望这条街上的每一个人都能够相亲相爱，如此一来韦柏斯特路会成为可爱又快乐的居住环境，我们会彼此互信，在彼此家里，甚至是卧房进进出出，无论如何我们会真正互相照顾。而他真的很希望你能……请问贵姓大名?”

“妮可拉。”

“妮可拉，他真的很希望你能够参加。”

“是哪一天晚上？星期三吗？”

“星期三没错。”

“我每星期三都很忙。我得上女子防身课。”

我摊开手掌，做出一脸悲伤的表情，然后她就走了。但是我很感谢她：我终于在这件事上找到乐趣了。有谁会想到一个单纯想让世界更美好的渴望，在别人眼里竟然具有侵略性。也许戴维根本没变。也许他根本是蓄意让那些需要沮丧的人沮丧。

“你想来参加派对吗？”

克理斯·詹姆斯瞪着我瞧。我们刚刚才争执了十分钟，因为我拒绝帮他过去两个礼拜的旷工开病假证明；因为我相信他根本没生病。（事实上我相信，他是跑去美国佛罗里达或其他地方度假，因为他试图从口袋掏出圆珠笔的时候，不小心将一大把美国硬币撒了一地，当我问他这些硬币从哪来，他的防御性变得非常高。）

“哪一种派对？”

“就一般的派对。喝酒、吃东西、聊天、跳舞。”事实上当然不会有人跳舞，与其说这是个舞会，倒不如说是“站着听一个站在椅子上的男人替你上课”派对，但是我不会告诉詹姆斯真相的。（他也不会知道，派对里想也知道恐怕不会有多少对话，但如果我告诉他真相，这听起来就不大像是邀请了。）

“你干吗邀请我？”

“我邀请所有的老病人。”这当然也是假的，虽然说我真的有意邀请所有我讨厌的病人来参加，而这些人刚好都是老病人，其中很多人是我最近才开始讨厌的。

“我不想参加派对。我想要医生证明。”

“我只能给你一张医生的邀请函。”

“省省吧。”

我摊开双手做出悲伤的表情，詹姆斯先生走出我的诊间。这真是太棒了。虽然这样的行为应该不能算是所谓的热情伤人，但是我确定我让这个怪胎受了点伤。我开始喜欢这个派对了。

巴米·布莱恩，头号揪心病人，走进诊间问我能不能收他当开刀助手。

“我不想负责实际下刀的部分。至少不是马上。我得先看看那是怎么回事，我想知道你们会从人体里面拿出什么之类的。”

“我是内科医生。”我告诉他，“我不负责开刀。”

“那谁负责开刀？”

“大型医院的外科医生。”

“你只是在找借口而已。”他说，“因为你不想让我当你助手。”

事实上就算我真的是外科医生，巴米·布莱恩也不会是我找助理的第一人选，不过既然我现在不是，就不需要想象那会是怎样的场景，只需要把眼前这段拐弯抹角的对话处理好就好了。

“请给我一次机会，”他说，“一次就好。如果我搞砸了，不会要求第二次。”

“你想参加派对吗？”我问他。他看着我，顿时他所有关于外科的抱负好像马上被丢弃了，而我的目标却马上达成，也就是把布莱恩从他想象中的医学事业带回现实。然而邀请他去我家参加派对，这是我过去不曾想过的。虽然说这不是我的派对，是戴维的。

“派对里有多少人？大于十七吗？”

“可能会大于十七人。怎么了?”

“我不能去任何超过十七人的场合。你看,这就是为什么我不能在超市工作。因为超市里有一大群人,不是吗?”

我承认超市里的顾客跟员工加起来通常会超过十七人。

“嗯,你看吧。”他说,“我可以在派对隔天后去吗?等他们都走了以后?”

“这样一来就不是派对了。”

“也对。”

“下次我们会试试看办一个只有十六个人的派对。”

“真的吗?”

“我会想办法。”

有史以来第一次,布莱恩开心地离开医院。这让我也开心了起来,直到我想到这份快乐是直接来自戴维愚蠢的行为,我不但没有破坏,反而还推荐它。我对这些人好,还让这个人的生活马上得到改善,这不就完全称了戴维的心意。我实在不喜欢其中隐含的意味。

不用说也知道,旧的戴维讨厌派对。说得更精准点,他讨厌办派对。如果要再更精确点,精准得像电视广告里宝马汽车的引擎一样,那应该说他讨厌办派对的想法,因为我们从来没有真正办过派对,过去二十年来一次都没有。他怎么可能会想要一大堆他讨厌的人在他的地毯上踩熄香烟呢?他又怎么会愿意熬夜到凌晨三点,只因为贝卡或是我其他混蛋朋友喝醉了不肯回家?你应该也猜得到,这些问题其实不需要答案。我从来没真的想试着说服他同意偶尔让香烟烧到地毯其实也挺不错的。从刚刚那些问题的用字遣词中,你应该看得出来,想要说服他派对是有趣的,或是看到所有朋友聚在一起是很棒的，是不可能的事。因为过去他就是不喜欢派对。

我开始想着戴维最近的一切改变，我不知道我该做何感想。好比这件事：过去戴维花很多钱买唱片跟书，有时候，当他没有好好工作，我们会为此争吵，虽然我真正生气的原因，可能是因为我不喜欢看见自己竟然变成了一个不需要文化的有机生物。我知道他会把新货藏起来不让我发现，把唱片藏在书架里，等我出门才放新唱片，或是故意把新书磨损，这样我才不会注意到那是新的。但是现在他对这些完全没兴趣。他不常出门，报纸的评论专栏被扔到一边碰都不碰。而且说实话，我想念过去他替这个家带来的一切。我可能是不自觉地信仰了某种偏激的宗教，一种认为所有形式的娱乐都是不正经自我放纵的宗教，但是私底下，我却喜欢跟一个连绿洲乐队主唱的全名都记得一清二楚的人住在一起，然而这一切都成为过去式了。

还有另外一件事：他不开玩笑，即使是正经的玩笑也不开。他试着逗孩子笑，用那种六十年代卡通影片的方式——他会把不是帽子的东西放到头上，简直蠢到极点。他还会把水果当作腹语术师的人偶（“哈啰，香蕉先生”“哈啰，草莓太太”这种对话），他假装自己是“辣妹合唱团”，诸如此类的蠢事不胜枚举。莫莉会捧场地假笑，汤姆则会看着他，仿佛戴维是在排便而不是搞笑。但是对成人（我是指我，因为好消息看起来似乎没听过什么真正好听的笑话）来说……算了，不提了。过去他无情地拿每件事情开玩笑总是让我一肚子气，因为你跟他讲话时，他的表情会让你以为他在认真倾听，但接着就会频放冷箭，说一些语带双关的下流笑话，就像《沉默的羔羊》里的食人魔汉尼拔的舌头一样令人不舒服，而我的反应是笑，要不然大多时候是走出房间，然后用力甩上房门。但三不五时，大概百分之五的几率，他还是会击中我的笑点，不论当下的我有多严肃或是多生气，还是会笑出声，让他称心如意。

现在我很少有机会甩门了；但这也表示，我不再有机会听到他逗我笑了。若是以结果论的话，我得说现在的生活比以前糟。我嫁给戴维有一部分的原因就是因为他能逗我笑，但他现在不愿也不想这么做，有时候我会有想退货的感觉。但我有资格这样要求吗？还是对男人来说，幽默感就像头发，随着年纪渐长也愈来愈少？

该回到现实世界了，一个戴维不开玩笑，而且我们即将举办一场派对的世界，这个派对是为了这条街上所有人举办的，戴维过去对其中许多人极其粗鲁，而且是为了许多微不足道的小事（他们的外套、车、长相、访客、购物袋）。在我意会过来以前，门铃已经响了，我们的第一位客人站在门阶上，脸上挂着有点困惑但还称得上友善的笑容，手上拿着一瓶葡萄酒。

这张迷惑的脸的主人是赛门，是住在二十五号同志情侣的其中一位。他的伴侣，理查德，是个演员，汤姆说他曾经在电视剧《警务风云》里看到过他。他随后就到。

“我是最早到的吗？”赛门问。

“总有人得当第一啊。”我说，我们相视而笑。戴维走过来加入我们。

“看来总有人得当第一啊。”戴维说，这次我们三个都笑了。（顺带一提，这可不算是个笑话。没错，戴维会为了缓和气氛而说点俏皮话，而我也承认那挺有趣的，但那是特例，只有在不得不这样的时候才会发生。）

“你们搬来这里多久了？”我问赛门。

“喔，多久了？两个月吧。总之久到让我们开始有家的感觉了，但还没有久到有时间把所有箱子打开整理完。”你记得《非常大酒店》里有一幕，男主角的汽车发生故障，他走下车，然后用树枝鞭打汽车吗？你还记得当你第一次看到这段画面笑到不行时的情形吗？赛门的箱子笑话，对戴维跟我来说就有那么好笑。不过我想你得在现场才能亲身体会。

莫莉拿着一碗奶酪条走过来，请我们所有人吃。“汤姆说你演过《警务风云》。”她对赛门说。

“那不是我。我不是演员。那是理查德。”

“谁是理查德。”

“我男朋友。”

你可能会以为这句话是赛门从抵达以来的第一句直言（请先原谅我的双关语笑话），但你错了，如果能逗人发笑的话，定义上来说就是笑话，当赛门说理查德是他男朋友，莫莉笑了。而且是大笑。她没有马上笑出声，起先是脸红，然后敬畏地看着她父母；最后崩溃不可自制地大笑喘气。

“你男朋友！”她不停地重复，当她喘过气来，又不停地重复，“你男朋友！”

“那没什么好笑的。”戴维说，但是戴维说这句话的时候，同情地看着赛门，所以莫莉会错意，以为戴维是在训斥赛门。

“他只是闹着玩，爸比。别生他的气。”

“到别的地方去，莫莉。”我对她说，“别人也想吃奶酪条。”

“可是没有别人。”

“去就对了。”

“我真的很抱歉。”戴维跟我同时这么说，虽然我俩没有解释为什么我们的女儿认为一个男人有男朋友，会是她听过最好笑的笑话。

“没关系。”赛门说。接着，为了打破尴尬的沉默，他说：“这真是个很棒的派对。”

我很确定他是在说反话，所以忍不住笑了。

门铃又响了，这一次是妮可拉，那个不快乐、总是噘着嘴，而且要上女子防身课而不能前来的女人。她什么都没带。

“我取消了我的防身课。”

“太好了。”我介绍她给赛门认识，留下他们两人去讨论究竟议会该不该在我们的小区里引进新的停车方案。

房间挤满了人。演过《警务风云》的理查德也到了，我不准莫莉跟他说话。住在理查德他们隔壁的亚洲家庭也来了，而好消息正跟他们争论东方神秘主义的话题。有一个长相猥琐的建筑商跑来跟我搭讪，他住在十七号，他老婆因为流行性感冒卧病在床。我弟弟马克也出现了，他一脸困惑。一定是戴维邀他来的，我可没邀请他。我不知道他是要来帮助别人还是接受帮助的：因为他刚好处于中间的灰色地带。

“这是怎么回事？”他问我。

“我不知道。”我说。

“这些人是谁？”

“我不知道。”

接着他就走开了。

令人惊讶的是，这个派对开始变得挺像样的：人们饮酒谈笑，门铃声此起彼落，客厅一下子就塞满人了，人群只好往厨房移动。几杯酒下肚后，我开始变得有些多愁善感。你知道，我们聚在一起，这里有黑人、白人、同性恋、异性恋，就像是活跃而且种族多元、性别多元的伦敦缩影，我们吃着奶酪条，谈着交通政策跟房贷，而且相处融洽，这不是很棒吗？接着戴维站到椅子上，拿着一把木汤匙敲打长柄锅，把我从我的白日梦中唤醒。

“各位晚上好。”戴维说。

“晚上好。”麦克大叫，那个长相猥琐的建筑商，看来他是个狠角色，我们可真走运。

“当我们的邀请函投进你家信箱，你可能会想：‘有什么陷阱吗？为什么这个我不认识的人邀请我们参加派对？’”

“我是为了啤酒来的。”麦克大喊。

“这啤酒是双钻牌的。”某个人大喊。

“不，那不是。”麦克喊回去。接着这两人捧腹大笑了有好几分钟之久。

“我很想告诉你们根本没什么陷阱，但事实上有。很大的陷阱。因为今晚我想请你们一起来改变别人的生活，也许也能改变你自己的生活。”

“快把背靠紧墙壁！”麦克大喊。就算你不是心理分析师也可以看得出来，一个会把改变别人的人生跟同性恋做联想的人，他的精神状况肯定很令人担忧。

“现场有多少人家里还有空房？”戴维问。

“我有啊，”麦克大喊，“我老婆不让我跟她睡的时候我就睡在那。”

“很好，有一间了，”戴维说，“还有其他人吗？”

在场大部分人要不是看着手上的酒杯，就是低头盯着自己的脚。

“不用不好意思，”戴维说，“我不会逼你们做你们不想做的事情。我知道这条街上到处都是三层楼的房子，所以一定有不少空房间。虽然根据统计，英国平均每户家庭有二点四个小孩，但我想不是每户人家都有那么多小孩。”

“如果我住公寓呢?”一个穿皮衣的年轻人问。

“是只有一间房间的公寓吗?”

“没错。”

“嗯,那你的确没有多的房间。”

“那我可以回家了吗?”

“你想的话随时都可以回家。这是个派对,不是拘留所。”

“我差点以为这里是拘留所。”麦克大喊。他的喜剧搭档,那个拿双钻牌啤酒开玩笑的男人,站到他身边,跟麦克击掌庆祝。

“我很遗憾你玩得不开心。”有一瞬间我看到了旧的戴维一闪而过,就好像在新粉刷过的墙壁上,有时还是可以隐约看见旧漆的颜色:只有我才听得见那种语气中的一丝讽刺。而他过去那种喜欢用言语挑衅的习惯也露出马脚,因为接下来他什么都没说:他在等麦克接下去,等待他下一句挖苦,然而麦克没有,他其实只是个笨蛋,那种喝了酒以后会在各种场合大喊蠢话的人,可能是在婚礼,或是受洗礼,或是某个拯救世界的派对,例如现在,他只是想胡闹一下,但并不是真的要跟人吵架。既然如此,戴维决定就跟他胡闹一下。

“你在这玩得不开心吗?”

“不会,你这边还不错。”麦克说,一副被击败的样子。

“是因为《东区人》再几分钟就要开演了吗?”这句话让大家笑了,虽然不是哄堂大笑,但是比麦克今晚说过的任何一句话反应都还来得热烈。

“我不看《东区人》的,”麦克说,“事实上我不看任何肥皂剧。”这句话引来热烈的笑声,但是大家是在笑他,笑他陈腔滥调的回击,显然这种笑声伤了他。

“所以你要继续留下来吗?”

“我会把我的酒喝完。”

“很高兴听到你这么说。”

又一阵窃笑后,人们现在都站在戴维这边了。戴维解决了一个闹场的人,我觉得好像只有我看得见当中的曲折,也许有一点怀念跟骄傲。我不禁想到,对过去的戴维来说,以他的好战性格跟机智反应完美结合,有什么工作会比摆平闹场者更适合他?他的演说糟透了,喃喃自语而且内容缺乏组织,杂乱无章又不好笑。他开玩笑的题材向来都不好懂而且复杂(剧院幕布、小桶冰淇淋,等等)。但是,如果他可以跟一个喜剧演员组队,可能会有意想不到的效果,就像麻醉师总在关键时刻派上用场。也许这才是他的天职。(对于他的才华我就只能想出这些赞美吗?说他很适合在饮酒聚会中平息一场口舌纷争?那实在不像是博学者会做的事。也不像是讨人喜欢的人会做的事。)

他暂停一会儿,好转换气氛。

“我们刚说到哪儿了?喔,对了,空房间。嗯,我不知道你们怎么想的,但是每当我打开电视,或是翻开报纸,看见在科索沃、乌干达、埃塞俄比亚有这么多灾难在发生,有时我会打电话捐个十英镑,但是那改变不了什么。灾难还是持续上演。我觉得罪恶却又无力,就算我出门看电影、吃咖喱饭,或是去酒吧,罪恶与无力感还是挥之不去……”

酒吧!酒吧!是哪一间“酒吧”,戴维?这条街上根本没有酒吧,这个自以为是的浑球。

“……也许就因为我一直感到罪恶与无力,我一直想着要做些什么。我看到有个孩子带着一条毯子跟一只狗坐在提款机前,于是我给了他五十便士，但那改变不了什么，因为下一次我去提款的时候他还是在那，我的五十便士起不了任何作用。当然起不了作用，因为那只不过是五十便士，就算我给他十个五十便士，还是改变不了什么，因为那只不过是五英镑。我痛恨看到他坐在那里。我想我们都一样。如果你好好想十秒，大概可以想象那有多糟糕，睡在寒风中、乞讨零钱、吹风淋雨，还有人会来欺负你……”

我环顾四周。除了酒吧那部分以外，他表现得还不错。大家都在听，还有一两个人跟着点头附和，但是这段讲话还不到让他们眼睛为之一亮的程度。他得在人们失去耐心前使出绝招。

还好，有人帮他一把。

“我不信这套，”麦克说，“他们那些人全是混蛋。”

“哪些人？”

“那些他妈的无家可归的人。而且一半以上都很有钱。非常有钱。”

“啊，”戴维说，“非常有钱。他们就是太有钱了所以才坐在人行道上乞讨？”

“他们就是靠乞讨赚来这么多钱的，不是吗？然后把钱都花在毒品上。我找泥水工人找了六个月了，结果那些人有来应征吗？当然没有。他们根本不想工作。”

有些人嗤之以鼻，有些人发出啧啧声，很多人边摇头边交换惊讶的目光。麦克身边围绕着同性恋演员、医疗服务中心职员、老师、心理分析师，那些人想必心在淌血，虽然夜深人静时，他们也会觉得游民活该，也认为他们都吸毒，而且账户里的存款比我们还多，但在清醒的时候绝对不会大声说出来，特别是在派对上。麦克显然对他的听众判断错误，也因为如此，他改变了整个室内的气氛。两分钟以前,戴维对着许多困惑的脸讲话;没有人反对他,但也没有人愿意为了响应戴维的主张提供家里的空房。现在不同了。他们现在要站在哪一边呢?他们要支持右翼黑暗分子,例如,麦克?还是他们要站在(有些许古怪,可能是误入歧途,但是仍然善良纯洁的)天使这边?精神分析师哭喊着:"天使万岁!"同性恋演员大叫:"反对右翼黑暗势力!"当然没有人真的叫出来。他们都太压抑了。但是麦克身边的空地的确愈来愈大了。人们从他身边疏散开来,好像他打算跳些华丽的舞步似的。

"如果你是这么想的,那我接下来要说的恐怕你不会感兴趣。"

"没错,我没兴趣。但我还是要把酒喝完。"

"欢迎你把酒喝完。可是能不能请你保留你自己的想法?我不确定大家会想听这些。"

"那是因为他们是一堆抢劫的皮条客。"

麦克四周的空间又更大了一些。他现在大可跳一段霹雳舞,而且不用担心会打到任何人的头。就连他的喜剧搭档也离他而去了。麦克称呼戴维"皮条客",在场所有人都不希望被这么称呼,毕竟,我们希望小区和谐,大家都是小区的一分子。我们希望麦克成为我们的一分子,也希望麦克乐于接受我们当他的邻居。没错,他可能在六十年代花了几百英镑买了这栋房子,那时我们这些人没人会想住在这里,而我们之中有些人在几年后花了二十五万英镑买了这里的房子。(但不是戴维跟我!我们十年前花了十万英镑买了这栋房子!)但这样就代表我们是皮条客了吗?毕竟,麦克的房子现在也同样价值二十五万英镑。当然这不是重点。重点是,我们都是那种有办法付二十五万英镑买房子的人(或者该说,我们是那种银行愿意借我们二十五万英镑买房子的人);这让我们有能力给乞讨者一些钱(如果我们疯到愿意花二十五万英镑买房子，那不难想象我们也会愿意给乞丐一些钱）；然后街道尽头有一间酒馆，麦克过去曾经在那里喝酒，但是现在那里的员工跟顾客和过去大不相同了，那里已经不太像真正的酒馆，改卖某种上面铺满西班牙香肠的食物，一份十英镑。面对现实吧，皮条客得为此负责，同时也得为其他事情负责，例如街角的商店变成有机熟食店……天啊，我们要回答的问题可真多。

所以麦克离开了（他生气地把他的酒放在壁炉架上，然后拂袖而去），这是好事也是坏事，虽然我们对于游民问题怀有罪恶感，但对于没能调停麦克的纷争，让他被小区孤立也同样感到不安，也许这样双重的罪恶感对戴维有帮助，因为现在这间房里有这么多共同的罪恶，以至于这些皮条客急着想做些什么来弥补。他们急着想做些勇敢、困难的事情，好证明自己不是皮条客，证明自己是好人、有想法的人，而且不怕困难。如果戴维在这一秒要求人们放弃自己的房子，有一些人可能真的会答应：要一个房间是吗？哼！小事一桩！

接着戴维察觉到这个气氛，于是赶紧完成他的演讲，而好消息一脸满足地站在他身旁。这些人想跟麦克一样吗？还是想做些比一生中做过的都更美好的事？因为戴维不在乎我们正在做些什么：不论我们的工作能帮助多少人，不论我们捐多少钱给慈善团体，这些事情并不能真正改变一个人的生活。但是六个月不用客房，却可以真正救助一个人的生命，一旦有了家，有了固定的地址，有地方可以刮胡子淋浴，这些孩子就可以去找工作，然后他们可以赚钱，有了固定薪水后，他们会建立自尊，然后自食其力，不再需要接受帮助……

“我四十一岁了，”戴维说，“我有一半的时间都在懊悔自己错过了六〇年代。我从书上读到那时代特有的能量，想象那个年代的音乐总是那么有原创性，而不像现在所有的新歌都像已经听过上千遍那般了无新意，而且那时候的音乐是真的具有意义的，想到如今社会已经跟当时截然不同，我总是感到很伤心。虽然我们这个时代有援助非洲巨星演唱会，对此我也感到很兴奋，但如果想到那些问题……这些问题太庞大了。它们不会自己消失。我们虽然无法改变世界，但是可以从改变这条街做起，而且如果成功改变这条街，也许其他人也会跟进。我们仔细挑选了十位街头游童，他们过得很艰苦，需要帮助。他们都是好孩子。他们不是酒鬼，也不是毒虫，或是小偷、疯子；他们过着不正常的生活，但他们身不由己。有些人的继父把他们赶出家门，也许有人死在他们身上而他们不知道如何处理……但是我们可以替他们担保。如果我能为这十个孩子找到十个空房，我觉得这会是我此生做过最棒的事情。"

"你自己也会认领一个吗？"有人问。

"当然，"戴维说，"如果我自己不打算做，我又凭什么要求你们呢？"

"请问我们要把他或她安置在哪？"后方一位妇女提问，她已经养了两个孩子、一个精神导师和一个失去工作意愿的丈夫。

"等大家离开后我们会讨论出解决之道的。"戴维说，"有人想更深入讨论刚刚的话题吗？"

四个人举起手。

"四个对我来说太少了。我需要更多。"

又一个人举起手，然后就没了。

"好吧。现在有五位志愿者，也许等会儿还会有另外五位。"

奇怪的是，整个房间突然无意识地响起一阵掌声，让我觉得我有可能会掉下眼泪，是那种看滥情电影才会掉的眼泪。

好消息跟戴维带着这五个人走进书房(可以想见这个书房即将变成卧室),剩下的我们只能看着他们。这有点像教堂婚礼中,新娘跟新郎还有相关人等到角落登记时,教堂信众除了对他们微笑,也不知道还能做啥。(当婚礼进行到那个阶段,有人唱歌吗?好像有。也许我们现在也该唱歌——例如《我在你左右》,或是《你永远不会孤单》这类的歌,一些可以让非教徒开始感觉心灵受到启发的歌。)

以兹记录,五位志愿者分别是:

1. 赛门跟理查德,住在二十五号的同志情侣。

2. 裘德跟罗伯特,一对三十几快四十的夫妇,有人曾跟我说他们没办法生小孩,所以试着领养,只是没成功。他们住在六号。

(为了帮助那些不了解为什么有人自愿收留街头游童的人了解,这时候最好能再来唱首主题曲……)

3. 罗斯跟马克斯,就住在斜对面二十九号。我对他们一无所知,因为他们最近才搬过来,我只知道:一,他们有个女儿,大约跟莫莉同年。二,在戴维转变之前,曾说过他看见罗斯在公交车上读他的专栏,而且笑得很开心,也许他们自愿提供空房是为了赎罪。

4. 温迪跟艾德,住在十九号的一对年长夫妇。当我们带孩子出门在街上遇见时总会停下来聊天;我对他们所知也不多,只知道他们两人的体型比较庞大,还有他们的孩子已经不跟他们住在一起了。

5. (这位挺可怕的)玛蒂娜,一位年长(很老,七十多岁)又体弱多病的东欧女士,独居在二十一号。以一个住在这里四十年的人来说，她的英语理解能力烂得让人惊讶，所以只有天知道她以为自己自愿登记了什么；明天她很可能会拿个大蛋糕送给我们，然后等到一个礼拜后，某个辫子头的人敲她家门的时候，她会感到困惑又惊恐。

一个我从没见过的女人走过来。"你一定很为他感到骄傲。"她说。我礼貌笑笑，不发一语。

一直到午夜，我们才终于上床，但是戴维兴奋到睡不着。

"你觉得五个算不错吗？"

"很惊人。"我对他说，而且是认真的，因为我本来以为一个人都不会有，完全没有，一个凄惨跟羞耻的失败，然后故事从此结束。

"真的吗？"

"你真的认为可以募集到十个志愿者吗？"

"我没想过。只能说我在脑海中设想这一切时，我想不到他们有什么理由可以拒绝。"

就是这样。这就是典型戴维跟好消息的想法："我想不到他们有什么理由可以拒绝。"这就是最困扰我的地方。我想要摧毁戴维的"拯救世界相亲相爱运动"，但是我想用他的逻辑跟哲学还有语言来进行，而不是某种爱发牢骚、自以为是、漠不关心、相信适者生存的小报专栏作家的语言。所以我当然不可能办到，因为戴维很擅长这种语言，而我只是个新手。这就像我要在希腊跟柏拉图辩论一样困难。

"有什么好争论的呢？"他说，"我的意思是，这些人是……"

"我知道，我知道。你不需要跟我争论。那不是重点，不是吗？"

"不是吗？"

“关于你想做的事情从来没有人要跟你争论。有人饿了,如果有食物就分给他。孩子们没有玩具,如果你玩具太多就分他们一些。我想不到任何反对的理由。但这不表示我赞同你。”

“但是你应该赞同。”

“这个世界不是这样运作的。”

“为什么不是?好吧,我知道为什么。因为人们自私而且害怕而且……而且被洗脑,他们以为自己没有选择。但事实上他们有。他们有的。”

我现在该说些什么呢?我该说人们有权自私吗?还是说他们的确别无选择?还有,希腊语的“请你闭嘴,让我一个人静静”怎么说呢?

隔天早上我跟汤姆坐着吃玉米片,好消息跟莫莉还有戴维在我身边打扫。我没有起身。我很自私,而且我有权自私。《卫报》里有篇新闻写道,有一帮年轻混混把一个男人打到不省人事,然后把他丢在维多利亚公园的树篱笆下,使他失温致死。他有可能是被活活打死的,验尸官并不确定。这些年轻人中有三个人是游民。好吧,我承认不该把这则新闻大声念出来,因为我们的孩子年纪还太小,而且我们家马上会有一个年轻的游民来住(我擅自假设会有,因为完全没有人跟我提过这件事),听了这则新闻后,孩子们可能会连做好几个礼拜的噩梦,只因为有个可怜而且几乎可以肯定无害的孩子会睡在楼下。但是我现在很暴躁,既然子弹就在眼前,就在报纸第五版的正上方,我没有理由不发射。

“喔,太好了,”汤姆说,“所以爸现在打算让我们全家被杀死。”

“为什么?”莫莉说。

“你没听到妈刚才念的新闻吗？一个游民要来这里抢劫我们，而且很有可能把我们全家杀光。”他对这一切似乎很镇定：的确，他似乎很喜欢这个想法，如果被谋杀就可以证明他的想法是对的，可以让他父亲感到罪恶。但我认为他太天真了，他父亲只会感到懊悔跟伤心，但不会感到抱歉。至少不会是汤姆想得到的那种抱歉。

“那不公平！”戴维愤怒地对我说。

“对，是不公平。”我说，“以一挡五，那个男人根本没有任何机会。”

他看着我。

“怎么了？事实在这里，在报纸上。这跟公不公平无关。这是则新闻。这是事实。”

“有其他很多别的新闻你可以念。我敢说报纸上一定有一则关于，我不知道，例如福利法改变的新闻。我敢说报纸上一定有关于第三世界债务的新闻。”

“戴维，第三世界债务并没有要来我们家住。第三世界债务也没有杀死……”我停了下来，我知道我说错话了，我刚没想到第三世界债务造成了上百万人死亡，比年轻游民杀过的人要多上几十亿万倍。我知道我知道我都知道，但话已出口就来不及了，待会势必得听他唠叨好几个小时。

10

所有街头游童都在同一天抵达，收留他们的家庭当天早上帮他们叫了小巴士。这是一个晴朗六月的星期六，因为一早的热度加上昨晚下过雨，所以天空飘着一层薄雾，有些人聚在自家门外，不是在目瞪口呆，就是在欢迎他们的新室友，霎时我觉得这真是一条特别的街。因为在伦敦，甚至整个英国，再也找不到第二条街会有像我们今天这样的早晨，而且无论结果如何，我必须承认好消息确实达成了一些目标。

那些孩子下车的时候大声喧闹着——“呃，你看她，我打赌她是你的”——但他们只是虚张声势，当中有些人显然很害怕。其实我们对彼此都感到害怕。当他们站在人行道上，戴维一一与这些孩子谈话，一共有三个男孩，三个女孩，戴维分别为他们指出新家的方位。他跟其中某个男孩握手并且指着我，几分钟过后我在厨房泡茶，而一个自称“猴子”的十八岁男孩在饭桌卷烟。

“你在做什么？”莫莉问。

"卷香烟。"

"你抽烟吗?"莫莉说。

"拜托!"汤姆说,随后立即躲回房间里去。然而莫莉感到非常惊讶。她爸不赞成抽烟,而她妈又是医生,所以她听过抽烟这回事,但从来没看过有人在她面前准备要抽烟。对我来说,我不确定我希不希望猴子在孩子面前、在我厨房抽烟。也许我不想。但如果要求猴子到后院抽烟,可能让我们踏出错误的一步:这可能让他觉得自己不受欢迎,或是觉得我们不尊重他的文化。也或者会更凸显我们之间的差异——他可能觉得二手烟本质上是中产阶级的恐惧,长久下来他一定会被我们讨厌,会让他有一种被排挤的感觉,也许这就是为什么他可以在我们面前毫不在乎地卷烟。又或者请他去外面抽烟可能会让他不爽,而他的愤怒会驱使他偷光我们的财产,或是趁我们在睡梦中杀死我们。我不知道。正因为我什么都不知道,所以我除了"我帮你找烟灰缸",还有"你得将就用这个小碟子"之外,什么都没说。接着,当我在脑海里回放这句话时,听到:第一,这句话里某个音调有可能被认为是不开心;第二,可能会被解读为话中有话,我是在暗示他这里之所以没有烟灰缸是有原因的;所以我立刻补了一句"如果你不介意的话",而猴子并不介意。

他非常高,而且非常瘦——看起来一点都不像猴子,反而比较像长颈鹿。他穿着(从脚到头)马丁靴、军裤、卡其外套、沾了泥的黑色高领毛衣,至少我希望那是泥巴。他的行李很少,其他衣物都装在一个塑料手提袋里。

"那么……"我说。他期待地看着我,这是可以理解的,因为我刚说的话显然会引起对方的期待,但是我却一时词穷。我试着想接下来该说什么,要听起来不像以恩人自居,也不能冒犯他,但是要透露出对他的同情以及好奇。(顺带一提,我是真的对他感到同情与好奇,所以这个问题不仅是作秀而已。我是真的关心他。真的。)

“上一次你待在别人家的厨房是什么时候?”

这个问题不算冒犯吧?如果他们长期睡在外头,想必有好一阵子没进厨房了,不是吗?也许这个问题可以打开他的话匣子,如此一来我就能更了解他,知道他过去都做些什么,去了哪里。但我想唯一的风险是,这个问题听起来有点自以为是——像是在说“我们过得不错吧,我们有厨房,啦啦啦啦啦”。

“不知道。几世纪前吧。大概是上次看到我妈的时候。”

“那是什么时候?”

“大概两年前吧。阿里·基真的好笑吗?”

“谁是阿里·基?”

“电视喜剧演员。”

“我不知道。我没看过他。”

“他不好笑。”莫莉说,她正在桌上画画。

“你什么时候看过他了?”

“我没看过。但是我看过他的照片。他看起来不好笑。很蠢。你为什么叫‘猴子’?”

“我不知道。他们都这样叫我。你为什么叫莫莉?”

“因为爸比不喜欢蕾贝卡这个名字。”

“喔。你们有数字电视吗?”

“没有。”

“有线电视呢?”

“有。”

“天空体育台呢?”

“没有。”

“喔。”

我们令猴子大失所望。老实说，他也颇令我失望。我无法回答他的任何问题，我们家也没有他似乎最想要的东西（除了天空体育台以外，我们家也没有新型游戏机还有狗）；同时他也不愿帮助我了解他为何流落街头，这意味着我无法在他面前展现我想让他看到的部分：凯蒂是心理治疗师，是个倾听者，能够以富有想象力的方式解决一般人无法解决的问题。他去洗澡了，可惜我们家没有他想要的淋浴设备。

几天下来一切都很宁静。我们只有傍晚才看得到猴子；他不会说他白天去了哪，但显然旧习难改，老朋友对每个人都很重要，对他而言当然也不例外。总之，有一天晚上他回来，把一堆硬币丢在餐桌上，说是给我家用支出，这令人不难想象他白天都去做了什么。我几乎差点要收下这笔钱：毕竟他是这个家除了我以外唯一在工作的人。他很有礼貌，不会打扰别人，他看书，看电视，他跟汤姆一起玩电脑，喜欢每一口我们提供的食物，他从不挑食。

有天晚上我们让我们的两位客人负责照顾孩子（想象若是跟我父母或是社工人员对话会是什么情形：“谁在照顾你孩子？”“喔，好消息跟猴子。”）我们去当地电影院看电影。一部茱莉亚·罗伯茨的电影：她饰演一个困苦的单亲妈妈，在一间法律事务所工作，然后发现了一家水公司毒害人们，她发起活动替人们争取赔偿金。但牺牲了她跟一个性感蓄胡男的恋情，她变成了一个坏母亲，怠忽母亲的职责，但她是为了正义而战，毕竟那家水公司简直坏到骨子里，她只有两个小孩跟一个男朋友，但是有数百个生病的人受害，所以她的选择是对的。这部影片没有特别精彩,但是我爱它,因为它只是一部彩色电影,而且故事跟宇宙飞船或是昆虫或是噪音无关,我将它一饮而尽,如同喝下斯托帕德的剧作。然而戴维爱这部电影,则是因为他认为这部电影与他有关。

“嗯?”看完之后他说。

“嗯什么?”

“看到没?”

“看到什么?”

“如果要做善事,就要付出代价。”

“没有什么代价好付。至少这部电影没有。每个人从此过着幸福快乐的生活。当然除了那些生病的人以外。”

“她男朋友离开她了。”

“她跟他和好了。”我指出。

“难道你不站在她那边吗?”

我忍不住感叹他过去的想法是多么复杂又有趣。“不,我站在水公司那边。我当然站在她那边啊!我没有什么选择。你是要说你是茱莉亚·罗伯茨吗?”

“没有,只不过……”

“因为你不是。”

我们停下来,他给了一个孩子五十便士,然后我们又继续在沉默中走了一会儿。

“为什么不是?”

“戴维,我不打算把时间浪费在这件事上。”

“为什么?”

“我为什么要浪费时间检视为什么你不是茱莉亚·罗伯茨?”

“你当然要。这很重要。告诉我,我所做的跟她做的有什么不同?”

“你在做什么?你倒是解释给我听。”

“你先跟我解释她做的是什么。然后我们再来看看有什么不同。”

“你快把我给逼疯了!”

“好,我很抱歉。重点是我跟她都想做些改变现状的事。一家水公司在毒害人们。很糟。于是她想为受害民众争取正义。孩子们睡在街头,也一样糟糕。而我想帮助他们。”

“为什么是你?”

“为什么是她?”

“那只是电影,戴维。”

“根据真实故事改编。”

“我先问你,这值得毁掉你的家庭吗?”

“我不打算毁掉我的家庭。”

“我知道你不打算毁掉你的家庭。但是现在家里有两个人很不快乐。而我不知道还能忍受多久。”

“对不起。”

“你所能说的就只有这些?”

“我还能说些什么?你威胁说要离开我,只因为我试着帮助那些无法自助的人。而我……”

“那不是真的,戴维。我威胁说要离开你,是因为你变得令人无法忍受。”

“你不能忍受什么?”

“每一件事。那些……假道学。自以为是。那些……”

“外头有人在死去,凯蒂。如果你觉得我是自命清高,我只能说我很遗憾。”

我哑口无言了。

因为总是有接二连三的阻碍发生,首先是戴维夏天断了一条腿,接下来是大学毕业后的贫困期,所以一直到在一起的第三年,我们才第一次一起出国度假。那时我跟他是正常的情侣,所谓正常,是指我们虽然会吵架,有些时候我会觉得没那么喜欢他了,就算彼此离开几天,也不会想他,但我发现我还是会记下生活里一些微不足道的小事等着要对他说。我从来没有真正想过到底还要不要跟他继续在一起,因为我知道,在我内心深处,打算长期抗战。我想说的应该是,我们第一次去国外度假并不像度蜜月一样甜蜜,也没什么机会在床上消磨整整两个星期,只有在用汤匙喂对方吃异国风味的水果时才会动。事实上,关于这趟旅行的记忆大概是:戴维对于拼字游戏的规则认定较为宽松,我们为此起了争执,我说戴维是可悲的作弊宝贝,戴维非常生气。那时候的我们还处在会为了这些小事争吵的阶段。

那时我们找到飞往埃及的便宜机票,打算去那边好好观光一番,但是抵达开罗的第二天,戴维就病了,而且是前所未有地严重,事实上他已经病到精神错乱了,而且每隔几个小时就呕吐,最严重的时候还会腹泻,而我们住的是便宜的旅馆,没有自己的厕所,所以我得帮他清理残局。

但有一部分我还蛮开心的,因为一年前我给自己立下一个测试(大概就是我开始有想当医生的念头的时候,我的私人生活跟我的职业生涯常常有无形的交集):我能不能在看过某个人经历没有尊严的状况后,到了隔天早晨仍然能尊敬他?结果我高分过关。我毫不迟疑地帮戴维清理，而且在那之后（我是指假期结束恢复健康后，而不是说事情当下结束后）我还能跟他做爱……毕竟我有能力接受一段成熟的关系。这就是爱，不是吗？

但是现在我明白我错了。那不是个测试。毕竟有哪个女朋友会在陌生的国度丢下男友，让他一个人在肮脏的床单上任由病情恶化？现在我跟戴维的情况，才算是真的测试。主啊，我失败了。

温迪跟艾德，那对身形巨大、住在十九号的夫妇，隔天早上第一件事就是过来找我们。他们收留了一个叫做罗比的孩子，他们说很喜欢他。昨晚他们三个待在家里谈罗比过去的生活，谈罗比为什么后来会演变成这样，然后温迪跟艾德上床睡觉，他们满心觉得让他住进来是正确的选择。但当他们起床后罗比消失了。还有一台摄影机、七十英镑现金、一条温迪洗碗时留在水槽旁的手链也一并消失。好消息愈听愈不安，这让我很惊讶：我原本以为他会认为这些损失不算什么——说得好像被偷的是他的东西似的，对他来说要争论这类话题太轻而易举了——他会说，为了成就更伟大的善行，冒些风险是值得的，诸如此类的话。结果没想到，让他不安的不是那个小偷，而是我们中产阶级的思考逻辑。

“喔，不不不，大家，”他说，“我们太快跳到结论了。我们不该跳跃的。我们应该坐下来好好想想，而不是武断跳到结论。”

“什么意思？”艾德是真的搞迷糊了。他跟我一样，想知道这件事还能有什么不同的解释。

“你看不出来吗？我们把两件事放在一起，然后理所当然帮他定罪。我是说……好吧，罗比失踪了。然后，好，有些东西也不见了。但这不代表他们去了同一个地方。”

“我很确定他们不会去同一个地方，”我说，“我确定他们去了不同的地方。我确定摄影机到了霍洛威路的二手商店，罗比则去了卖酒的商店。”

戴维看了我一眼，让我知道说这些话对事情没有帮助，但我不这么认为。温迪跟艾德对这件事的反应还蛮理性的。他们大可跑来把戴维从楼上窗户丢出去，或是坐在他身上直到他爆炸为止，但他们看起来既困惑又受伤。然后现在又被告知他们的推论是错的。

“好消息说得没错，”戴维说，他的反应了无新意，让人觉得很厌倦，“我们不能用刻板印象去看这些孩子。因为就是刻板印象才会让他们落入这团混乱。”

猴子走进厨房，穿着一件戴维的二手衣，一边打呵欠。

“你认识罗比吗？”我问他，“跟艾德还有温迪住在一起的男生？”

“认识啊，”猴子说，“他是爱偷东西的小王八蛋。原谅我的粗口。”

“你怎么知道？”

“我怎么知道他是爱偷东西的小王八蛋？因为他什么都偷。”他没察觉到气氛不对，开心地为自己机智的幽默大笑。

“他偷了我们的一些东西然后消失了。”艾德说。

“嗯，我早知道那会发生的。他偷了什么？”

艾德告诉他有哪些东西不见了。

“这小王八蛋。好。”接着猴子也消失了。

我们帮艾德跟温迪泡了杯茶。戴维双手抱头哀伤地低着头：“现在仔细想想，这个策略风险太高了。”如果我是艾德跟温迪，对于他的第一句话会觉得特别难以下咽。他们可能希望事前早该想到。

“你们不该担心太多，”好消息快乐地对他们说，“不管你损失多少,你们做了对的事。他有可能把所有东西都偷光,每一个便士都偷得一干二净,然而你晚上入睡的时候,你的良心是清澈的。比清澈更好,应该说是……”好消息花了一段时间想找到哪个词可以表示“比清澈更好”,最后他放弃了,只给了他们一个愉快的微笑,这个微笑并不如好消息期待能为艾德跟温迪带来多少安慰。

四十五分钟后猴子带着摄影机、手链、七十英镑当中的五十英镑,还有罗比回来了,罗比的右眼上有个伤口不停地流着血。戴维很生气,好消息则是很苦恼。

“他伤口怎么来的?”戴维问。

猴子笑了笑:“他撞到门了。”

“喔,天啊,”好消息说,“我们不鼓励这样解决事情。”

“我不认同暴力。”

“什么意思?”

“意思就是我不赞成你使用暴力。”

“嗯,”猴子说,“我好好跟他说,但他不听。”

“我本来就打算带着这些东西回来的,”罗比哭着说,“他根本不需要打我巴掌。我只是……”关于他为何会暂时需要一台摄影机跟一条手链然后音讯全无,罗比试着找出让人信服的解释,但他失败了。

“那是真的吗,猴子?”戴维问,“他真的打算带着那些东西回来吗?”

“戴维我跟你说实话:不,那不是真的。他不打算带那些东西回来。他打算卖掉。”猴子是为了逗大家笑才说这些话,也真的有人笑了——是艾德跟我。但是戴维跟好消息笑不出来。他们愁容满面。

我拜托猴子带罗比出去走走,好让我们谈话。

“所以现在怎么办?”我问,“你们想报警吗?”

“啊,现在,你真的要审慎思考,”好消息说,“因为一旦报警,你知道的……事情就严重了。如果二十英镑对你来说真的那么重要的话,你知道……”

他话还没说完就停了。显然他不打算赔偿这二十英镑。

“知道什么?”我问他。

“这算不上多少钱,不过就二十英镑,不是吗? 我是说,一个年轻的生命一定更有价值吧。”

“所以你的意思是艾德跟温迪很吝啬,而且麻木不仁。”

“我只是说如果是我掉了那些钱,你知道……”

“这跟你无关,”我对他说,“这要由艾德跟温迪自己决定。”

“如果我们叫警察来,”戴维说,“会让罗比很难回到原来的生活。这会让他认为艾德跟温迪不想要他。”

一直到此刻我才终于发现,戴维对现实的认知与真实状况有多么严重的误差。

“我们他妈的是不想要他,”艾德说,“那个小混蛋!”

好消息的脚步开始不稳:“你们不要他? 就因为这点小事? 拜托,我们都知道这条路不好走。我没想过你们才碰到第一个障碍就放弃了。”

“你跟我们说你们仔细调查过每一个人的。”

“我们是调查过没错。”戴维说,“这些孩子都是一家临时收容所推荐给我们的。但你知道,对罗比来说那一定很诱人。有钱摆在那里,还有珠宝、电子产品,还有……”

“所以是我们的错吗?”艾德说,“你现在是这个意思吗?”

“不完全是你的错。但也许我们没有完全认清……两边的文化裂口有多深。”

艾德跟温迪互看了一眼，然后离开。

“我对他们太失望了，”戴维几乎是对自己说，“我以为他们会比较坚强。”

我帮罗比清理干净，建议他如果够聪明的话最好自动消失。他对这个建议不大高兴，戴维跟好消息也是，他似乎相信我是在纵容自己把某种对他毫无帮助的刻板印象套在他身上，认为我们没给他机会。我们为此争论了好一会儿，因为我的感觉跟罗比不同，我认为他有过机会，他没有好好珍惜。

他不同意。“那台摄影机是韩国制的烂货，”他说，“而且就像好消息说的，那不过是二十英镑罢了。”

关于这点，我知道我离题了——的确，有点前言不对后语——但是也不算太离题。与猴子短暂交谈过后，罗比决定韦柏斯特路不适合他。我们从此再也没见过他。

不幸的新闻很快传遍整条街，然后今天一整天我们不停有访客上门。其他四个志愿家庭当然都想跟戴维还有好消息谈谈，但是艾德跟温迪最近的邻居——包括麦克，他们对这个计划的想法，想也知道，都在一夕间变得强硬——也很不开心。于是麦克来拜访我们。

“这不关你的事。”戴维说。

“什么，有个他妈的小贼住在我家隔壁难道不关我的事？”

“你根本不认识住在你家隔壁的人，”戴维说，“你还没真正认识他们就先妄下断语。”

“你在跳跃,”好消息说,他很满意他发明的新动词,“我们这的人都不是跳跃者。”

“怎么,难道我得等到我他妈的一半财产都被偷走我才能抱怨吗?”

“我们何不开一个小区会议?”戴维说。

“那有什么好处?”

“我想了解一下大家的反应。听听大家的感觉。”

“我才不管他妈的其他人怎么想。”

“大家同住在一个小区里,你不该有这种想法的,麦克。”

“我才没住在什么他妈的小区。我跟我自己的财产住在我自己的房子里。而我想好好保护我的财产。”

“好吧。所以应该要让你有机会表达想法。你可以亲口跟这些孩子说你不希望他们进入你的房子。”

“告诉他们! 告诉他们! 如果需要跟他们说,他们才知道不该闯入别人的房子,那他们当初根本就不该来!”

“那他们该去哪?”

“去临时收容所,去街头,谁在乎?”

“显然我在乎。这就是为什么我这么做。”

“很好,但我不在乎。”

“那你在乎什么呢,麦克?”这是这场争论里好消息第一次发言,但却是目前为止最具挑衅意味的一句:麦克现在几乎到了出手打人的危险边缘。我陷入两难。我不是很喜欢麦克,但另一方面戴维跟好消息实在很需要教训,除了麦克,我实在看不出来还有谁会这么做。

“听着,”戴维说,他从危险边缘又走回安全地带,我听得出来他想要缓和场面，“我理解你的担心。但我向你保证你可以不用担心。请跟其他孩子碰个面，听听他们想说什么。如果这类事情再度发生，嗯，那我会承认错误，然后重新思考，好吗？”

这就够了：麦克冷静下来，而且同意晚点再过来，虽然我认为戴维如果想转化，还有一段很长的路要走。同时我们要准备好更多的奶酪条，家里有些人恐怕还得准备更沉重的心情，好迎接又一个在我们家举办的小区聚会。

相当温馨地，这些孩子们没有彼此结伴同行，都是跟寄养家庭的主人一起来，感觉就像是要对新主人宣誓效忠。这些孩子必须被手肘轻推后才敢进门，就像小朋友参加生日宴会，他们进门后总会站在门边，然后他们的父母会温柔地，而且，嗯，对，骄傲地介绍他们。

“这是赛丝。”理查德，那个演过《警务风云》的同性恋男演员说。赛丝是向来害羞的十八岁少女，她来自伯明翰，两年前被她继父性侵害后来到了伦敦。她想成为护士，最近的职业是妓女。某些部分的她，例如她的肢体语言还有她的辫子，让她看起来只有九岁，但是她的眼神让她看起来像是四十五岁。

没有人，即使是麦克，也不会希望还有任何不幸会发生在她身上。

玛蒂娜带了一个叫做“蒂思”的女孩。蒂思脸上有很多斑，体型胖胖的，而且我注意到她跟玛蒂娜是手牵手进来的。罗斯跟马克斯带了自己的女儿荷莉，还有她的新朋友安妮，安妮比其他人都大，约二十二岁，身上穿的显然是罗斯的衣服——有着花朵图案的洋装还有一双闪亮的凉鞋。裘德跟罗伯特家收留的是克雷格，他穿西装，也是二手衣，他的头发因为刚冲过澡还是湿的，看起来是个甜甜的、有些胆怯的小男孩。这是人们对他们多数人的印象：当他们抵达时，看起来都像年纪轻轻就历尽沧桑饱经世事。但因为韦柏斯特路这样舒服的环境，再加上他们都洗过澡，于是曾有过的那些无法想象的肮脏经历，如今在他们身上、脸上已不见痕迹。现在他们看起来才是他们该有的样子，但话说回来，如果他们还待在之前的世界，现在这个模样就会显得格格不入了。他们现在看起来就是惊恐的年轻人，离家人很远，离我们任何人向往的生活也很远。

麦克一点机会都没有——甚至连话都没得讲。马克斯指出过去两年，他被抢了三次，所以小偷究竟住在你家隔壁或是几条街之外其实没有分别。玛蒂娜告诉麦克她独居了十五年，现在很享受有蒂思的陪伴，如果蒂思现在消失，她会非常惊讶跟难过。“到时我只好得去找另一个蒂思。”她说。

赛丝最后发言。她不大会说话，很害羞，而且一直看着她的鞋子，她的声音断断续续，不过反正也没人真的听得清楚她在说什么。但我们清楚的是她非常渴望这个机会，渴望跟赛门还有理查德住在一起，渴望上大学好通过考试，渴望从此不用回到过去的生活。她说她想杀了罗比，因为她知道那代表什么，也知道人们会怎么看剩下的其他人。如果他们住在这里的期间又有东西失窃，她愿意自掏腰包赔偿受害者，即便她得用一生才还得清也无妨。当她说完后，大家热烈鼓掌，理查德上前拥抱她。麦克回家的时候，看起来一副打算抢劫自己的家然后消失的样子。

结束后理查德走过来为了这晚向我致谢，说得好像我除了抱怨以外还做了啥贡献似的。

“我知道赛丝认为我们为她做了很多，”他说，“但我无法形容她为我们做了多少。我是说，看看我。一个烂演员，只要能在《急诊室的故事》里客串，演上个一周就兴奋得要命。我一生中没做过什么好事，但现在开心得要命。如果她真能通过护士资格，我死而无憾。而且我会哭上一个月。你一定以戴维为荣。”

“你知道，我是个医生，”我说，“各种稀奇古怪的事见多了。”理查德看着我，直到我逃开，跑到厕所把自己反锁在里面为止。

不过这终究不是关于他们的故事；这是我和戴维的故事。所以我想在这把他们的故事做个结尾，告诉你他们最后的发展。克雷格跟猴子失踪了，猴子是在几天后，克雷格则是在几个礼拜后。猴子走的时候拿走了一些钱，但那些钱是我跟戴维故意放给他偷的：当我们开始怀疑猴子过得不开心、不舒服，而且心痒想往外发展时，我故意跟他说厨房里有个罐子放应急用的钱，然后我们在罐子里放了五张二十英镑纸钞。我们知道会被拿走的，结果也真是如此。克雷格则是宣称要去找他母亲，听说是这样，但愿真是如此。女孩们都在，还在这条街上，感觉就像她们从来不曾有过过去那样的生活。戴维想要救十个孩子。最后他必须与现实妥协，只能救六个。但这六个里有三个超出他的控制范围。如果剩下的三位最终能留下，而且找到工作，成家立业，也许，那么……喔，你可以自己算算。我不是说十分之三的成功率，我是指如果这三个孩子真的能回到正常生活，我不知道该如何计算其价值。因为我的价值观已经严重混淆了。

11

《星球大战》系列电影里，我唯一可以忍受的是第二集《帝国反击战》里面几幕安静的场景。或者该说，是以前的第二集——在第四集变成第一集，而第二集变成第五集之前。几年前，汤姆曾经把《星球大战》系列录像带反复看个不停，而且是从第一集开始连续播放。一开始我喜欢《帝国反击战》，纯粹是因为它在一连串的吼叫枪响跟飕飕声中，让我有喘息的空间。但后来我欣赏的是它的……我不知道你们怎么称呼它。是讯息吗？还是寓意？《星球大战》系列电影真的试图传达任何讯息吗？总之，某些剧情开始在我心中引起回响，我想当卢克·天行者，我想独自一人踏上学习成为绝地武士的旅途。我想暂时从战争中逃离。我需要一个睿智的人教导我该怎么做才能顺利过完余生。我知道这很可悲，竟然是一部儿童科幻电影带给我启发，而不是乔治·艾略特、华兹华斯或是弗吉尼亚·伍尔夫。但话说回来，这就是重点，不是吗？因为我没时间也没精力去读伍尔夫，这意味着我不得不从我儿子的《星球大战》录像带里寻找一点意义跟慰藉。于是我只能当卢克·天行者，因为我不知道我还有什么选择。

猴子跟他朋友选择搬回街上住的时候，我强烈意识到我真的该好好思考；事实上，几乎强烈到如果不先仔细思考这件事，我的生活就无法支撑下去的地步。我没办法分辨谁对谁错，我的房子里有一堆我不认识的人……我简直要发疯了，我是说真的。所以我不得不这么做，不是吗？我知道这样很自私、过于放纵自我、很恶劣，但在当下，我若不使坏，真的不知道该如何继续当个好人。任何人都会了解的。上帝、坎特伯雷的主教、米里亚姆·斯托帕德医生，任何人。难道他们不会了解吗？这不表示我少爱我孩子一点，甚至也不表示我少爱我先生一点（其实我没仔细想过这点，虽然我是该好好想想）……

总之我搬出去了。姑且算是吧。只不过没有人知道。嗯，戴维跟好消息知道，还有一位叫做珍娜的同事，原因等一下就会说明，但是莫莉跟汤姆还不知道。我现在住在，或至少说睡在街角的一间套房里，每晚我哄孩子上床睡觉后才出门，早晨闹钟设在六点十五分，着装后没喝茶也没吃什锦谷物就直接走出套房，睡衣和晨袍放在手提的袋子里六点半回到家。通常孩子们还要一个小时后才会起床，虽然说这机会微乎其微，但是为了以防他们突然早起，我还是得提早出门。（他们现在很少半夜醒来，而且就算醒来，通常也是戴维负责照顾，只因为我是那个有正当工作的人。）我会换回睡衣和晨袍，以免孩子有任何怀疑——虽然说他们得非常多疑，才会猜到每天哄他们睡觉、隔天早上又出现的母亲，竟然已经搬出去住了——我会把多出来的一小时拿来读我带来的报告。理论上，我少睡了一小时，但这一点都不辛苦，因为实际上，我觉得多睡了一个小时，晚上一个人独处真的有让人焕然一新的感觉。

我没有付房租：这间房间属于珍娜·瓦德，第三个知道我的新家庭安排的人。珍娜在外科工作，最近回新西兰一个月去看她侄女，如果不是珍娜要回去看侄女，事实上，我永远不会决定搬出去。就像那些小偷如果没看到某个人从口袋里掏出皮夹，可能根本没想过要去偷它，一切皆是机会使然：她刚好提到她的房间会空下来，几秒内我就下定决心。我好像无力抵抗这个诱惑；我的理智被征服了。我可以听见那种空虚，品尝那份寂寞，闻到孤独隐居的味道，我从没这么迫切渴望拥有某样东西。（这件事会让我看起来像是怎样的人呢？一个极度追求感官享受的人，竟然会追求极度平淡无华的生活？）因为需要为发明之母，于是就在当下短短几秒内，我拟订了我的上床后早餐前计划。接着我回家告诉戴维我的计划，然后就真的去做了。

"为什么？"戴维问我——我认为他的语气听起来还算讲理。

因为每件事情，我这么告诉他。因为好消息，因为猴子，因为我害怕你接下来不知道又会做些什么。既然我就要消失了，我想要把一切都告诉他。每天早上从我醒来的那一刻开始，我就觉得自己开始不停地流失。但是我不能这么说，因为我不知道我有没有资格，除非我能完成绝地武士训练，否则我永远也不会知道。

"我不知道，真的。"我说，"只是需要暂停一下。"

"暂停什么？"

暂停我们的婚姻，我应该这么说。因为那才是事情真正的根本。当你扣掉工作时间还有家庭晚餐跟早餐后，所剩下的就只是婚姻生活；扣除扮演母亲或医生的时间，我仅剩扮演妻子的时间而已了。

(天啊,这多吓人,我生命中竟然只剩下这些选项。只有在浴室才是我唯一不需要扮演这些角色的时候。)但我当然也没这样对他说,只故作轻松地挥挥手,希望能让他明白一个饱受蛀蚀、战争蹂躏的星球,不会有足够的氧气维持复杂的生命形式。

“请不要走。”他说,但我听不出他声音里有任何说服力或是绝望感。也许我听得不够用力。

“你为什么不希望我走?”我问他,“对你来说有什么分别?”

经过一段漫长的、仿佛思考攸关生死大事的沉默后,他终于开口,但我完全忽视他最后到底胡诌了些什么,事后回想也只剩一片空白。

珍娜的套房位于与韦柏斯特路平行的泰摩路上,是一整排联排房屋之中的顶楼。说来奇怪,这些房子其实非常美丽,可是却被放任破败。不过这些房子现在开始逐栋整修,而我所住的刚好是最后三栋烂房子中间那栋。

我楼下还有三层住户,我现在认识而且喜欢他们每一个人。葛蕾倩,她住在一楼,是四层里最大的一层,她任职公关,答应会给我各式各样的试用品;她楼上住的是玛丽,玛丽在北伦敦大学教哲学,周末会回位于格拉斯哥的家,玛丽楼上住的是迪克,一个非常紧张的年轻男子,他在当地唱片行工作。

这里的生活实在非常有趣。我们一起做决定,决定日子该怎么过,决定责任归属,决定怎样会对大家最好。例如上个礼拜,葛蕾倩主持了一场住户会议,我们投票决定要换大一点的信箱:玛丽从亚马逊网站订了很多书,邮差没办法塞进门里,只好放在门阶上,因此书总会湿掉。你听到没,戴维?信箱尺寸!这才是我们可以改变的事情！（虽然我们还没拿到报价，也还没决定谁来安装信箱以及如何找到这个人。）这是一场让人完全感到满足的讨论，简短、合逻辑、和谐，而且：玛丽会付三分之二的安装费用，而我一毛都不用出。会议结束后我们喝酒，听空气乐队，是个法国乐队，他们的音乐以乐器演奏居多，如果在电梯里播放他们的音乐，听起来会最好听。空气乐队是我新的最爱，虽然迪克用他一贯的安静与紧张，表达出他对这个乐队轻微的不屑。他说有太多比这更棒的法国流行氛围音乐队，如果我们要的话他可以给我们卡带。

但是对我来说，空气乐队带给我一种具现代感、没有孩子及单身的感觉。比较起来，鲍勃·迪伦则让人感觉年老、已婚且背负重担，换句话说，听他的音乐会让我想到过去的家庭生活。如果空气乐队是设计精品店，那么迪伦就是蔬果店。迪伦的音乐让我想到蘑菇、莴苣、西红柿，在家煮意大利肉酱面然后准备色拉。这些事情会让你联想到单身生活吗？然而过去我听鲍勃的歌的时候，从来不是一个人。我忍不住想，这才是共同生活该有的样子：很酷的音乐、白葡萄酒跟信箱，而且你想要的时候随时可以关上门。下次我们要讨论需不需要在大厅放张桌子好放邮件，我很期待。（我觉得需要，不过我准备好听听不同的意见。）

这里每个人都是单身，我也喜欢这点。我猜他们没有人想单身；甚至每晚都会听到他们拿自己的感情状态，熟练地开些牵强、自嘲的玩笑，如果连讨论信箱的住户会议都会听到这类玩笑的话，那么这类玩笑将会无所不在。例如葛蕾倩在想，情人节时没人邀约，也许是因为信箱太小的关系，然后我们听了都只能客套地笑笑，暗自替她感到可悲。虽然我替他们感到抱歉，但如果他们对自己也感到抱歉，也不想保持单身状态，那其实正合我意。因为这样一来，更增添了那种

《帝国反击战》的气氛。感觉像是我在别人的涂鸦簿上翻开新的一页。我的涂鸦簿已经被画满每一页每一个角落了,而我不喜欢我画的作品。

我不去想这种生活还能持续多久。珍娜几个礼拜后就会回来了,但是我已经开始在想夏天时玛丽的公寓会不会空着?我能不能自己租个套房,同时还有能力负担房贷跟两个孩子、一个丈夫、好消息和游民。我从没想过这样的生活是否值得我这么辛苦,虽然每晚这几小时,不是独处,就是跟迪克、玛丽和葛蕾倩一起听空气乐队,讨论信箱容量,若要我以这样怪异的方式度过接下来的四十年,我绝对愿意。至少现在看来是没有问题,然而不管什么事情,要我现在就签下四十年的租约,未免就太不聪明了。

但管他那么多,至少刚刚两个小时我过得很快乐,甚至比过去好几年都来得快乐。我看珍娜的小电视,阅读报纸上的评论,而且来这里才两个礼拜,我已经读了七十九页的《战地情人》。我都是利用晚上读。不过我得先补充说明一下我为了这快乐的两个小时付出多少代价。在这里的第一晚,我做了噩梦满身大汗醒来,才意识到我已经搬出来了。于是我穿上衣服,走回家然后又走回来,为的只是想听听孩子们呼吸的声音。自从那天后,我常常在半夜两点二十五分醒来,分秒不差,觉得自己失去亲人,寂寞且有罪恶感,我发狂似的担心跟恐惧,得花很长时间才能再度入睡。尽管如此,我每天早上起床后还是觉得神清气爽。

住进珍娜套房的第三个礼拜,我回到家,发现汤姆跟一个新朋友在看电视。这个新朋友是胖胖的小孩,鼻子附近有个疮,留着男孩团体风格的刘海,但只让他看起来更不吸引人,甚至可笑。那刘海像是在说“你知道他们都说我像谁吗?”“嘿,看看这张脸吧!”汤姆的朋友通常看起来不是这样。他们看起来又帅又酷。酷对汤姆来说非常重要,他对胖跟疮(还有毛茸茸棕白相间的毛衣)的厌恶,通常比其他人来得强烈。

“哈啰,”我愉快地说,“这位是?”

新朋友看着我,然后摇头晃脑地环顾房间,试着想找出我是在跟谁说话。令人心碎的是,除了长相抱歉,他似乎也不大聪明;即便弄清楚了房间里除了我们三人以外没有别人,他还是拒绝回答我的问题,想必他没搞清楚我的意思。

“克里斯多弗。”汤姆含糊地说。

“哈啰,克里斯多弗。”

“哈啰。”

“你要留下来吃晚餐吗?”

他又盯着我看。不,他不打算冒着出错的风险回答这个问题。

“她在问你要不要留下来吃晚餐。”汤姆大喊。

我突然感到一阵自责跟尴尬:“克里斯多弗有听力障碍吗?”

“没有,”汤姆轻蔑地说,“他只是笨。”

克里斯多弗转头看着汤姆,然后软弱无力地推了他胸部一把。汤姆看着我,然后摇摇头,我只能把汤姆的反应解读为不敢相信。

“你爸呢?”

“在好消息房间里。”

“莫莉呢?”

“在楼上。她也有新朋友。”

莫莉跟一个显然是八岁女性版的克里斯多弗在房里。莫莉的新朋友瘦瘦小小,肤色暗沉,戴着眼镜,而且我确定她浑身发臭——过去莫莉的房间从来没有闻起来像这样。房里的空气像是混合了巫婆的屁味、体味跟臭袜子味。

“哈啰,我叫做希望。”希望。我的天啊!这个近乎超自然而且根本不适合她的名字,显然对所有父母来说都是一个可怕的警告。“我来跟莫莉一起玩。我们在玩牌。现在轮到我了。”她小心翼翼地把一张牌放到牌堆上。

“方块三。现在换你了。莫莉。”莫莉把一张牌放到牌堆上。“梅花五。”希望健谈的程度,就像克里斯多弗安静的程度。她会描述她做的每件事、她看到的每样东西。显然她对复合句有莫名的恐惧,所以听起来像是童书《珍娜跟约翰》里的珍娜。

“你们在玩些什么?”

“心脏病。这是第三局了。还没有人赢。”

“不是这样玩的。嗯,你看……”我开始解释她们的玩法跟纸牌哪里出了错,然后我尽量往好处想。

“我明天也可以过来吗?”希望问。

我看着莫莉,想从她脸上找到一些不情愿或是讨厌的征兆,不过她看起来一脸外交官的模样。

“我们看情况再说。”我说。

“我不介意,”莫莉迅速地说,“真的。”

虽然对一个正在跟新朋友约定下次聚会时间的小女孩来说,这句响应听起来是挺怪的,但我没想太多。

“你要留下来吃晚餐吗,希望?”

“这我也不介意。”莫莉说,“如果她想留下来就留下吧。真的。这对我来说很好。”

莫莉愉悦而诚恳地表达最后那一句话,让我顿时了解这是怎么一回事。

就这么凑巧，今天轮到我煮饭；戴维跟好消息还待在房里不知道在密谋什么。克里斯多弗跟希望留下来吃晚餐，全程几乎一片沉默，除了希望偶尔抓住机会发表一些由简单句构成的评论——“我爱披萨！”“我妈妈喝茶！”“我喜欢这个盘子！”而克里斯多弗的嘴巴看起来似乎只能拿来呼吸，因为他吃东西会发出一连串令人担心的杂音，包括食物喷溅出来的声音、呼噜声、咬碎食物的声音，汤姆非常讨厌这些行为。有人说没有母亲会不爱自己孩子的脸，但是我确定克里斯多弗整个人已经超出母爱的临界点：我从来没遇见过比他更不讨喜的小孩，但这不包括希望，虽然希望对食物或其他人都很亲切，却不能改变她身上带有一股特殊气味的事实，因此她讨人厌的程度跟克里斯多弗不相上下。

克里斯多弗把他的盘子推开：“吃完了。”

“你想再来一些吗？这里还有一片。”

“不要，我不喜欢。”

“我喜欢。”汤姆说，他过去对我煮的任何食物从来没喜欢过。因为在这之前，他没表达过任何微薄的赞美。克里斯多弗转过头看谁在说话，但当他找到答案后，想不出能回应什么。

“我喜欢披萨。”希望说，这是第二次了。通常汤姆听到有人不断重复相同的话，可以预期他会跳到对方身上把他撕成碎片，但是这次他似乎放弃了，只是转转眼睛。

“你家的电视太小了，”克里斯多弗说，“而且音量太小。有东西爆炸的时候，爆炸声听起来很糟糕。”

“你干吗不直接要求开大声就好！”汤姆说。克里斯多弗又一次摇摇晃晃地转头,就像某种想研究他朋友的机器人:但这一次还是一样,没有回应。短短四十五分钟之内,克里斯多弗就让人对综合教育开始失去信心;突然间我怀疑他的愚笨是会传染的,这个男孩应该立刻被丢到室外才对。

"你住哪,克里斯多弗?"我问他,试图找一个他能够响应的话题。

"萨福克路。"他说,还是一样的语调:尾音上扬,带着十足的防卫感。通常其他小朋友说"没有,我真的没有"时会用这种语调来说话。

"你喜欢那里吗?"莫莉问。如果换做其他小朋友,我可能会怀疑他是在挖苦对方,但是莫莉,恐怕她已经尽力了。

"还好。比这里好多了。这里是垃圾场。"

汤姆开始倒数计时,这个举动泄露了他的心情。他数到十,也许是二十或甚至三十,他一边数一边仔细观察克里斯多弗,仿佛克里斯多弗是一盘难解的棋,或者是特殊复杂的病历。接着汤姆站起身,冷静而且不偏不倚地一拳揍在克里斯多弗的疮上,仔细一看,那个疮破了,流出像太阳般黄色的液体,而且流得克里斯多弗满脸都是。

"妈,对不起,"他离去时伤心地说,并且开始等待即将受到的惩罚,"但你一定多少能够理解。"

"我们在造孽。"戴维在克里斯多弗跟希望回家后这么说。(克里斯多弗的母亲,是一个体型庞大、和蔼可亲、表情带点失望——她的失望应该很容易理解——的妇女,她听到她儿子被打似乎不大惊讶,也许正因为这样,她对我巨细无遗地说明我们打算对汤姆采取的惩罚措施似乎没啥兴趣。)

"什么意思?"

“我们都有罪,不是吗?”好消息热心地插嘴。

“还真感谢你告诉我我有罪。”

“喔,不,我说我们都有罪,并不是因为我们都是这冷血社会的一分子。虽然说我们的确是。”

“当然,我绝对不会反驳你。”

“我谈的是个人的罪恶。我们都做过自己都觉得罪恶的事。例如撒谎,还有那个,你知道,外遇,还有我们造成的伤害。所以戴维跟我和孩子们谈论这些,试着让他们思考各自做过什么坏事,然后鼓励他们去反转它。”

“反转它。”

“对,没错。反转。我们是这么称呼它的。例如你曾犯过什么错,或是你曾经对某人做过坏事,然后你反转,也就是反其道而行。如果你偷过东西,你就还回去。如果你对某个人很恶劣,那么你必须对他友善。”

“除了公众利益之外,我们也希望推广个人善行。”

“谢谢,戴维。我忘了谈到这部分。没错,公众与个人。我们完成了公众的部分,不是吗?街头游童,还有其他我们做过的事情?”

“喔,所以那个部分已经结束了,是吗?游民的问题都解决了?世界变得更美好了?”

“请不要拿它开玩笑,凯蒂。当好消息说我们完成了,并不是说我们解决了什么……”

“天啊,这是不可能的!这个世界还有很多事情等待我们去做。呼!”然后好消息作势用手对自己扇风,显然是说为了拯救这星球上的可怜人,还得流不少汗才行,“但这里也有一样多的事情要做,你知道吗?”他指着自己的头,“或者是这里。”他的手指转向他的心脏,

"所以这就是我们此刻正在进行的计划。"

"这就是为什么克里斯多弗跟希望会来家里吃晚餐吗?"

"没错,"戴维说,"我们跟莫莉还有汤姆谈过,问他们有什么事情想反转的,最后讨论出这两个孩子,作为……悔过的源头。莫莉没有邀请希望参加她去年的生日派对,一直感到很愧疚,然后……嗯,你可能会笑,汤姆在学校打了克里斯多弗,他觉得很糟糕。"

"今天看到汤姆又打了他一次。这很讽刺,不是吗?"

"我明白你为什么这样说,你说得没错。"

"也许我们早该想到今天会发生这样的事情?"

"你这么认为吗?"戴维显然没想过历史可能会重演,"为什么?"

"你仔细想想。"

"我不希望我儿子在学校欺负别人,凯蒂。也不希望他讨厌别人。我希望他能看见每个人善良……还有讨人喜欢的地方。"

"你觉得我不希望吗?"

"我不确定。你会希望他找到克里斯多弗身上讨人喜欢的地方吗?"

"当然,只不过,克里斯多弗可能是个特殊案例。如果法律规定我们一定得爱世人,那他就是法律漏洞。"

"所以你不希望他爱每个人。"

"嗯,如果我们活在一个理想世界,我当然希望他爱每个人。但是……"

"你不明白吗?"好消息兴奋地说,"那就是我们在做的!在自己家里建立一个理想世界!"

在自己家里建立一个理想世界……我不是很确定为什么这个愿望让我毛骨悚然,但是我心里某部分确定好消息是错的,没有仇恨的生活就不叫生活了,我的孩子们应该有权利鄙视任何他们想鄙视的人。争取这个权利将成为我现阶段努力的目标。

“那你呢?”在汤姆跟莫莉上床睡觉后,我准备要离去时,戴维对我说。

“我怎样?”

“你想要反转什么?”

“什么都没有。我认为我们所做的一切都是有原因的。好比汤姆殴打克里斯多弗。这个下午证明了,汤姆揍了他两次,是因为他没有办法不打,所以最好的方法就是把他们隔开,而不是把他们凑在一起。”

“所以你不信这套,就像是,你认为交战的部落永远不能并肩和平相处?”好消息哀伤地说,“贝尔法斯特? 就这样放弃吗? 巴勒斯坦? 还有,图西族,还有其他那些交战的种族? 难道都算了吗?”

“我不确定汤姆跟克里斯多弗是不是交战的部落,他们是吗? 他们只不过是两个小男孩,而不是交战的部落,不是吗?”

“他们感觉上很像是,”戴维说,“你可以把克里斯多弗看作是科索沃人或是阿尔巴尼亚人。他一无所有,他被主流鄙视……”

“只不过他不像一般的科索沃人或是阿尔巴尼亚人,克里斯多弗可以待在家里看电视,而且不会有什么灾难发生在他身上。”我说。不过我是在回套房的路上,在脑海中说给自己听的。因为当他说到“主流”这两个字的时候,我就甩门离开了。

但是我发现自己不停在思考整个反转的概念。我怎么可能不想。戴维知道我对每件事都怀有罪恶感,这就是为什么他要跟我介绍这个概念。这混蛋。当我回到珍娜的套房,我想要读书,想听跟楼下借来的空气乐队专辑,但最后这些我都没做,反而在脑海里列了一张表,上面记载着所有让我感到罪恶的事情,想着究竟有没有什么事是我能做的,可以让其中任何一项获得改善。让我惊慌的是,要回想犯过的错竟然如此容易,仿佛这些错误一直漂浮在我意识里,而我随时可以用一把汤匙把他们捞起来?我是医生,我是个好人,但是脑海里尽是我干过的坏事……

第一件,万恶之首:就是住在这里。而且就是因为我觉得很愧疚,才把一切搞得如此辛苦,比如六点十五分就得起床,诸如此类的事情。我把它当成一种赎罪的苦行吧,我猜,也许这一条我可以原谅我自己。(只不过六点十五分起床的原因,是因为我没勇气告诉孩子我搬出去了,除了搬出去住以外,事实上应该多加一条懦弱的罪状。所以我不但不会被赦免,还是双重罪恶。)

第二件:史帝芬。或者说,戴维。我不需要多说什么。我许下婚姻誓言,然后违背了它,我无法让一切回复原状。(如果你看一直到现在,我希望你可以理解,有一部分的确是环境使然,情有可原。)(只不过这种事情其实永远不会情有可原,不是吗?每次我看杰瑞·斯普林格的节目,出轨的一方永远会对震惊沮丧的配偶说:“我试着告诉过你我们不快乐,但你不愿意听。”而我总是想着不论拒绝倾听的一方有多罪大恶极,也不表示你有权利以出轨惩罚对方。就我的例子来说,我真的觉得我的情况跟他们不大一样。真的。毕竟杰瑞·斯普林格的节目里有多少来宾是医生?节目里那些变装癖者、到处跟不同女人生孩子的男人,他们又有多少人曾经试图做过善事?)(也许他们全都做过善事。也许我只是个用主观批判别人的中产阶级伪君子。喔,天啊!)

第三：我的父母。我从不打电话给他们，从不探望他们。（其实我有，只是我不是诸多抱怨，就是百般拖延。）（但我真的认为我父母比其他人的糟。他们从不抱怨，从不要求，他们只是静静地逆来顺受，如果仔细思考的话，从某种角度说来这样的举动其实非常具有侵略性。此外他们有更为挑衅的行为——假装体贴。“喔，不用担心这些。你有这么多事情要做，工作呀，孩子呀。有空再打电话就好……”这种手法之高明让人想忘记都难。）然而，有个似是而非的说法，可以带给我们一些安慰，那就是：我们先假定罪恶感对人的精神健康有害。但是那些没有罪恶感的人，在我的经验里，通常是精神最不健康的人。跟父母建立一种无罪恶感关系的唯一方法，就是常常跟他们聊天、见面，甚至住在一起。但这对一个人的精神健康绝对不是好事，不是吗？如果我们只剩这些选择：永远感到罪恶，还是某种带着可怕的弗洛伊德情结，一天跟父母通上五通电话。那么我还是会做出一样成熟的决定。

第四点：工作。这一点似乎特别不公平。你可能会认为医生不会有这方面的烦恼；你会认为即便一个烂医生碰到倒霉的日子，感觉也会比一个毒贩碰到顺利的一天来得好。我猜毒贩的生活里，每件事情都像按下相机快门一样短暂，他们每完成一笔交易就用粉笔画下一笔，然后带着成就感回家。反观我的生活，我对人们粗鲁，只能提供有限的帮助，而且我从病人眼里就知道他们觉得自己被敷衍、被误解、不被关心（哈啰，珂坦萨太太！哈啰，巴米·布莱恩！），而且我该做的行政工作我从来不碰，所有保险的理赔单都被我直接塞到待处理活页夹的最底层。上次医院开会，我说我会针对私人诊所拒绝接受难民病患这件事写信给当地议员，但现在完全没有开始起头……

只当个医生是不够的，你得当个好医生，你必须对人好，必须有良心，对医疗工作全心投入，还要有智慧。虽然每天早上我走进医院，都决心要带着以上条件完成一天的工作，但在看过几个我最喜欢的病人之后——例如巴米·布莱恩，或是某个对于我无法解决他胸腔的毛病感到很生气，但是自己一天抽六十根烟的病人——就会变得脾气暴躁，语带讽刺，对工作感到无聊。

第五：汤姆跟莫莉。这一条罪状如此明显，如果还要我解释也未免太蠢了，所有当过父母或当过小孩的人，都知道我要说些什么。再不然，看上面的第一条罪状：我搬出来住（尽管是暂时的，尽管是对方的挑衅让我不得不这么做，尽管我只是搬去街角的小套房），而且我没有告诉他们。我相信在这种状况下，许多母亲都会怀疑自己有没有办法做出正确的决定。

以上这些，只是我心里每天上演的良心三幕剧。我心里还有很多单幕剧，这些单幕剧比较适合在小剧场而不是伦敦西区的高级剧院上演，但是不时也能提供一些令人感叹的睡前沉思题材。例如我弟弟（罪行内容同上方“父母”一条），我知道他不快乐，但自从那天派对后我再也没见过他；还有其他亲戚，包括妈妈的姐妹乔安妮，还在等着我感谢她慷慨的……喔，天啊，这则当我没说过。还有那个念书时的老朋友，曾经把她位于德文郡的度假别墅借给我们，汤姆还打破了她的花瓶，但是她想来我们家过夜时……算了，也忘了这则吧。

我不想小题大做：我知道我的生活不算太糟。但也不认为我毫无罪过，相信我，我罪过还不少。看看这些我犯过的错：外遇，不经意地剥削朋友，对于只不过一心想亲近我们的父母不够尊重。我的意思是，十诫当中我已经犯了两诫，而且十诫里有三诫，还是四诫？内容是关于星期天不能工作还有不能崇拜偶像，这些戒律已经不适用于二十一世纪初的霍洛威,也就是说,这样算下来我的命中率高达百分之三十三,这对我来说太高了。我还记得十七岁的时候,我看着十诫,如果把关于不能崇拜偶像的条文拿掉,只看真正重要的,我真的觉得要遵守这些戒律很容易。事实上,就算你把那些过分挑剔的戒律算在内,我也不会介意。有时星期天接到病人打来的紧急电话,这个上帝应该可以理解吧?此外我能做多少个神像来崇拜呢?截至目前,一个都没有。我完全没打算要做,如果有一天我的意志开始动摇,我会非常惊讶,因为首先我根本没有时间可以做这些。

当我看着自己的罪行(如果我认为它们是罪,那就是罪),可以看出基督教重生的观念为何如此吸引人。我想吸引人的不是基督教本身,而是重生这件事。有谁不希望一切能重新来过?

12

我问戴维为什么每当英国足球迷为了世界杯或是其他比赛闹事,捣乱的总是英格兰球迷而不是苏格兰球迷,他说苏格兰球迷拒绝行为不检,其实是某种古怪形式的侵略:他们非常恨我们,有些人甚至恨到想动手的地步,但他们会忍住,因为要证明他们比我们优秀。嗯,照这个逻辑看来,莫莉显然变成了一个苏格兰人。自从汤姆打了讨人厌的克里斯多弗之后,莫莉坚持尽可能地对同样讨人厌的希望友善。每天放学后希望都会过来,然后让整间房子臭气熏天;但她愈臭,莫莉愈诚恳地邀约她隔天再来,然后汤姆会更明白地表示他对希望的厌恶。我开始严重担心莫莉的精神健康:毕竟有多少八岁的孩子,会想在一天结束后花时间做些无聊的事情,只为了显示他们在道德上比他们的兄弟姐妹优越?

莫莉的生日快到了,她坚持不要办派对;那一天她想跟我们、她哥哥,还有她新朋友一起度过。从我们过去的不良记录看来,你可以猜到这五个人里有两个人不是那么热衷这件事。

"她从来没被邀请去过任何地方。"莫莉解释。我儿子与女儿两人的个性截然不同,从这件事就看得出来。同样一句话,可能会是汤姆拒绝邀请某人的理由。如果有人从来没接受过任何邀请,这样的人肯定会被排除在任何汤姆打算办的派对之外。

"但是她很臭。"汤姆指出。

"对,"莫莉几乎是含情脉脉地说,"但是她没办法。"

"有,她有办法。"

"什么办法?"

"她可以洗个澡,然后用体香剂。而且她不需要一天到晚放屁,不是吗?"

"我觉得她需要。"

我突然感觉这个争论的重要性(不过是关于我们到底亏欠我们同侪什么,还有人们有没有义务去爱每个人,不论其个性为何)及其形式,就像是小朋友的胀气。我忍住笑,因为这是件严肃的事。想到要开家庭房车载希望一起去游乐园玩,绝对不是什么有趣的事情。

"你为什么不办个大型生日派对,然后邀请希望一起来?"

"她可以做她想做的事情。"戴维说。

"她当然可以做她想做的事情。我只是想确认这真的是她想做的。我不想要看着莫莉九岁生日的照片,然后试着回想莫莉他妈的是跟谁度过。"

"这有什么不对吗?我们现在不也几乎认不出来我们婚礼照片上的人了。"

"没错,但看看……"我及时打住了。本来想说看看我们的婚姻之所以搞得一团乱,就是因为婚礼请了太多不该请的人,但我想此刻不大适合发表这样刻薄的评论。"……看看原因是什么。"我焦虑地想不留痕迹地把这个句子转回来，这让我说起话来像是来自东欧的交换学生一样不流畅。

如果你想知道为什么我说我们的婚姻之所以触礁是因为婚礼宴客的缘故，那我来告诉你，我一说你就明白了：接下来的几年，戴维不停地辱骂、嘲笑、讥讽所有我们婚礼的来宾，包括我们的朋友、同事，还有亲戚，年复一年直到没人愿意理我们为止。

“这是我的生日。我可以做我想做的事情。”

“离你的生日还有好几个礼拜。你为什么不等到那个时候再邀请她，以免有什么意外？反正她不是很忙。”

“我不要。”然后她带着报复的心态走向电话，在我看来，比起故作慷慨无私，挟怨报复似乎才是一个小女孩该有的行为。

那么，让我们回顾一下剧情：我希望我的罪过能被宽恕(包括外遇、对父母不敬、粗鲁地对待近乎精神失常的病人，例如巴米·布莱恩，没有向孩子们坦承我已经搬出去住)，然而那些在我身上犯下罪过的人，我不打算原谅他们，即使他们只是八岁大的女孩，所谓的罪过也不过就是闻起来臭、肤色暗沉，还有不够聪明罢了。好吧。先让我好好思考一下，待会再回来。

直到我话说出口的前一刻，都没想过我会说出那样的话，真的说出口的那瞬间，我感觉一阵晕眩。也许我早就晕了——那时是星期天早晨，虽然我已经离开套房好几个小时了，但还没吃早餐。如果我回家后先吃碗玉米片，也许这些话根本就不会说出口了。

“我要去教堂。有人想一起去吗？”

戴维跟孩子兴致盎然地看着我好一会儿。好像我说了什么反常的话，接下来可能会做出一些古怪的行为，例如跳脱衣舞或是像杀人狂拿着菜刀乱跑。我突然庆幸我的工作不是说服别人去教堂是一种相当健康的休闲活动。

“我早说过了。”汤姆说。

“你说过什么？什么时候?”

“几百年前。当爸把我们的东西拿去送人,我就说最后我们一定会非去教堂不可。”

我忘了这件事。汤姆说过的话,竟然以一种他永远预测不到的方式成真了。

“这跟你爸无关,”我说,“而且没有人非去不可。”

“我跟你去。”莫莉说。

“你要去哪间教堂?”戴维说。

好问题。

“街角那一间。”街角一定有教堂。教堂就像投注站,不是吗？它们总是在街角出现,除非你有需要,否则永远不会注意到它们的存在。

“哪个街角?”

“我们可以去宝琳去的那间,”莫莉说,“我知道她去哪间教堂。”宝琳是莫莉的同学。她是加勒比黑人。喔,天啊!

“那不是……我想去的是另一种教堂。”

“宝琳说她去的教堂很有趣。”

“你想去的是哪一种教堂?”戴维问我。他以我的不安为乐。

“就是……我只想要坐在后面,不想参与他们的活动。我想宝琳去的教堂是……嗯,是需要参与的那种,不是吗?”

“如果你不打算参与,那去教堂是想得到什么？你的重点是?”

“我只想去听听看。”

"我确定我们在宝琳的教堂也可以听听看。"

但这对我来说还不够有吸引力。我想象中的教堂,会有一个温和、还算年轻的女子,一个对世事充满怀疑的自由主义者,为信众布道,而布道的主题是关于,嗯,例如寻求政治庇护者还有经济移民,也可能是关于彩票还有贪婪。如果她在布道过程中提到上帝,还会向我们道歉。然后在布道的过程中,我的不完美会以某种形式得到宽恕,上帝会允许我不用喜欢希望跟巴米·布莱恩,他会让我了解虽然我不是好人,但也不代表我就是坏人。说不定宝琳的教堂正是这种——谁知道呢?但我猜应该不是。我猜宝琳去的教堂,一定充满了欢乐的气氛跟虔诚的礼拜,而我之所以会这么假设,全是来自我对种族的刻板印象,毕竟凭刻板印象猜测比寻找真相来得容易多了。我早上起床,下定决心要做些比较正确的事情,然后短短两个小时内又犯下另一件罪行。这就是人生。

"他们去的是不同的教堂,不是吗,妈?"汤姆说。

"'他们'是谁?"我尖锐地问。如果我要下地狱,那要把他们都拉下水。

"宝琳一家人。"汤姆困惑地说。

"喔,我以为你是在说……没事。"

我知道不是他的问题。是我的问题,向来都是如此。

最后我设法说服莫莉我们属于英国国教,所以不适合宝琳他们去的教堂,虽然声称自己是英国国教徒,其实听起来也一样可怕。然后我们两个人开着车在街上漫无目的地到处寻找,希望会有适合的教堂,刚好在适合的时间上演适合的节目。我们很幸运地几乎马上就找到了:莫莉在隔几条街的地方发现一些年老的教区居民走进圣史蒂芬教堂，我们把车停在教堂外面。（如果你刚好在找一些方便停车的休闲活动，那我向你推荐英国国教的星期天礼拜。十点的礼拜你可以九点五十五分再抵达，然后十一点零二分就可以顺利开车离开。那些为了看辣妹合唱团演唱会而得在温布利体育场的停车场等上一个小时的人，可能会觉得这听起来挺吸引人的。）

这里有我想要的一切。牧师是个亲切的中年妇女，但看起来似乎有些以她的信仰为耻；教堂内的信众很少，而且这些人显然对外界事物没兴趣关心，因此我们可以坐在最后面，假装跟任何人都无关。莫莉当然是教堂内最年轻的人，但我可能是第二年轻的，大概比那些信众小个十到十五岁，虽然有几个人其实看不大出年纪：但老实说，时间对某些人并不留情。而没有人知道其中的因果关系。

我们唱了圣歌，《美哉锡安》，这一首歌并不难，甚至可以说轻而易举，不论是学校聚会或各种婚礼场合都听得到，莫莉跟我充满活力、熟练地跟着唱，至少我们自认如此；圣歌之后有读经跟公告时间。他们还举办了一个慈善跳蚤市场。这礼拜之所以没有唱诗班，是因为他们被邀请跟别的唱诗班合作，好像是为了某个原因去了某个地方……我记不得了，因为我的注意力开始涣散。我从来没参加过一般的教堂礼拜。我参加过婚礼、葬礼、受洗礼，我会在圣诞夜去教堂一起唱圣歌，甚至参加过感恩礼拜，但是从来没参加过如此普通常见，而且参与者寥寥可数的星期天礼拜。

这一切还是让我感觉离上帝很远，在我看来就算参与慈善跳蚤市场，也不会拉近我跟上帝的距离。在我的想象中，莫莉的朋友宝琳现在所处的教堂，可能离上帝近得多。眼前这一切让人感到难过、疲倦、挫败，你会想对眼前这一丁点人说，上帝也许曾经住在这里，但是显然已经搬走，结束营业了，搬到另一个更需要他的地方。环顾四周，你会纳闷究竟哀伤是不是这个教堂的特色：那些每个礼拜硬把自己拖到教堂的人，显然绝对不是为了社交而来，因为这里没在进行什么社交活动。除非在教堂座椅的后方放上一副看歌剧用的望远镜，否则这里恐怕不是一个看人跟被看的好地方。你可能得走上二十码的距离，才能跟一个人握手。这些人是真正虔诚的教徒，是霍洛威最后的新教徒，他们饱受攻击，感到寂寞，失去希望，如果他们将来上了天堂，也绝对是应得的。我只希望天堂比这里温暖，那里充满希望还有青春，不需要再举办慈善跳蚤市场，而且唱诗班的天使不会在礼拜当天去别处表演，只不过恐怕上述情况在天堂里还是有可能发生；英国国教的天堂，有可能四分之一都是不快乐的老太太，卖着烤坏的糖衣脆皮小饼，还有刮伤的曼陀凡尼唱片。每一天，每个礼拜，永无止境。至于那位宣读公告给我们听的友善女牧师呢？她面对着步履蹒跚、面容憔悴的信众们，可曾感到沮丧？在她征求会插花的信众自愿来教会帮忙的时候，我从她身上察觉到一丝疲累，甚至是绝望，但也许这只是因为插花不是她的专长。

然而布道显然是她的专长，她的布道既激动人心，但同时又令人尴尬、觉得好笑。她深呼吸一口气，凝视着我们，然后开始大喊："**一、二、三、四，与邪恶共处**！"所有人顿时缩回座位上，而且感到迷惑，除了莫莉以外，因为她知道这句话的出处。《一、二、三、四，与邪恶共处!》是目前排行榜上她最喜欢的歌，上个礼拜天下午她用零用钱在霍洛威路上买了这张专辑，然后整个下午都在边听边跳。然而其他的信众，例如那个静脉曲张的女人，还有那个肺气肿的男人……我敢打赌没有人买了这张专辑，所以他们不懂为什么这位友善的女士要对他们大喊这句话，而那些看起来还有体力买唱片的人，也只是紧盯着自己的鞋子看。

友善的女士停下来，然后微笑。“基督会希望我们‘与邪恶共处’吗？”她问，“我想是的！”接着她突然戏剧化地指着我们，好像她手上有麦克风似的，“你们想想看。”这个请求很受欢迎，既然我们要努力仔细找出这句歌词里所隐含的神学隐喻，就表示我们还可以继续低头盯着鞋子看。她到底觉得她是在对谁说话？我只能假设她其实已经进入了另一个平行的世界，正对着一群截然不同的信众布道，这群信众是年轻、时髦的基督徒，那些人绝对不愿意错过她的任何一次布道，每当她在布道中引用流行文化，信众们就会开心地欢呼。我真想冲到讲道坛上摇醒她。

“你们仔细想想，”她又说了一遍，“抹大拉的马利亚、加略人犹大、税吏长撒该、撒玛利亚井边的女人，一、二、三、四，这就是耶稣用行动告诉我们要与邪恶共处！”接着她突然话锋一转，她想知道上帝希不希望人们尽量与善行共处，就像上帝希望人们与邪恶共处。她语气转换之唐突，仿佛汽车突然换挡发出刺耳的噪音，就连开车技术一团糟的新手驾驶员恐怕都会受不了。她认为上帝不会希望我们刻意接近善行，她认为上帝希望我们做自己，如果我们大半时间都故作虔诚，那么他便无法真正认识我们，然而了解真正的我们，才是上帝想做的。

接着她突然唱起音乐剧《国王与我》里面的一首歌，《逐渐了解你》。我开始感觉脸红，可以感觉脸跟脖子血管里的血液迅速地流动，我第一次怀疑这位看似友善的女士，是不是已经精神错乱了。但为了公平起见，我得指出并不是所有人都跟我一样讨厌这个演出。有些人面带微笑地随着节奏摇摆，跟《与邪恶共处》比起来，显然《国王与我》更能打动这些信众的心。

“这间教堂蛮不错的，不是吗，妈？”莫莉低声说，而我只能尽可能热诚地点点头。

“以后我们每个礼拜都会来吗?”

我耸耸肩。谁知道呢?我无法想象我会因为听了一个疯女人对我唱音乐剧里的歌,就从此变成虔诚的基督徒。但话说回来,我过去也没想过会跟名叫好消息和猴子的人同住一个屋檐下。

“我知道这首歌是出自《国王与我》,”那位友善的女士说,“其实这首歌也跟主有关。他想要多了解你。这也就是为什么他不希望你伪善,因为这样一来祂就无法了解真正的你。”

哈,这样说才对嘛。“伪善。”我喜欢这个词,只要有机会我一定会立刻把这个词直接往某个人脸上丢。这就是我搬出来的原因:因为戴维的行为实在太造作了,会让上帝无法认识他。事实上,戴维最后可能下地狱,这实在很讽刺,虽然听起来不大可能发生,但事实就是如此,因为上帝没有办法认识真正的他。我的基督徒观点又来了。友善的女士认为,什么都不做——不是说我,我可不是什么都不做的人,我可是个医生,我的善良是浑然天成,不是伪装出来的——比刻意行善来得圣洁良善多了。当下我决定,要让上帝进驻我心,我希望新找到的宗教力量可以成为我婚姻战争中最恶毒的武器。说实话,没有人是在这种状况下决定信奉主的;事实上,为了折磨他人而决定成为基督徒,会有人认为这种举动无疑是非常不基督教的。然而上帝向来以其神秘的运作方式而闻名。

布道结束后是读经时间,这段读经我觉得实在太中肯了,中肯到我得压抑生出一股跳出座位对空挥拳的冲动。读经的是信众里少数的男人之一,他气喘吁吁走上阶梯,来到讲坛上;等他体力恢复后,开始读圣保罗写的《哥林多前书》,这段读经非常有名,我已经听过很多次了(但为什么我会听过?是在哪听过的?)。因为我认为我听过了,所以稍微打了一下瞌睡。突然间听到“慈善”这两个字，让我迅速清醒过来。“慈善不应该拿来自夸，不应该用来吹嘘。”那个气喘吁吁的男人这么说。圣保罗万岁！说得太好了！自夸与吹嘘！吹嘘与自夸！如果你想了解什么是自夸与吹嘘，欢迎来韦柏斯特路，因为现在这里已经变成了吹嘘自夸俱乐部！怎么我过去都没有好好听这段读经呢？

我试着好好思考这段话，要如何妥善运用才能发挥最大战斗力，于是我凝望着教堂另一端，以为映入眼帘的会是一个圣洁的空间，结果只看到某个我之前没注意到的人：年纪跟我差不多，鼻子与肤色跟我很像，穿着我先生的旧皮衣。我看到的是我弟弟。我弟弟！

我当下的第一反应——这反应多少说明了当代英国国教的现况，还有为什么我会认为我对教堂新产生的热情不会维持太久——是为他感到抱歉；我真的不知道他过得这么糟。我看了他好一会儿，试着说服自己他脸上的绝望是被刻上去的。他显然没在听那个友善的女士说话，有时他会叹气，然后用拳头撑着头。我轻推莫莉指给她看，莫莉试着引他注意，但试了好几分钟都失败了，于是她穿过教堂跑去坐在他身边。他先是一愣，然后亲了她一下，接着环顾教堂四周找到我坐哪，我们彼此交换了困惑的微笑。

友善的疯狂女士开始发圣餐了，信众们蹒跚地拖着脚步向前。这阵骚动，嗯，勉强算是骚动，让我能够快速聚集我四散的家人带领他们走出教堂。

“哈啰。”我们走出来之后，我亲了马克的脸颊，然后疑惑地看着他。

“这感觉就像是去妓院碰到熟人一样尴尬，不是吗？”他说。

“是吗？”

“是啊，在这里被你抓到是有点困窘。但话说回来，你也不该在这里出现，不是吗？”

“我带小孩来的。”

“那是去看《玩具总动员 2》的借口，不是上教堂。”

“我们以后每个礼拜都会来，”莫莉说，“很棒吧，对不对？”

“嗯，马克舅舅下个礼拜可以带你来。你要来我家喝杯咖啡吗？”

“好啊，谢谢。”

马克跟我走回车上——只花了我们三十秒。接着一路沉默，听着莫莉饶舌着“一、二、三、四，与邪恶共处”，然后在脑海里随着她的节奏跳跃。马克跟我都不觉得她的表演有趣，也没为此感到高兴，如果你对这类事情感兴趣的话，其实她的表演是真的挺有趣、挺能逗人开心的。我还记得我怀着汤姆的时候，看到别的父母看到他们的孩子做出孩子气的举动时，不是一脸空白，就是一脸厌烦，我心想我绝对不会像他们一样把那些当作理所当然。我无法想象自己变成那样。怀孕过程中分泌的荷尔蒙，还有充满兴奋的准备过程，都让我自我欺骗，我相信如果我尚未出生的孩子做了任何逗人开心的事，我永远永远都会感动得想要哭。但是这种感觉不知不觉间就这么从体内熄灭了——不是被孩子浇熄，而是被生活。即使你想要哭，也有更多其他事情等着你为它落泪，好比今天早上，我看见我弟弟这个样子，就让我忍不住想哭。

马克看起来很苍老，比我上次看到他的时候老多了：哀伤在他眼睛和唇边多刻下了几条纹路，他星期天早上的胡渣夹杂了些灰色。过去他通常会刮干净，所以今天他的灰色看起来特别引人注目，但看起来不像是带着尊严接受老去的事实，反而比较像是宣告放弃，因为已经老去了，所以没必要用剃须膏，刮胡子只会浪费更多时间。也许我太小题大做了。如果他刚从俱乐部(或是妓院)出来,那么他的胡渣跟脸上的疲累会有另一番解释。然而他并不是刚从俱乐部出来,而是教堂,以我对他的了解,我知道这不是个好预兆。

“所以?”

“所以什么?”

“所以这是单一事件吗?”

“我已经来了两次。”

“连续两次吗? 还是总共两次。”

“连续两次。”

“你觉得这里怎样?”

“你也在场。我是说,她有点,你知道的……只有领圣餐的时候,信众才终于有点反应。”

“那你干吗来第二次? 怎么不去别间教堂?”

“我担心如果去了一间好的教堂,我会深陷其中。不过在这我就不用担心。”

“这逻辑挺闷的。”

“嗯,对啊。但我没说错,不是吗?”

我把车停在家门外然后走进屋内。好消息跟戴维在餐桌上,对着一张纸弓着身子。

“这是我弟弟,马克。我在教堂碰到他。马克,这是好消息 DJ。”

他们握手,好消息带着怀疑的眼光盯着马克很长一段时间,这让马克有些焦虑。

“你们两个可以先暂时离开一下吗?”我说,“马克跟我想单独谈谈。”戴维给了我一个充满关爱又受伤的眼神,但是他们还是收拾东西离去了。

"我可以听吗?"

"不行,再见。"

"那家伙也在派对上出现过。"马克说,"他是谁?"

"好消息?他是我先生的灵疗者。现在跟我们一起住。不对,应该说跟他们。我现在住在街角的套房,孩子们还不知道。"

"喔,好。那么,还有什么事发生吗?"

"差不多就这样了。"

我尽可能简单扼要地跟他说了这几个礼拜发生的事情,一边说我一边想到,如果有人需要把悲伤从体内赶走,那绝对非马克莫属。

"那你呢?"

"喔,你知道的。"他耸耸肩。

"我知道什么?"

"过去两个礼拜我去了两次教堂。这应该就说明一切了。"

他的意思不是说过去两个礼拜除了去教堂以外没别的活动;他是说他已经到了崩溃边缘了。马克会嗑药,会去看乐队表演,他很会流汗,他痛恨保守党,有一段时间还滥交。如果你第一次见到他,然后被要求举出一件马克不会做的事情,你大概百分之百会说他不可能会上教堂。

"怎么开始的?"

"我本来要开车去看你。我觉得情绪低落,想说看看孩子们会让我开心起来,那天是星期天早晨,然后……我不知道。我刚好看到教堂,时机对了,就去了。你呢?"

"我想获得宽恕。"

"为什么?"

"为所有我做过的烂事。"我说。

马克无疑又为我的罪行清单添上一笔，当我看着他，我对我的自以为是感到可笑。他是个非常不开心的人，甚至也许有自杀倾向，但我对于他的不快乐竟然毫不知情。所有寂寞的人们……也许都来自同一个地方吧：萨里郡。至少我跟马克都来自那里，而我们都一样寂寞。

“你没做过什么烂事。”

“谢谢你。但我只是凡人。凡人都是靠做些烂事来消磨时间。”

“他妈的，真高兴我来了这边。”

我帮他泡了杯咖啡。他点起香烟——他十年前就戒烟了——我一边忙着找出当初给猴子用的碟子烟灰缸，他一边对我诉说他令人绝望的工作、令人绝望的爱情生活、所有他犯下的愚蠢错误，还有他为何开始憎恨每个人跟每件事，就连他最亲近的人也一样，而这就是为什么最后他会在星期天早上十点，坐在教堂听一个女人唱着《国王与我》里头的歌。

想也知道，好消息很快就进入状况。我们坐下来吃一顿仓促的简餐，好消息不请自来插手眼前这个停止流动、发臭的池塘，也就是马克的生活。

“如果你觉得我是个混蛋，我先跟你道歉，”他开始了，“但是我们握手的时候……老兄，你几乎要把我的手臂扯下来了。”

“对不起。”马克说。他充满歉意但同时也很惊讶，我完全可以理解他的惊讶：我看到整件事的经过，在我看来这似乎是个相当正常的握手，完全不像有人会因此而终身残废。“我伤了你吗？”

“你伤了我这里。”好消息拍拍他的心脏，“因为我知道对方有麻烦的时候，我就会心痛。如果有人会利用握手发出求救的呐喊，那个人绝对是你。”

马克忍不住快速地前后察看，想看看有没有任何证据能证明他用手造成的灾难确实存在。

“不，你什么都看不到。这种事情是看不见的。我是说，我肉体上可以感觉得到。你知道吗？”接着他脸部扭曲，一边按摩他的手，以表示马克在他手上所造成的痛苦，“悲伤就像个王八蛋，因为它总是躲得好好的。一个货真价实的王八蛋。但是总有一天会出现的，例如现在悲伤正从你体内大量流出。”

“喔。”马克说。

孩子们麻木地吃着午餐。看到他们对这类对话已经习惯到见怪不怪的地步，我感到很沮丧。

“我相信马克比较想聊点别的话题。”我语带希望地说。

“也许他是这么希望，”好消息说，“但我不确定那会是个好主意。你知道你为了什么伤心吗，马克？”

“嗯……”

“就我的观察，主要是感情跟工作的烦恼，”好消息说，显然他对马克要说什么毫无兴趣，“而且事情愈来愈严重。”

“有多严重？”戴维关心地问。

“你知道的。”好消息一边说一边意味深长地对孩子们点点头。

“看来马克在不在场对你来说没什么分别，不是吗？”我说，“你们两个何不自己去找出答案？”

“喔，我们不能这样做，”好消息说，“毕竟马克比我们两个人都更了解他自己有多不开心。”

“真的吗？”我用讽刺的语调，做了一个讽刺的表情，甚至试着摆出讽刺的姿势，不过没有成功。

“喔,当然。对于真正的原因,我只能接收到一些粗略的感觉。”

“我只能说工作跟感情,大概就包含我所有伤心的原因了。”马克说。

“你会想做些什么好改善这个状况吗?”戴维问他。

“嗯,我不介意试试看。”

“好消息可以把悲伤从你身体揉出来。”莫莉说,而这其实也是事实,“他的手会变得很热,然后你就再也不会悲伤。我现在对于鹦鹉奶奶、波比,还有妈妈死去的婴儿,都已经不会再感到难过了。”

马克几乎要噎住了:“天啊,凯蒂……”

“我可以再吃一点火腿吗,妈?”汤姆说。

“我们真的可以帮你很大的忙,马克,”戴维说,“如果你想要的话,今天就可以摆脱很多烦恼。”

马克把椅子往后推,然后站起身。

“我才不听这些屁话。”他说,然后就走了出去。

一旦你结婚生子,就像是移了民。过去我跟我弟弟住在同一国,我们曾经拥有共同的价值观、品味和生活态度,但是我搬走了。虽然我自己没有察觉,但我开始用不同的口音说话,开始有不同的想法,虽然还是会深情地回想我的母国,然而母国在我身上留下的一切痕迹都消失了。现在我想回家。我发现我犯了个错,因为这个新的世界已经跟刚成形时的面貌大不相同了。母国的人比起我移民国度里的人神志清醒、有智慧多了。我希望马克能带我回去。我们可以回爸妈家。在那里我们两人都会过得比较快乐。马克住在那里的时候,没有自杀念头,而我也不是愁容满面、身怀罪恶。那会很棒的。我们可能会吵着要看哪个电视节目,但是除此之外……不会再犯同样的错误。我们不会再希望快点长大,然后过着独立的生活。我们试过一次了,但显然不成功。

我跟着他出去,我们在车里坐了好一会儿。

“你不能这样继续下去。”他说。

我耸耸肩。

“也不是不可能。如果继续下去会怎样?”

“你会崩溃。你会没有办法养育孩子。你会没办法工作。”

“也许是我自己太可悲了。我丈夫有了新的嗜好,他邀请一个朋友来家里住。然后他的新嗜好是拯救人类的灵魂……你知道的,我应该要能处理这种情况。”

“他们疯了!”

“但是有一些颇为惊人的成果。他们让这条街愿意接受流浪儿童。”

“是没错,但是……”马克静了下来。他想不到该说什么。每当谈到游民的问题,反应总是“是没错,但是……”然后就无话可说。

“无论如何,你的生活看起来也不怎么吸引人。天啊,你都三十八岁了!没有正职,既忧郁又寂寞,你开始上教堂只因为走投无路。”

“我没说我的生活很吸引人。我只是……正常人。”

我笑了。

“对,没错。有自杀倾向跟绝望,这还真正常。重点是虽然他们都疯了,但我从没见过戴维这么快乐。”

当天稍晚,我又回到我的套房独居,就像我一直渴望成为的全面发展的成人,我读了报纸上的文艺版,在书评中有人谈到伍尔夫的姐姐凡妮莎·贝尔当年过着“丰富、美丽的生活”。我读完了这篇文章,马上陷入死胡同,想着什么叫做“丰富、美丽的生活”。在霍洛威要如何才有办法过上丰富又美丽的生活?是得跟戴维一起过吗?还是好消息?还有汤姆、莫莉跟珂坦萨太太?还是在某个得工作到晚上七点的夜晚,跟一千两百位病人一起过?如果我们无法过上丰富的生活、美丽的生活,是不是表示我们搞砸了?这是我们的错吗?当戴维死后,会不会也有人说,他当年过的是丰富美丽的生活?也许戴维现在正努力往那样的生活迈进,而我却不断阻止他?

莫莉最后得到了她想要的生日派对:我们一家四口加上希望一起去游泳,接着去吃汉堡,然后去电影院看《小鸡快跑》。希望其实看不大懂。看了一会儿后,莫莉认为希望基本上跟盲人没两样,于是开始为她实时口述,而这种行为终于惹得后排的观众抱怨。

“喂,闭嘴!”

“她不是很聪明!”莫莉忿忿不平地为自己辩驳,“而且今天是我生日,因为她没有任何朋友,所以我邀请她来参加我的派对,我为她感到抱歉,我希望她可以喜欢这部电影,如果她看不懂就不可能会喜欢。”

大家都被吓到说不出话——至少在我惭愧的想象里,是被吓到说不出话——然后有人发出夸张作势呕吐的声音。

“为什么那个男人要假装呕吐?”当我们送希望回家后,莫莉问我。

“因为你让他想吐。”汤姆说。

“为什么?”

“因为你很恶心。”

“够了,汤姆。”戴维说。

“但她真的很恶心,一直装作好人的模样。”

“你不喜欢她当好人吗?”

“不喜欢,因为她只是为了炫耀才对人好。”

“你怎么知道?况且,又有什么差别呢?重点是希望过得很快乐,而且有改变的机会。就算莫莉只是想炫耀,那也没什么不好。”

汤姆沉默了,就像大家都沉默了,因为戴维的回答正直得让人无法反驳。

“‘慈善不应该拿来自夸,不应该用来吹嘘’。”我说。

“你说什么?”

“你听到了。你们两个一有机会就在自夸跟炫耀自己所做的善事。”

“对!”汤姆生气地说。他其实不懂我在说什么,但是当他听到那种带有侵略性的语调时,他认得出来。

“你从哪听来这些东西?”戴维问我,“从哪来的,什么自夸跟吹嘘?”

“《圣经》。《哥林多前书》第十三章。星期天他们在教堂读这段。”

“我们婚礼上读的那段吗?”

“什么?”

“《哥林多前书》第十三章,你弟弟读的。”

“马克没有读任何跟慈善有关的篇章。马克读的那篇是关于爱,大家都会读的、很老套的那篇。”请原谅我,圣保罗,因为我不认为那很老套;我一直都认为那很美丽,就算所有人都这么想也无妨,而且婚礼上读的那段《圣经》是我选的。

“我不知道。我只知道婚礼上读的的确是摘自《哥林多前书》第十三章。”

“好吧，可能我记错章节了。但是他们星期天在教堂读的那段跟慈善有关，里面提到做善事不应该是为了吹嘘，我当下就想到你跟你爱自夸的朋友。”

“谢谢你。”

“不客气。”

车子在沉默中继续前进，戴维突然用力拍了一下方向盘。

“是同一段。”他说。

“什么？”

“爱是不自夸不张狂。也就是你说的慈善不应该拿来自夸，不该用来吹嘘。明白了吗？马克读的是被翻译过的版本。”

“爱跟慈善不同。”

“他们是同一个字。我现在想起来了。原文是 Caritas。应该是拉丁文或是希腊文之类的，有时候会被翻译成‘慈善’，有时候会被翻译成‘爱’。”

原来这就是为什么这段读经异常耳熟：因为我弟弟在我的婚礼上读过，而且是我最爱的文章之一。由于某种原因，我觉得晕眩想吐，好像我做了什么可怕的事情。爱跟慈善来自同样的词根……怎么可能？明明最近的经验暗示我们这两者无法共存，它们是对立的，如果放在同一个袋子里，它们会彼此啃咬拉扯，大声喊叫，直到有一方先被撕裂为止。

“‘虽然我有信心能够移山，但没有了爱，我就什么也不是’。”婚礼上读的是这一段。

“我们家有这首歌。”莫莉说。

“这不是一首歌，你这白痴，”汤姆说，“那是《圣经》。”

“劳伦·希尔唱的。爸比很久以前买的 CD 里面有。我会在我房间放那张专辑。最后一首歌就是这么唱的。”然后莫莉帮我们唱了一段偶尔走音的《哥林多前书》第十三章。

当我们到家后,莫莉放了那首劳伦·希尔的歌,戴维跑到楼上拿了一个装满关于我们婚礼各种相关物品的箱子下来,我从来不知道我们有这个箱子。

“这哪来的?”

“从床底下的旧行李箱拿出来的。”

“这是我妈给我们的吗?”

“不是。”

他开始仔细搜查这个箱子。

“那是谁给我们的?”

“没有人。”

“难道它会自动出现吗?”

“你就找不到其他解释吗?”

“别傻了,戴维。这是个非常简单的问题。不需要故作神秘。”

“答案很简单。”

我还是想不到,所以我发出了挫败不耐烦的咆哮声,然后准备离开。

“这是我的。”他静静地说。

“为什么突然之间变成你的?”我挑衅地说,“为什么不是我们的? 你知道,我也在现场。”

“不是,我的意思是,如果你要的话,当然也是你的。但我是说……我买了这个箱子。我搜集了这些东西。这就是为什么它会出现在这个房子里。”

“什么时候的事?”我还是可以听到声音里的一丝不屑,好像我不相信他似的,好像他试着要骗我。

“我不知道。应该是我们度蜜月回来的时候。那是很美妙的一天。我很开心,就是不想忘记它。”

我突然嚎啕大哭,我哭个不停,直到我感觉流出的泪不再是盐分与水,而是血。

13

“没有爱我什么都不是。”劳伦·希尔已经在珍娜的音响里唱了第十二、十七、二十五遍,每听一遍我都觉得,对,那就是我,就是我现在的情况,我什么都不是,一想到这,不是又哭,就是想要哭。我现在明白戴维的箱子之所以会让我彻底崩溃,不只是因为我不知道我丈夫竟然对婚礼那天还有一丝一毫的感觉,还因为我早该察觉到我们的婚姻生病了,正在逐渐凋零,甚至已经死去了,然而直到今晚我从来没正视过这个问题。

我不大确定是什么时候开始的,但我知道是很久以前了——在史帝芬出现之前(否则根本不会有史帝芬出现),在好消息出现很久很久之前(否则也不会有好消息);但确定是在汤姆跟莫莉出生后,那时我对他们来说举足轻重,是全世界最重要的人。如果我有写日记的习惯,也许就能精确地指出是哪一天。我可以看着其中一篇日记然后回想,喔,对,那天是一九九四年十一月二十三日,那天戴维说了或做了什么。但戴维有可能是说了或做了什么,才会让我变得如此冷漠？不，我想是我自己的问题，我心中某个部分被破坏、干涸、僵化了，而我就这么放任它发生，因为那样很适合我。然而对汤姆跟莫莉，我还是能给他们足够的爱，但其实那不算数，因为是出自母亲的本能反应。我温暖的那一面偶尔才会闪现，频率大概就跟想我上厕所的次数差不多吧。

也许这就是我们出错的地方。也许马克以为他能在教堂找到温暖，而我们那条街上收留街头游童的人，以为他们可以在自家的客房找到温暖，戴维则在好消息的指尖找到了那份温暖——戴维是想在死前再次体会那种感觉，所以才前去寻找。而我也是。

喔，我说的温暖，指的并不是罗曼蒂克的爱，疯狂渴望一个其实并不真正了解的人。我的工作带给我的感觉——包括罪恶感、恐惧跟恼怒，还有其他说来不光彩、叫人分心的事物，这些只会让我大部分的时间感到不舒服——并不能满足我，我想那满足不了任何人。我在找的是过去让人感觉乐观、温和的爱……它去了哪里？一路走来，我似乎在某个地方耗尽了精力。最后对我的工作、我的婚姻跟我自己感到失望，我变成了一个不知道对未来还能期待什么的人。

在我看来唯一解决的办法，似乎只剩努力赶走后悔的感觉一途。后悔，是整件事的重点。然而我们无法永远赶走它，因为人不可能不犯下会后悔的错，我们能力范围内所能做的，就是向后悔屈服之前，继续跛行向前，直到我们老去为止。我，我撑到了三十七岁，而戴维也撑到同样的岁数，而我弟弟甚至在三十七岁前就放弃了。我不确定后悔有没有药医。我猜是没有。

眼前这位新病人看起来有些面熟，但我现在感觉不是很敏锐：我刚看过的土耳其小女孩病情可能很严重，我试着透过会说土耳其语的卫生随访员,向她妈妈解释为什么我要送她去作脑部扫描。此刻我的神经有点焦虑,而且对于这位新病人的皮肤病也不是很感兴趣,虽然说身为医生的我不该如此。

我要求她脱下上衣,她打趣说她讨厌在一个瘦到恶心的医生面前露出她的肥肚腩,就在她的套头毛衣盖住她的脸的时候,我认出她的声音。这个声音属于教堂的那位友善女士。

她站起身,好让我看到她背后的疹子。

“以前发作过吗?”

“很久没有了。这似乎跟压力有关。”

“为什么这么说?”

“因为上一次发作是我母亲过世的时候。而这一次是因为工作上碰到很多问题。”

“什么样的工作问题?”

这是一个不专业的问题。我常听到人们自称有工作问题,但从来没表现过任何兴趣,虽然我特别同情的时候会稍微关心一下。但这位友善的女士……我当然想知道她的工作有什么问题。

“我的工作完全没有意义,而且我恨我的……我恨我的上司。特别是……嗯,特别是我老板。”

“你可以把上衣穿上了。”

我开始写处方。

“上个礼拜我在你的教堂。”

她脸红了。

“喔,我不该提起的。”

“没关系。这是医生跟病人间的机密。”

“嗯,总之,如此一来你就知道我的问题出在哪。”

“我知道吗?”

“还不够明显吗?”

我决定最好什么都别说,因为这对我来说其实很明显——她《逐渐了解你》的演出非常令人难以忍受,布道时引用热门饶舌歌曲,会被人认为是精神失常——但是对她来说可能很不明显,我若说实话,只会让她背后的红疹更加严重。我把写好的处方拿给她。

“我很喜欢你的布道。”我对她说。

“谢谢你。但是基本上我不再相信我所做的事情,我认为都是在浪费时间,我的身体很清楚。所以每天都不舒服。”

“嗯,希望我能让你的病情好转。”

“你为什么会来我的教堂?你以前没来过,不是吗?”

“没有。我不是基督徒。但是我碰到一个心灵上的危机,所以……”

“医生也会有心灵上的危机吗?”

“显然也会有,没错。我的婚姻陷入严重的危机,我很难过,正试着决定下一步该怎么做。你可以给我一点建议吗?”

“你说什么?”

“我该怎么做?”

她紧张地微笑,不确定我是不是在开玩笑。我不是。我现在突然非常想知道她会说什么。

“关于你的疹子,我已经告诉你该怎么治疗。这是我在这的原因。所以你应该告诉我该如何解决我的婚姻问题。那是你的工作。”

“我不确定你了不了解教堂扮演什么角色。”

“那你告诉我是什么?”

“你试过婚姻咨询吗?”

“我不是在说咨询。我是在说对或错。你很清楚这些事,不是吗?”

“你想知道《圣经》里是怎么谈论婚姻的吗?”

“不要!”我现在是用喊的,我听得见我自己,但我似乎无法控制,“我想知道你怎么说!你就告诉我。不管什么建议我都照做。我该留下或离去。快!”我是说真的。我厌倦了不知该如何是好的感觉。我需要别人帮我理出头绪。

这位友善的女士看起来很害怕,但我想她有权害怕。我认真思考胁持她当人质,直到她说出答案为止,随便什么答案都好,虽然这个胁持计划目前不会真的实施。

“卡尔医生,我不能告诉你该怎么做。”

“我很抱歉,这答案不够好。”

“你想来我办公室跟我谈谈吗?”

“不,不需要浪费时间。这只是个‘是’或‘不是’的问题。我不想花几个小时跟你谈论。我已经想了好几个月。够久了。”

“你有小孩吗?”

“有。”

“你丈夫对你很残忍吗?”

“没有,现在没有,以前有,但是他看到了光。不是你那一种光。是另一种。”

“嗯……”她就快说出什么了,但是她站起身,“这太荒谬了。我不能……”

我从她手里把处方抢回来:“这种情况下,我不能帮助你。你先完成你的工作,我就会完成我的。”

“这不是我的工作。请把处方给我。”

“不要。这不是什么复杂的问题。离开或留下，这就是我要的。天啊！你们这些人怎么这么胆小？连最简单的问题都无法回答，难怪你的教堂会空空如也。你不明白吗？答案。这才是我们要的。如果我们要的是模棱两可的废话，我们会待在家里。在自己脑子里搜寻就有了。”

“我想无论如何，最终你会做你想做的事情，所以我说什么不会有什么分别。”

“错！错！因为我现在毫无头绪。你记得《掷骰子的男人》，那本大学时代每个人都会读的书吗？也许神学院的学生不会读，但是一般大学生都会。嗯，我现在是‘牧师的女人’。你说什么我都照做。”

她看着我，然后举起双手表示投降：“留下来。”

我突然感到绝望，当两个选项其中一个被选上，而且得付诸行动的时候，人们总是会感到绝望。我想回到几秒前还不知道该怎么做的时候。事情是这样的：当你陷入像我这样的混乱，你的婚姻就像一把刀插在你的肚子里，不管你怎么做，都会是个大麻烦。你不会去问肚子里有一把刀的人，怎么做才会比较快乐，因为快乐已经不是重点。一切都是关于如何生存：你究竟该把刀子拔出来，然后流血致死，还是索性把刀子留在里面，期待好运降临，期待那把刀能有效防止血液继续流出。你想知道传统医学会怎么做吗？传统医学会要你把刀子留着。我说真的。

“真的吗？”

“是的。我是个牧师。我不能到处跟别人说只因为一时兴起就可以离婚。”

“哈！你觉得我是一时兴起吗？”

“我很抱歉，但是你不能跟我争论这个决定。你要我给你个答案，我给了。所以你要留下。我可以拿到我的处方了吗？”

我给了她。我开始觉得有些尴尬，也许这才是我该有的反应。

“我不会对任何人提起，”她说，“我会假装你只是今天过得不太好。”

“那我也不会跟别人提起《国王与我》。”我说——在那种状况下，这么说非常无礼。若我们各自因为职业上的不当行为而遭到起诉，那么显然会因为罪行严重程度的不同，而获得不同的判决。她尚且可以辩称她试图以一出伟大音乐剧最精彩的部分来让她的布道更为生动；反观我，恐怕找不到理由解释为何我以暴力要挟病患给我一个不合适的婚姻建议，否则就拒绝治疗对方。

“祝你好运。”

“谢谢。”我终于不再那么无礼了，我拍拍她的背送她出去。我会想念她的。

“你有没有……有没有威胁过病人？”我下班前这么问贝卡。贝卡做过很多很多坏事，有一些还是在上班时间发生的。

“天啊，没有。”她说，显然被吓到了，“你觉得我是那种人吗？”

接着按照惯例，我们又上演了一遍好医生/坏医生的戏码，贝卡永远觉得我是在指控她，她从没怀疑过我是在坦承我的罪行。这就是为什么我很喜欢跟贝卡聊天：因为她根本没在听。

当我回家之后，想跟我先生谈谈，但现在跟他结婚的似乎是好消息而不是我。他们两个现在形影不离——他俩的关系非常紧密，每次我看到他们，总是对着一张纸弓着身子，头碰头靠在一起，看起来像是两个人在互相交流一股超自然的能量。如果是过去，直接问戴维那张纸上写了些什么是再合理不过的，也的确，如果都不闻不问，会被认为是一种无礼以及不支持对方的举动。然而现在，莫莉、汤姆跟我就像步兵，而戴维跟好消息则是将军，如果对他们的行动有任何好奇，会被视为过于卤莽，甚至有罪。

我敲了那道隐形的办公室大门。

"戴维，我可以跟你谈谈吗？"

他抬起头，一度有些不悦。

"现在吗？"

"如果可以的话。"

"尽管说吧。"

"我们今晚可以一起吃晚餐吗？"

"我们每天都一起吃晚餐。"

"我是说你跟我，我们出去吃。如果好消息没问题的话，他可以负责带孩子。"

"今晚吗？"好消息查询了他大脑里的日程表然后发现，他今晚有空。

"那好吧。你觉得我们需要谈谈？"

"嗯，对。"

"要谈……？"

"有很多事情要谈。例如我们也许该谈谈我昨晚的反应。"

"喔，别担心那件事。我们偶尔都会感到沮丧。"

"没错。"好消息说，"就是情不自禁。就像我跟你弟弟说的，忧伤就像个王八蛋，平常总是躲得好好的，然后某天突然跳出来。"他宽宏大量地挥挥手，"忘了它吧。当它没发生过。"

他们快乐平静地笑了，然后又回到他们那张纸上。我就这么被打发了。

“我不是要你原谅我。我想谈谈这件事。我想要解释清楚。我想要你跟我试着沟通。一个丈夫跟妻子间的沟通。”

“喔，好。抱歉。那样会很不错。你确定不希望好消息一起来吗？他很擅长这种事。”

“我必须说此刻我靠直觉感应到一些事情，”好消息说，“我了解你所谓丈夫与妻子间那种亲密的关系，而且你会惊讶于我连你们之间彼此迅速交流的细节都能理解。”接着他做出一个Z字形的手势，我不是很清楚他到底想表达什么，但我猜这个Z形手势是象征失败的婚姻沟通。

“谢谢，但不需要。”我跟他说，“如果我们有麻烦会打电话给你。”

他耐心地笑了：“那行不通的。我得带孩子，记得吗？我不能丢下他们。”

“那我们会把食物打包然后立刻回家。”

他用手指着我，表示“嘿！你很精明”，因为我找到了一个折衷之道，所以我们终于被准许出门了。

“就这样。”

“就那样。”

这种感觉真熟悉。他替自己点了两份印度辣味脆薄饼，替我点了一份原味的，然后装了印度风味芒果酱的小碟子放在我们中间好方便蘸取……自从我们经济能力许可后，十五年来我们每次到这间餐厅都点一样的食物，在你认定我们的生活缺乏多样化以及做决定的能力以前,我应该明确指出这家餐厅其实我们只来了十年。因为原先最爱的餐厅换人经营了,而且稍微更动了菜单,所以我们找了另一家比较接近的餐厅取代原来那家。

但是像这样一家咖喱餐厅,对我们来说的确很重要。我所谓的我们,不只是戴维跟我,而是全部的人。婚姻看起来应该是什么样子?我们的婚姻看起来是这样的:一个抹上印度风味芒果酱的小碟子。这是我们辨别婚姻的方式。那抹芒果酱就像你家里黑猫脸颊上的白点,或是新车的牌照号码,或是孩子学校运动服上的名牌;没有了这些我们会完全迷失。如果没有这个碟子跟上面的一抹橘色,有一天我可能会去上个厕所回来之后,就把别人的婚姻错认成我的。(谁说这个被我误认的婚姻,会比我原来的婚姻更好或是更坏?我突然发现我做的决定原来有多荒谬——我不是说在医院里牧师给我的那个,那个决定现在还看不出好坏,我说的是我许多年前下的那个决定。)

“你说想要谈谈。”戴维说。

“你不想吗?”

“嗯,想啊。如果你想的话,我也想。”

“我是想谈谈没错。”

“好。”接下来一阵沉默,“那你说吧。”

“我不继续住在珍娜那边了。”

“喔,好。”他啜饮了一口淡啤酒,显然不确定这个消息跟他的生活有什么关系。

“你要搬回家吗?还是找到其他地方住了?”

“不,不是。我要搬回家了。”我突然对他感到有些抱歉:毕竟,他问的问题并不过分。大部分濒临分手边缘的夫妻,几乎都可以从他们的相处情形找到某些线索，来判断最终会成功或失败。例如有的夫妻会再度同房共枕，有的则会用菜刀攻击对方，从这些症状，人们可以对病情做出预测。然而我跟戴维之间还没走到这个地步。我搬出去的时候没有解释真正的原因，接着我搬回家，原因竟然是一个善良但对我一无所知的女士，由于我威胁她，所以告诉我应该搬回去。也难怪戴维会觉得他的问题可能有各种答案。他一定觉得他仿佛是在问我谁会赢得全国大马赛一样难回答。

“喔，好。嗯，好。很好，很好。我很开心。”

“真的吗？”

“当然是真的。”

我想问他好在哪里，然后不管他说什么都跟他争论到底，但我不打算这么做。我已经停止那些行为了。既然已经做了决定——或者说我让别人替我做了决定——就不该再做些破坏决定的行为。

“我能做些什么，好让这一切对你更轻松些吗？”

“你是说真的吗？”

“对，我是这么想的。”

“我能要求什么？”

“任何事情都行。如果我觉得不合理，会跟你讨论。”

“好消息有没有可能找别的地方住？”

“那真的很困扰你吗？”

“对，当然。”

“好。我会跟他说他得搬走。”

“就这么简单？”

“就这么简单。但我不认为会有多大差别。我是说，他还是会一天到晚出现。我们一起工作。我们是同事。我们的办公室就在家里。”

“好吧。”我仔细想想,我同意戴维说得没错:这不会有多大差别。我不希望好消息住在家里,是因为我不喜欢好消息,但就算他晚上去别的地方过夜,这问题依然不会解决。我浪费了三个愿望的其中一个。

“你们到底在做什么?”

“你说什么?”

“你说你跟好消息一起工作。你们做些什么?”

隔壁桌的女人看着我,然后又把目光移开看着戴维。她显然想厘清我跟这个男人是什么关系。我才刚对他说我会搬去跟他住,但是现在想弄清楚他在做些什么。我想这女人如果不弄清楚答案,等一下一定会不停地想着这件事。

“哈!好问题。”当一般人面对这种问题、说出这种答案时,他们通常是在开玩笑。你知道的,像是“好问题!去你的,最好我会知道!”,等等。但是戴维的意思是:“呼!我该怎么解释呢?这一切是如此错综复杂。”

“谢谢你。”

隔壁桌的女士吸引了我的目光。别搬进去住!她试图用眼神告诉我。他连你的讽刺都听不出来。我试着用类似的方法回应她:不要紧!我们已经结婚很多年了,只是最近不大有办法沟通。因为他心灵上有些转变。但我不确定她能不能全都接收到,毕竟不靠说话要传达这么多讯息是挺难的。

“我们现在算是处在拟定策略的阶段。还没有任何具体的计划,但我们正在思考。”

“很好。你们在想些什么。”

“我们在想该如何说服人们,放弃超出国民平均所得的收入。目前正在计算一些数字。”

“进展得如何?”

“嗯,你知道,其实挺困难的。不像说起来那么简单。”

他真的是这么说的,活生生的,就在这间咖喱餐厅里。

“喔,而且我们在写书。”

“书。”

“对。我们打算取名为《如何是好》。这本书的内容是关于我们该如何生活。你知道,就是给人们一些建议。例如收留游民、把钱捐出去、如何处理财产所有权,还有,我不知道怎么说,第三世界之类的。”

“所以这本书的目标读者是国际货币基金组织的高阶员工?”

“不,不,这本书是写给你跟我这样的人看的。因为我们都很迷惘,不是吗?”

“是。”

“所以这是个好主意,不是吗?”

“这是个绝妙的主意。”

“你不是在说反话吧?”

“不是。一本教我们如何思考每件事情的书?我会想买一本。”

“我会送你一本。”

“谢谢。”

隔壁桌的女人放弃了吸引我的注意。我们不再是朋友了。她觉得我跟戴维一样蠢,但我不在乎。我迫切想要这本书,而且我会相信书里写的每一个字,并且去遵循书里每一个建议,不管那些建议有多么不切实际。《如何是好》这本书,就是那位善良女士拒绝给我的药方。我只需要压抑我的疑虑跟事事存疑的态度，然而就是这些态度，才让我成为一个有血有肉的人。

当我们回到家后，好消息在扶手椅上睡着了，一本笔记本摊在他胸前。当戴维去把热水壶电源打开时，我小心翼翼地拿起那本笔记本偷看了一眼。“素食或吃肉?????”他用红字大大写着，“试试有机食物???? 也许。”毋庸置疑，这本书告诉我们当我们把多数的收入都捐出去之后，该如何用有机肉类喂养一家四口。我轻轻把笔记本放回原位，但好消息还是醒了。

“你们谈得还顺利吗?”

“很好。”我说，“但是我头痛得要命。”

戴维走进客厅，手上的托盘上放着三杯茶。

“我很抱歉，”他说，“你没跟我说。”

“我头痛好一阵子了。好几天了。有人有什么建议吗?”

戴维笑了：“你知道好消息的，他有许多办法。但我不认为你会感兴趣。”

“只要能把头痛治好我都感兴趣。有谁会不感兴趣? 而且我不能再继续吃头痛药了。我整天都在吃。”

“你说真的吗?”好消息说，“你想接受治疗吗?”

“对，为什么不要?”

“对于可能的后果你也准备好了吗?”

“我准备好了。”

“好，那么，我们去书房吗?”

从某方面来说，我希望我自己真的头痛，但我没有；我是灵魂痛，我想要消失，不论代价如何，我希望这份痛苦可以消失。我放弃了。我无法打败他们，只好加入他们，如果这代表我再也无法说出一句使人信服的话,不再会有诙谐讽刺的想法,或跟同事朋友互相挖苦,那就随它去吧。为了婚姻和家庭和谐,我愿意放弃所有自认为能代表我的特征。也许婚姻就是这样,会让你丧失你的个性,其实这跟好消息没有关系:如果是几年前,我会自杀。当我走上楼时,我觉得好像正在经历一场属于我自己的琼斯镇邪教集体自杀惨案。

好消息招呼我进房,我坐在戴维平常写作的位子上。

“我需要脱下些什么吗?”在这方面我不怕好消息。我甚至怀疑他到底有没有性欲。我想他的性欲已经被他拿去炖他的心灵鸡汤了。

“喔,不需要。如果我连几层棉布都穿不过,又怎么可能有办法深入凯蒂的内心世界,不是吗?”

“所以你要我怎么做?”

“就坐在那。头哪里痛?”

我随便指了一个有可能头痛的地方,然后好消息温柔地摸着那里。

“这里吗?”

“对。”

他按摩了一会儿。感觉很好。

“我没感受到任何东西。”

“什么意思?”

“我是说,你确定是这里头痛吗?”

“也许再过去一点?”

他的手指移动了几寸,然后开始温和地搓揉我的头皮。

“没有,还是没有。”

“真的吗? 连——喔! ——刚刚那里呢?”

“连那里也没有。抱歉。”

他的语调暗示了他知道我是在假装，但是为了礼貌不方便多说些什么。

“所以呢？就这样吗？”

“对，我爱莫能助。我找不到你痛苦的来源。”

“你不能就直接把手变热治疗我吗？”

“事情不是这样运作的。一定要先有什么东西在那。”

“什么意思？”我问这个问题是因为我知道他不只是在谈头痛。他谈的是别的东西，某件他认为我缺少的东西，而我相信他是对的：是少了什么东西，这就是为什么我会走进这间房间。

“我不知道，我的双手就是这么告诉我的。你不是……如果这听起来很粗鲁，那我先说抱歉，但是你没有那个特质。那种，心灵上的特质。”

“戴维就有吗？”

“他过去一定曾有过。”

“但是这不公平！戴维过去是个可怕、爱讽刺，又不关心别人的猪！”

“嗯，这我不知道。但是我在他身上找到一些东西可以使力。但在你身上……就像是一部车的电瓶没电了。你知道的，我发动引擎，我拼命发动，但只发出一连串……喀锵喀锵喀锵的声音。”

他不知道该怎么解释，但是发出的噪音完全传达了我的感觉。

“也许你的车需要别人帮你接电，”好消息开心地说，“我们可以下楼喝茶了吗？”

14

巴米·布莱恩,头号揪心病人,星期一早上预约第1号。他看起来状况不太好。我知道会来看病的通常气色不可能好到哪儿去,但是跟我三个星期前看到的他比起来,气色差非常多。他雨衣底下穿的似乎是睡衣,胡子也没刮,头发一团乱,脸色黯淡,口气闻起来有些类似酒精或是某种农产品的味道。

“哈啰,布莱恩。”我愉快地说,“你早上出门的时候很匆忙吗?”

“你为什么这么说?”

“你穿的不是睡衣吗?”

“不是。”

虽然布莱恩定期看诊,但是他非常不信任我,总是认为我试图抓出他的把柄,好像我怀疑他有别的身份,也许他真的有别的身份,但对我来说,不管他是谁,肯定过得不好,所以才需要我的帮助。但他不这么觉得。他似乎觉得如果我成功拆穿他的真面目,就会把他赶出医院。

“我了解了。你只是碰巧穿着成套的粉红蓝条纹上衣跟长裤。”

“也不是。”

我没继续追问(但相信我,他是穿着睡衣没错,他否认只是因为他觉得如果承认了,就会泄露某些不想让我知道的关键讯息)。面对巴米的时候,有些不成文的规定:你可以跟他开些玩笑——否则我们会变得跟他一样愁容满面——但是又不能太过头。

“我能替你做些什么?”

“我肚子痛。很不舒服。”

“大概是哪边痛?”

“这里。”

他指着他的下腹部。我从过去的经验得知,我不该去碰巴米·布莱恩身体的任何部位,因为巴米·布莱恩的问题通常不是生理疾病引起的,而是因为他叫做巴米,巴米就是疯疯癫癫的意思,所以要治好他通常不需要碰到他的身体。

“你会想吐吗?感觉恶心吗?”

“不会。”

“那上厕所呢?还正常吗?”

“你的意思是?”怀疑的语调又出现了。

“拜托,布莱恩。如果你下腹部疼痛,我必须要问你这些问题。”几年前布莱恩曾经疯狂地否认他上大号,只承认他上小号;我不得不对他说我也会排泄,没有什么不好承认的,但他不听,对于其他医院员工纷纷坦陈自己的排泄习惯也不感兴趣。

“我已经很久没去上厕所了。”

“多久了?”

“几个礼拜吧。”

“那可能就是你腹痛的原因。”

“真的吗?”

“是真的。两个星期不上厕所就会让你肚子痛了。最近你的饮食习惯有什么改变吗?”

“什么意思?”

“你最近吃了什么不同的东西吗?”

“吃了,当然。”然后他哼了一声,好强调我这个问题有多愚蠢。

“为什么?”

“因为我妈死了,不是吗?”

如果好消息现在摸我的头,他不会说我是个电力耗尽的电池。他会说我的脑袋里有各种情绪在翻腾:怜悯、悲伤、恐慌、绝望。我不知道布莱恩有妈妈——但根据我的笔记,他的确有,虽然他已经五十一岁了——但这完全合理。过去显然是有妈妈在照顾他,他妈妈会把布莱恩打点好再让他出门,如今她过世了,所以布莱恩才会穿睡衣出门,而且腹痛。

“我很抱歉,布莱恩。”

“她好老好老了。她说过总有一天她会死的。但是,我怎么会知道她是怎么把食物弄热的?而你又怎么知道什么食物该热的吃,什么食物可以吃冷的?因为有时候我们会吃冷的火腿,有时候会吃热的培根。可是你去买东西的时候,没有人会告诉你什么是什么。我一直以为他们会跟我说的。我去买食物,但是不知道要怎么煮。例如莴苣跟包心菜该怎么煮?热的鸡肉跟冷的鸡肉又有什么不同?我确定以前我们吃过冷的马铃薯,但是跟店里买到的冷马铃薯不一样。我买到的冷马铃薯,吃起来难吃极了。我想我买错了,可是那明明是冷的马铃薯没错啊!我被搞糊涂了。以前糊里糊涂地吃下它们,现在糊里糊涂地买下它们。我觉得头昏脑涨。”

我想这是我听过最令人伤心的一番话,而我所能做的,就是克制自己不去抱抱可怜的布莱恩,并且在他肩膀上哭泣。我很想对他说:“我也觉得很糊涂,我们都是这样的。如果你知道别人都在哪些事情上糊涂,就会知道分不清什么食物可以生吃、什么食物该煮熟,并不是什么大不了的事情。”

“我想也许就是因为你吃了生的马铃薯,所以才会肚子痛。”我最后这么对他说,“但没关系,我们有很多解决的办法。”

我做了其中一些解决办法。我开给他一些石蜡油,然后建议可以买帮助消化的外带咖喱,而且跟他保证改天会亲自做晚餐给他吃。等他走后,我拨了通电话给社会福利局。

当我回家的时候,戴维跟好消息宣布,经过几个礼拜的讨论,他们终于决定了要“反转”的人选——也就是属于他们的“克里斯多弗跟希望”,他们一生当中感到最抱歉的人。我又累又饿,而且没什么兴趣,但是他们站在我面前,坚持无论如何要跟我说。

“说吧。”我疲倦地说,甚至为了加强效果故意夸张了一点。

“我的人选是奈吉尔·理查德。”戴维骄傲地说。

“谁是奈吉尔·理查德?”

“他是我小时候在学校打过的小朋友。只不过他现在已经不是小朋友了。但他曾经是。在七〇年代初的时候。”

“你以前从来没有提过他。”

“那太丢脸了。”戴维说,但语气听起来却是得意洋洋。

我忍不住想,他应该可以想到其他人选的,最近的一些人,例如前任同事,或是某家庭成员,或者是我、我、我,但即使像我今天这样又累又沮丧,也知道最好不要提供戴维一份又长又伤人的名单,这会让他愧疚地鞭打自己好几个月。如果他对奈吉尔·理查德感到愧疚,那就选奈吉尔·理查德吧。

另一方面,好消息选择了他姐姐。

“你对你姐做了什么?”我问他。

“其实没什么。我只是……我只是无法忍受她,就这样。所以再也没见过她,而她是我姐,所以我感到很愧疚,你懂吗?”

“我还需要继续跟希望玩吗,妈咪?”

“你那部分已经完成了。”

“嗯,我们永远不会真正完成我们的部分,不是吗?”戴维说,“这是个终生的承诺。”

“所以奈吉尔·理查德将会是你最新的好朋友吗?未来我们要跟理查德夫妇一起消磨大部分的时光?”

“我确信奈吉尔·理查德不需要我当他的好朋友。我相信他有无数个成功而且让他感到满足的友谊关系。如果他没有,没错,我会当他的好朋友。”

“所以你会守护一个你不认识的人,只因为你二十五年前打了他一顿?”

“对,没错。我不该那样做的。”

“那真的是你唯一想到你不该做的事情吗?”

“不是唯一,是第一件。”

看来他的一生非常漫长。

我承认是我的主意,把布莱恩、奈吉尔,还有好消息的姐姐坎塔塔(那是她的名字,她二十三岁时帮自己取的,看起来似乎是某次在皇家节日音乐厅嗑了迷幻药之后,药效太强所造成的影响)凑在一起吃晚餐,希望我们的罪恶能一举抹去——至少我是这么跟戴维说的。就算奈吉尔现在是一个跨国银行的主席,而且还得坐在有排便困难的布莱恩身旁一整个晚上,戴维还是认为这一定是个非常愉快的夜晚。

事实上是,我已经不再期待还能拥有任何勉强算是愉快,或至少可以容忍的社交生活,所以我提议的动机是出于愤世嫉俗,还带有一点绝望的邪恶:为什么不让他们全都坐在一起?愈多愈快乐!愈糟愈好!如果没有意外,未来几年内,这个晚上将变成足以惊讶跟取悦我朋友的趣闻;也许渴望跟我认识、我爱的人共度一个愉快的夜晚,这件事本质上就太中产阶级,是应该受指责的,甚至几乎是堕落颓废的。

好消息先采取行动。他拨了他手边最近一个坎塔塔的电话,然后有人告诉他另一个电话,接着又是另一个,最后他找到坎塔塔,她现在住布莱顿的一栋违章建筑里。

"坎塔塔吗?我是好消息。"

但显然对方不是,因为她挂了电话。

好消息再度拨了那个号码。

"在你挂断前请听我说……谢谢。我想了很多关于你的事情,想到过去我对你那么糟。而我想要……"

"……"

"我知道。"

"……"

"我知道。"

"……"

"啊,那件事不是我的错。我没有叫警察,是妈叫的。"

"……"

"嗯,我没有碰过他,有吗?我也没有让门开着。"

"……"

"喔,拜托,坎塔塔。那花了我七十便士。而且我很确定它本来就破了。"

"……"

好消息跳了起来,而且跳个不停,上上下下像在弹簧垫上。还是说他正试图透过跳跃来解决这场世仇,看来这是他唯一的回应。显然这个问题无法靠有治疗能力的双手解决,也无法用一张纸回答,写在书里也没用,只能靠跳上跳下才能解决,我但愿自己几个月前也能想到跳上跳下这个方法。它可能会跟其他方法一样有用。

"不!"好消息大叫,"不,不,不! **你滚开! 你滚开!**"

然后他摔上电话走出去。

"你不打算跟他谈谈吗?"我问戴维。

"我该说什么?"

"我不知道。就试着让他好过些。"

"他不该说那些话。我对他非常失望。我们应该能超越那些的。"

"但我们没办法,不是吗?"

"我不是在说你。我是说我跟他。"

"这就是问题所在,不是吗?你们一直都是凡夫俗子,只是你们忘了。"

我去跟好消息谈谈。他躺在床上，咬牙切齿，瞪着天花板。

“我很抱歉，我在孩子们面前骂脏话。”

“没关系。他们从他们父亲口中听过很多次了。”

“你是说以前吗？”

“对，以前的时候。”我从来没想过戴维现在已经不会在孩子们面前骂脏话了。这是好事，不是吗？好吧，有人会认为，这场胜利是付出惨痛代价才换来的：我们让一个眉毛上挂着海龟的男子，来跟我们一起住，久到感觉像是住了好几年，此外还牺牲了所有正常家庭生活的表象。但我宁愿往好处想。

“你不用太自责，”我对他说，“我的意思是，虽然只听到你这方的说辞，但她似乎挺不讲理的。那七十便士是怎么回事？”

“她那该死的西蒙·勒·邦海报。她从来没忘记过。”

“我大概猜到了。”

“凯蒂，我受不了她。她太可怕了。她过去一直都这么可怕，未来也不会改变。坎塔塔！真是个该死的白痴。”

我努力克制自己，没有跟他一样这么亲密地直呼彼此的名字。

“没关系。”

“不，有关系。她是我姐姐。”

“但是没有你她也过得很好。”

“我不知道。”

“如果她需要你，就算有不幸的西蒙·勒·邦海报事件，她还是会来找你的。”

“你这么认为吗？”

“当然。”

“我还是觉得我很失败。你知道的，我成天都说我们应该要爱这爱那的，但我他妈的恨死她了。请原谅我的粗口。”

就我的观点看来，没错，他是很失败，为了我自己的利益着想，应该让他知道他很失败。他们以为自己是谁？口口声声想要拯救世界，但是连随便跟任何一个人建立正常关系的能力都没有？如同好消息常常口才善辩地说，我们该爱这爱那的，但是去爱一个你不认识的人当然容易多了，不管是乔治·克鲁尼或是猴子都一样。但是如果你能对曾一起共享圣诞火鸡大餐的人彬彬有礼——那才叫做奇迹。如果好消息可以用他的手搞定他跟他姐姐的关系，那他可以永远跟我们住在一起。

“但是想想那些你帮助过的人，他们真的需要你，”我对他说，“那不是更有价值吗？”

“你这么认为吗？”

“当然。”

于是，好消息被一个比他更了解抱怨个中之道的人鼓励，开始发泄更多的不满。但实在比讽刺还讽刺的是，我知道我这么做是对的。

要找到奈吉尔就容易多了。戴维是校友会的成员，于是几分钟内他就拿到了对方的手机号码。戴维允许我们听他讲电话，戴维很有信心，对方会给他一个温暖，甚至感动落泪的欢迎。

“哈啰，请问是奈吉尔吗？”

“……”

“我是戴维·葛蓝特。”他露出了期待的小小微笑。

“……”

“戴维·葛蓝特，你的同学。”

“……”

"对,没错。哈哈,你好吗?"

"……"

"很好,很好。"

"……"

"好,谢谢。最近都在忙些什么?"

"……"

"对,对。太棒了。"

"……"

"太棒了!"

"……"

"哇!"

"……"

"真的吗? 干得好! 听着——"

"……"

"那计算机容量真的很大。"

"……"

"那真的是很高的成交量。"

"……"

"真的吗? 恭喜。"

"……"

"不,十五年是很长的时间。看看迈克尔·道格拉斯还有……"

"……"

"她是吗?"

"……"

"她有吗?"

"……"

"那的确是,很多杂志封面。"

"……"

"她有吗?嗯,我确定罗德一定心碎了。他可能不想谈这件事,哈哈……无论如何,我只是想叙叙旧,现在叙完旧了。拜拜,奈吉尔!"

然后他挂上电话。我看着他,有一度我看到过去认识的那个人一闪而过:愤怒、轻蔑,被忌妒跟不满占据。

"你没邀请他来吃晚餐。"

"没有。我不确定我欺负他那件事,对他来说还重不重要。"

"真的吗?"

"对。而且我不知道他跟巴米·布莱恩处不处得来。"

"没错。"

"而且他是猪。如果他来我可能会再揍他一顿。"

"就像我揍克里斯多弗一样吗?"汤姆开心地说。

"没错。"戴维说。

"有些人你就是非揍不可,不是吗?"汤姆说,"你就是忍不住。"

戴维不发一语,但是我忍不住觉得就算他现在很痛苦,也该强忍着,并出言纠正汤姆才对。很遗憾当我丈夫跟我儿子在讨论暴力行为时,上帝并没有显灵,如果上帝真的显灵,我会很乐意接受主的感化。

"那接下来你打算试着反转谁?"我们准备上床的时候我问戴维。

"我不知道。"戴维愁眉苦脸地说,"因为那根本不管用,不是吗?"

“我不是很确定你想达成的目标是什么。但没错，也许真的不管用。”

戴维沉重地坐在卧室的椅子上，椅子上堆满不是很脏的衣服。椅子上的衣服太多了，他只好把那些衣服通通塞到一边，倾斜地向着窗户，活像是渴望阳光的家庭植物。

“我知道你觉得这一切都很蠢。”

“什么很蠢？你是说打电话给不记得你的人，只为了那件他们根本忘记你做过的事道歉？”

“不只是奈吉尔·理查德，我是说所有一切。”

我什么都没说。我只是叹气，无论碰到什么问题，叹气永远是个好答案。

“好吧，我也这么觉得，”他说，“我觉得这一切够蠢。没有意义而且可悲。”

“你只是因为受到挫折，所以一时沮丧罢了。你就去跟其他人道歉。例如当地报社的那个人，你过去曾经让他的生活很悲惨。或是你妈的朋友，你以前拒绝邀请他来参加我们的婚礼。”

“我不是在说道歉的事情。我是说每件事情。救助穷人，劝所有人捐钱，写那本书。这太疯狂了，我知道。其实我早就知道了，只是没说出口。”

当天傍晚，好消息跟戴维打电话的时候，看起来就像是他们众多甜蜜但方向错误且毫无意义的计划之一，然而事实上，这显然会是我们家庭历史上决定性的一刻。就像柏林围墙倒下：你无法想象它会有发生的一天，然而国家内部的对立，注定让这道墙无可避免地走上塌陷一途。该发生的迟早会发生，就像戴维最终还是会发现这一切是多么疯狂。这种感觉很奇怪，想到我们即将回到过去的生活。讽刺、刻薄的言语、烂小说、一间空的客房、少一张待喂的嘴……老实说我感到五味杂陈。因为有一度我觉得眼前的这一切其实挺有趣的，所有事物以一种奇特的方式维持着平衡。

“好消息跟我说了你电瓶没电的事情，”戴维说，“嗯，我的电瓶也没电了。里头空空如也。我第一次感受到的热潮……全消失了，现在一点感觉都没有。这就是为什么，我现在可以像你，还有那些沮丧、不知道日子该怎么过下去的人们一样，看出来这一切有多蠢！”

我什么都没说。也许明天我会试着找出有哪些协会能提供被邪教洗脑者咨询服务；我确定类似这样的沮丧，通常最后的结果会让人丧失所有活下去的理由。

“这就是为什么我不打算放弃，”戴维继续说，“我负担不起。我该做些什么？回去为当地报纸写那些关于公交车上老人的刻薄专栏吗？哈！我不这么认为。不，这就像是……嗯，就像是一段婚姻。你必须怀着希望，期待那份感觉有一天会回来，然后努力下去。就算失败了，我知道我努力过，而不是只坐着发牢骚，然后说些刻薄话。”

“所以你会继续去敲别人的门，然后劝他们把积蓄捐出来，即使你根本不相信这些吗？”

“我并不是说我不相信。比较像是，我不知道，应该说我没有不相信。”

“那还不够吗？”

“我不知道，我不这么认为。”他看着我，“你告诉我答案。”

“我哪知道什么？”

“我们不是都在做同样的事情吗？”

“我们是吗？”

“你对我们的婚姻还怀有多少热情？”

“你对我们的婚姻还怀有多少热情?”

我想这样问还挺公平的,我把戴维的问题丢回去,就像是网球选手在网前回击,把对方来球的速度跟旋转转变成对我有利的角度。任何一位婚姻咨询师都会支持我发问,但我知道这其实是作弊。一段失败的关系才会出现这种情形。如果你拒绝回答任何问题,只要把问题重复一遍即可。“你爱我吗?”“你想要离婚吗?”“你快乐吗?”而你的伴侣无可避免地也会变得跟你一样摇摆不定,而且如果他/她是人类——也就是说,他们胆怯同时却自以为很有道德观——那么他/她绝对不会许下任何承诺或是表达任何一丝热情。毕竟,缺少热情与全心奉献的精神,正是这段关系失败的原因,不是吗?所以在我的经验里,将任何严肃的讨论立刻转换成一种可笑的僵局是容易且明智的做法。在做出决定前,你还有好几年的时间可以考虑。

但这个例子里异常可悲的是,戴维甚至不是真的要我认真谈论我们的关系。他只是用婚姻的概念作为模拟,但无论如何我的立场是不会动摇的。我可没那么软弱。

“好吧,好吧,”我匆促地说,“我对我们婚姻的热情已经荡然无存。只是太害怕去结束这一切。太多事情依赖这段婚姻维持。我不想当坏人。”

“没错,”戴维清醒地说,“嗯,那真是……”

“等等,等等。没错?就这样?你不介意我这么说吗?你一直都知道我是这样想的吗?”

“凯蒂,过去几个月你不但有外遇,还搬出去住。这可不是一个感到惭愧的太太会有的行为。重点是,当我们两个人的灵魂都……都已经死去的时候,我们该怎么办?我,我觉得这条路我已经走得太远,以至于无法再回头了。也许你对我们的婚姻也有同感。这意味着不管我们怎么做都会非常、非常困难，特别是跟那些不但知道自己要什么，而且还清楚原因的人比起来，会难上许多。我们的电瓶都没电了，但是还得继续开车。我还不知道该怎么做才好。你呢？”

我摇摇头。我不喜欢这种谈话。我比较喜欢那种“你爱我吗/你爱我吗？”的谈话，因为那种谈话可以一直持续下去。那样的谈话永远不会解决什么问题，也没有人会说出什么值得思考的话。

当天晚上我们做了爱，长久以来的第一次。事后我们都同意，让彼此感觉些许温暖是个不错的主意，虽然说这份温暖是来自生殖器官而不是灵魂深处。但也许两者之间某些部分会互通。

“你对我们的婚姻还怀有多少热情？”在我快睡着前我问他。这是个适合发问的时机：我的头枕在他的胸膛上，这次我问是因为我想知道答案，而不是想逃避他的问题。

“你真的想现在谈这个话题吗？”

“答案很长吗？”

“不，不会。好吧，我想不到任何放弃的理由。就像我想不到理由好放弃那些事情。”

“所以你把我当成慈善事业吗？”

“不是，你当然不是。但是婚姻本身是。婚姻就像你会在英国防止虐待动物协会海报上看到的狗一样，既瘦小又可悲。”

“稀疏的毛皮、流满脓的双眼、被香烟烫伤的疤。”

“一点都没错。”

我这么说本来是为了故作轻浮，我一度希望戴维能给我轻浮的响应，拿这些蠢话开个玩笑，但是他没有。他当然没有。

“总之，那是我对婚姻的想法。”

“什么？你是说婚姻像那些狗一样应该被抛弃？主人应该被控告？”

“不，不是。我是说，你知道的。我不能在这种状态下抛弃它。”

“所以你打算照顾到它康复，然后离去吗？”

“喔，不。我不会这么做。如果它恢复健康……”

“我知道，我只是在开玩笑。”

“喔。我现在不像以前那样擅长听懂别人的玩笑了，对吗？”

“的确是不怎么厉害，没错。”

“我很抱歉。”

这句道歉听起来很有趣，但跟过去几个月以来他道过的歉相比，这个似乎是最令人惋惜，而且最令人无法原谅的。

布莱恩搬到收容所去了，他很讨厌那个地方。

“那里充满了老人。他们身上有警报器，每五分钟就响一次。每次他们跌倒的时候就会响，然后他们永远都在跌倒。我不该待在那里的。我从来不会跌得很严重。我是说，虽然我也跌倒过，但谁没有呢？”

我告诉他，没错，每个人偶尔都会跌倒。

“我是说，我敢打赌你也跌倒过，而你可是个医生。可能上过大学什么的。”

我告诉他，对，我上过大学，然后又接受了七年的医学教育，但并不能防止我偶尔跌倒——这印证了他的怀疑，一个人有没有能力站好，关键在于年纪而不是聪明与否，虽然他永远不是读大学的料，但不应该跟一堆容易跌倒的人待在收容所里。

“嗯，你看吧。”

"但是你现在吃得比较好吧。"

"食物还可以。他们会送过来,像餐车一样。而且他们知道哪些食物该加热那类的事情。"

"很好。"

我们陷入沉默。我刚才算过,门外大概有十五个病人在等着,但我们两个却好像在等公交车。布莱恩看着天花板然后开始吹口哨。

"还有其他事情吗?""其他"这两个字,代表了我对他的仁慈。我假装他来访是有原因的,假装他不是纯粹浪费我的时间。

"其实没有了。"他继续吹口哨。

"那么,很高兴再度看到你。我很高兴听到你好多了。"

我站起身,为了加强效果,接着微笑。

"我是为了我的晚餐而来的。"布莱恩说,"你说过的。"

"对,但是……"现在是上午十一点,"我是说改天可以一起吃晚餐。"

"我可以等,我不会妨碍你的。"

"布莱恩,你不能在这里等。如果我要我的病人脱衣服,他们不会希望你在这里。"

"喔,对。我没想到这点。我也不想看到他们裸体。你有一些病人很肥,不是吗?我不是很喜欢他们。我会在外面等。"

"布莱恩……我要到六点才会下班。"

"没关系。"

所以他在候诊区等了七个小时,然后跟我回家。

我已经先打电话警告戴维。我跟布莱恩到家的时候,有一只鸡在烤箱里,然后一些青菜在加热板上冒着热气,桌子摆好了,上面甚至还摆了鲜花。我所有的亲朋好友都知道巴米·布莱恩是谁,他们知道我每个揪心病人的名字,我告诉戴维如果孩子们有谁当着他的面拿巴米这个名字开玩笑,那么他/她至少两年不准在家吃饭,就算圣诞节跟生日也一样。

我在做肉汁的时候,布莱恩脱下外套,坐下跟孩子们一起看《小女巫萨布琳娜》。

"现在在播什么节目?"

"《小女巫萨布琳娜》。"汤姆喃喃地说。

"什么意思?"

汤姆紧张地看着我。

"那是那个节目的名称。"我对他说。

"喔,我懂了。再说一次。"

"《小女巫萨布琳娜》。"汤姆字正腔圆地说。

布莱恩大声又用力地笑了。

"你没听过这节目吗?"我问他。

"没有。"他说,仿佛怀疑这个节目是不是真的存在,"但是她只是个少女吗?"

"对。"

"可是她已经是个女巫了?我的天啊!"

我们都礼貌地笑了。

"这就是这个节目的重点,"汤姆说,"因为大部分的女巫都不是少女。"

"什么意思?"

"让他们专心看电视,布莱恩。"

"真抱歉。我只是想在安顿下来之前把几件事情在脑袋里搞清楚。”

然后他就真的安顿下来，偶尔对这节目表达出强烈到令人无法理解的赞赏。不幸的是这个节目只维持了三十分钟，接着就是吃饭时间了。

在我们端食物上桌的时候，好消息过来加入我们。

“嗨，”他对布莱恩说，“我是好消息。”

“什么意思？”布莱恩紧张地说。

“什么意思？”好消息极度拘谨地说，然后跟布莱恩握手。好消息，他也被告知他会跟一个古怪的人共度一晚，他显然误解了“什么意思”是布莱恩古怪的打招呼方式，一个怪人版的“你好吗”。

“不是，”汤姆大喊，“他是不懂你的名字！”

“他不懂？”

“你一定有个像汤姆或布莱恩或戴维或卡尔医生的名字，”布莱恩说，“你那样的名字叫什么？”

“对，”我说，“你正常的名字是什么？”

“这不是很重要，”好消息告诉布莱恩，“现在我叫做好消息。因为那正是我想带给大家的，明白吗？”

“嗯，我想带给大家布莱恩，”布莱恩坚定地说，“这样布莱恩就可以吃晚餐了。”

“很棒啊！”戴维说。

我们在沉默中用餐，而布莱恩吃得非常快。我才刚把肉汁倒进我的盘子里，他就把刀叉放在空盘子上了。

“这顿饭，”他说，“是我这辈子吃过最好吃的。”

“真的吗？”莫莉说。

“对，当然。我怎么可能吃过比这更好吃的？我妈妈不可能煮得出来。”

“那你自己呢?”

“不行。你看,我连什么该煮什么不该煮都分辨不出来。我被搞糊涂了。”

“真的吗?”

“喔,对。一塌糊涂。”

“我可以考考你吗?”莫莉说。

“如果你想考就考吧,不过我不会知道答案的。”

“吃你的晚餐,莫莉。”我告诉她,“你想再吃一点吗,布莱恩?”

“可是通常晚餐不会还有剩。”

“在这里有,如果你想要的话可以多吃一点。”

“不用再多付钱吗?”

我看着他,我想起来布莱恩应该不是在开玩笑,他没有开玩笑的能力。

“你应该知道你不需要付我钱吧,布莱恩?”

“什么意思?”

“我们这不是餐厅,你是我们的客人。”

“嗯,我……我不知道该说什么。你叫我喝那个东西,我就要付钱买,你叫我要吃咖喱,我也得付钱买。然后你说我要来你家跟你吃晚餐,我想说我也要付钱。我身上带了五英镑。因为咖喱是五英镑。四点九五英镑。”

“我们没有要跟你收钱,布莱恩。”

“太棒了!所以是国家医疗服务中心出的钱吗?”

“对,是国家医疗服务中心出的。”

莫莉被布莱恩迷住了,开始问一连串的问题,例如他住哪?整天都在做什么？他的朋友是谁？他有家人吗？

她每问一个问题，大人们的头就像被槌子敲了一下，愈来愈接近桌面，当莫莉问完最后一个问题，我们的鼻子几乎要碰到烤马铃薯了。除了他得来医院找我看病的那天之外，布莱恩几乎无所事事；他没有朋友（他认为以前在学校的时候有几个朋友，但不知道他们现在人在何方）；他有个姐姐，但他姐姐总是连名带姓喊他巴米·布莱恩，并且不愿跟他有任何瓜葛。（他回答完这个问题后，全场一片静默，我很讶异我女儿竟然没有继续追问下去。）

"你不想跟别人住在一起吗？"

"我很想，"布莱恩说，"我以为我会跟我老婆住在一起。但是我找不到老婆。"

"妈。"莫莉说。我开始疯狂地咳嗽，然后起身帮自己倒了一杯水。

"妈。"莫莉说，在我喝完水之后，我开始冗长地解释是什么原因导致我咳成这样。

"你还要多吃一些吗？"我问她。她不理我。

"妈——"

"你们呢？汤姆？戴维？好消息？"我知道早晚得让我女儿说话。我知道有一天所有拖延的方法都会用完，但我希望这一天在几年内都不会到来。"孩子们，你们要下桌了吗？"

"妈——"

"莫莉。当……当……没有人想听的时候，还硬要讲话是很没礼貌的。"

"妈，布莱恩可以跟我们一起住吗？"

"谢谢你，"布莱恩说，"我很乐意。我现在住那边非常寂寞，因为我一个人都不认识，也不知道要做什么。你们可以当我的家人。可以像以前我妈一样照顾我。”

“你妈怎么了？”莫莉问。

“没什么。”我赶紧说，虽然我是脱口而出，但随即意识到这答案不大适当，一听就知道是因为过度惊慌才会说出口。

“她死了。”布莱恩说，“她说她不会死的，但她还是死了。”

“那真令人难过。”莫莉说，“不是吗，妈？”

“没错，”我承认，“是很令人难过。”

“这就是为什么布莱恩应该跟我们一起住。”

“谢谢。”布莱恩说，“我会很开心的。”

“莫莉，布莱恩不能住在这里。”

“他可以，对不对，爸？”莫莉说，“布莱恩，以前猴子来我们家住过一阵子。如果我们可以让猴子来住，也可以让你来住。”

“我不可能只住一阵子，”布莱恩充满希望地说，“我一住一定就是一辈子了。”

“那没关系。”莫莉说，“对不对，爸？一辈子？我们这里做的就是这个，”莫莉说，“我们照顾穷人。我们很善良。大家都这么认为。”

“我不穷，”布莱恩说，“我有一些钱。”

“你的穷是另一种穷。”莫莉说。

汤姆反常地安静，接着突然猛烈地站起身。从他下唇的动作，可以预知一场爆炸即将发生。

“如果他搬来这里住……”

“坐下，汤姆。”我对他说，“我会处理。”

“你才不会。因为爸说什么你就会照做。这次爸会说……”

“去看你的电视。快去，马上就去。”

我隐约觉得这会是我们家历史上关键的一刻。不只是因为巴米·布莱恩可能会来我们家住，而且会一直住到我死去为止，甚至更久都有可能——这件事会清楚定义我们未来的生活，就像用粉笔画出凶杀案受害者的轮廓一样清楚——如果我们选择另一边，告诉布莱恩不能跟我们住，那么往后的生活可能大不相同。

“莫莉，布莱恩……不能住在这里。”

“为什么不行?”

“对，为什么不行?”布莱恩问，“为什么你们可以有家人，我就不行。”

“对啊，”莫莉说，“这样不公平。”

她说得当然没错。这的确不公平。原来爱这回事跟钱一样不民主，永远是富者恒富，那些头脑清醒的、健康的、可爱的人，注定会得到比较多的爱。我被我孩子、父母、弟弟、配偶（我猜是吧）、朋友所爱；布莱恩身边没有这些人，而且永远都不会有，就算我们想把爱分一点给他，我们也办不到。如果有一个人需要家庭的照顾，那个人绝对是布莱恩，如果布莱恩只认识一家人，而这家人碰巧就是我们，那么我们当然应该殷勤款待他。我瞄了戴维一眼：他知道我现在正走在一条又滑又结冰的路上，没有人能踏上这条路而不一路滑跤到底。

“莫莉，够了。我们不该在布莱恩面前谈这些。这样很没礼貌。而且这件事也不是我们两分钟之内就可以决定的。”

“我可以等，”布莱恩说，“反正今晚我没其他事好做。”

但最后他还是走了，在喝完一杯茶，吃下一条迷你巧克力棒之后；我开车载他回他的新家（或者该说，载他到新家附近的街角，因为只剩下我们两人独处的时候，他多疑的老毛病又犯了，所以他拒绝让我看到他现在的住处)。

“谢谢,”他下车的时候对我说,“你明天会跟我说另外一件事对吧? 如果我要搬出去得先跟这里讲。我还要时间打包。”

“布莱恩……你不能来跟我们住。”

“我以为你们要先讨论再决定?”

“我们会,但我知道我们讨论的结果是什么。”

“喔。”

“你很失望吗?”

“对,非常失望。我真的很期待。我很喜欢那个节目,那个少女节目。”

“你在你的电视上也看得到。”

“真的吗?”

“是的。”

“你确定吗? 我以前从来没看过。”

“那节目是在 ITV 频道播,应该没错。”

“喔,嗯,我不常看那个频道。遥控器要按第几台啊?”

“在我们家是按第三台。”

“那这样就不算太糟。”

“是吗?”

“对啊,那鸡肉呢? 我可以再吃一次吗?”

“当然可以。只要我们家吃烤鸡,你随时都可以过来吃晚餐。”

“你该不会是因为你知道你不会再做烤鸡才这样说吧? 要是我就会这样说,好要你。”

“我没有要要你。”

“那好吧,再见。”

然后他就离开了。

我刚刚邀请了我的揪心病人之一，每隔几个礼拜就来我家跟我们用餐。要是在几个月前，这一定代表我疯了，但现在只代表我冷血、务实，以及神志清醒。我想要下车在车顶上跳舞。这个消息莫莉会比布莱恩还要难接受，但是，莫莉牌的慈善就是这么回事。这种慈善在意的是能为自己带来什么，而不是能为像布莱恩那样的人带来什么。

家里有些人，例如汤姆还守在电视机前，等我回来。

"我们要谈谈。"莫莉严肃地说，"我们要谈谈布莱恩要不要跟我们住。"

"好。"我坐在饭桌前，"我可以先发言吗？"

"如果你想的话。"

"他不会过来住。我已经告诉他了。"

"那不公平。"

我不打算说生活本来就不公平。我拒绝这么说。

"我知道。我很抱歉。但是我跟他说下次我们做烤鸡的时候，他可以过来一起吃。"

"我敢打赌你只是说说而已。"

"我是认真的。全心全意的。但能做的就只有这么多。殷勤待客也要有个限制。"

"但是你说过……"

"莫莉，没什么好说的了。总之布莱恩不能搬来住。他不是我们的家人。"

"但他可以是。"

“不,他不行。”我看着戴维,他也回看我。他不打算帮我一把。

“莫莉,这是我们家。你,我,爸爸,汤姆。就这样。不包括好消息,不包括布莱恩,不包括猴子,不包括任何人。这是个牢固的事实,你无法改变。这些人才是我们要先关心的人。”

“为什么?”我先生终于说话了。但不是帮我说话,而是质疑我。

“为什么?为什么?戴维,我们光要照顾彼此都已经分身乏术了。我们几乎要破产了,一部分是因为你不愿意工作。汤姆在学校偷东西……”我可以感觉到体内有许多话,像一股热流愈积愈多,我没有办法阻止这股急流从嘴巴里冲出来,这比生病时要忍住不呕吐更困难,“莫莉快变成伪君子,而我有外遇……”

“什么是伪君子?什么是外遇?”

“外遇就是妈咪有男朋友。”汤姆说,但同时一秒也没错过他正在看的电视节目。

“你跟我濒临离婚好几个月了,虽然我们已经决定要把彼此锁在一起,然后把钥匙丢掉,之后为了一辈子的挫折跟互相厌恶彼此谴责。而你却问我为什么我们要优先照顾彼此?因为生活对我们来说已经他妈的够困难了,这就是为什么,而且……”

“凯蒂,停止!你让孩子们开始担心了。”

“很好,也许他们是该担心。也许他们不该以为生活里的一切都没问题,一切都很好,一切都很棒,事实上,不管我们捐钱给谁或是收留谁都无所谓,因为他们都一样重要。我知道这些事很重要,但我宁愿他们没那么重要。我也希望我们都很能干,照顾好自己的生活,行有余力还可以照顾别人,但我们不是。然后让我告诉你,我一生中想要做的就是帮助人们。这就是为什么我想当医生。为此我每天工作十个小时,还要被毒虫威胁,我总是让人们失望,因为我承诺他们的下次看诊时间永远不会成真，我给他们的药总是无效。我是个失败的医生，然后我回家又是个失败的太太跟母亲。唉，我没有精力再去搞砸别的事情了。如果这表示布莱恩得继续住在收容所，或是猴子得睡在街上，那就由他们去吧。太可惜了。如果二十年后，我们彼此还能交谈，莫莉没有成为厌食症患者，汤姆没有坐牢，我没有镇定剂吃上瘾，你没有变酒鬼，而我们还在一起，嗯，那这件事本身就他妈的是个奇迹。我不打算要求更多。除了以上那些事情之外，我们还有能力可以买几期《大事件》杂志，然后把它们送到回收中心，那就该替我们欢呼了。我们表现得不是很好吗？为我们欢呼！为我们欢呼！来啊，一起欢呼！”

没有人加入。

现在一切都结束了。我把喉咙里的话都对家人清空了，现在什么都不剩。

“你们不会真的要离婚吧？”莫莉问。她正在哭泣，但我却有个主意。

“如果你乖的话就不会。”我告诉她。这么说真的很糟糕，我知道。但诡异的，这句话此刻却又再适合不过了。

15

这是几个月以来我第一次去书店，是为了替我父亲买生日礼物。我不知道该送什么，他也不知道自己想要什么，所以我漫无目的地闲晃。我过去花很多时间逛书店；过去大部分的书我不仅知道摆在哪，还知道书里写些什么，然而现在我身处在书店内，只感觉困惑，还有些慌张。我选了一本年轻女作家的小说，读了一下简介：我想我也许会喜欢这本书。我搬离珍娜的套房时，《战地情人》已经读完一半，然而自此之后进度便停滞不前。但是我还是期许自己，千禧年来临后有空能读本小说。但是试着决定该读哪本书好的时候，我发现我已经丧失判断的能力了。我要怎么样才会知道这本书合不合胃口？人们都是怎么选择的？我知道我自己很喜欢颈肩按摩。我喜欢一整个礼拜都躺在太阳底下的泳池畔睡觉。只要喝醉后没有其他事情要做，我喜欢喝下一大杯金汤力。我喜欢吃巧克力。但至于我喜欢哪一本书……我刚挑的那本书是，关于一个遭受政治迫害的女孩，不得不离开非洲故乡，来到英国布罗姆利生活的故事，在那她遇见了一位种族歧视、留着平头的白人芭蕾舞者，并且爱上了他。“这本书像是当《舞动人生》遇见《野天鹅：中国三女儿》，所激荡出这个时代的《罗密欧与朱丽叶》。”封底上的书评是这么写的。我把这本书放了回去——不是因为故事听起来很扯，而是因为我既没有被迫离开非洲的故乡，也不住在布罗姆利。真的！我说的是真的！我就是用这种逻辑来选择该买哪本书！这让我变得跟我家养的波比，那只后来尸体在路上被找到的猫没什么不同。虽然我没有像波比一样被压扁，我的五脏六腑也还健在。但你瞧：波比喜欢被抚摸，如同我喜欢颈肩按摩；波比喜欢鱼，就像我喜欢巧克力。波比也喜欢在太阳下睡觉。如果它在书店拿起这本书，也会因为这本书跟它没什么关系而把书放下。这样对照之下让我很惊慌，即便我还没找到要送我父亲哪本书，还是立刻先买下了这本。我不要变成一只宠物。绝对不要。

传记。他会喜欢传记吗？希特勒？蒙哥马利？狄更斯？杰克·尼克劳斯？那个演过《东区人》，后来跑去开酒馆的女演员？但我想我爸是不大去酒馆的人，所以不大可能会……天啊，凯蒂。重点不在酒馆。这本书的重点是，那个女的曾经演过《东区人》。爸不看《东区人》的，所以不能买这本书给他。值得安慰的是，我在“店内推荐”的架上，找到一本上帝的传记，尺寸大小适合作为礼物，而就在我拿去柜台结账时，看到那本关于凡妮莎·贝尔，也就是弗吉尼亚·伍尔夫姐姐的书，根据我读到的那篇书评，这个女人过着丰富又美丽的生活。所以我也买了这本书。这么一来，当戴维跟好消息完成了《如何是好》，我们就可以坐下来交换笔记。

戴维又开始写公司手册了。他对写小说已经不感兴趣，再加上就算他又变得像以前一样愤怒，也无法像从前一样在当地报纸专栏上发泄怒意，因为已经有人取代他了。他的王位被罢免，他的愤怒被超越了：现在有一个新的，甚至更愤怒的人，取代戴维成为“霍洛威最愤怒的男人”。我认为这很合理。毕竟这位新的专栏作家，没有比过去的戴维来得愤怒的话，那专栏恐怕就得改名为“霍洛威第二愤怒的男人”，这个标题在报纸上看起来会有点无力。无论如何，人们的愤怒随时都在升高。无可避免地，戴维的愤怒有一天终将看来有些过时。他不可能永远保住这个头衔，就像纳夫拉蒂洛娃不会永远蝉联温布尔登网球公开赛冠军。更年轻、更刻薄的人随时都会冒出头。这位新出炉的冠军在专栏里，要求关闭所有的公共公园，因为他说公园只会吸引同性恋、狗、酒鬼，还有小孩；我们得举起双手投降。这位新冠军实在名副其实。

过去如果戴维没有足够的愤怒可以写出专栏，这件事本身就会引起他的愤怒，而这个愤怒恰恰好可以带给他写作的灵感。然而这样的戴维，如今变得有些退缩。他向报社提议另一种不同的专栏，内容主要是关于他跟好消息正在进行的新书，但是没人有兴趣。我想他非常沮丧，如果他来医院挂号，我绝对会开些药给他吃。不过他是不可能来看病的。闲暇时间，他还是跟好消息一起草拟《如何是好》的内容，只不过他现在的闲暇时间并不多，因为他有很多公司手册等着他写。

经过一阵道德上的天人交战后，我们给好消息三个月的时间另寻住处。他说他知道他对我们来说是个负担；毕竟我们是中产阶级核心家庭，他应该尊重我们的。你知道的，我们没有核心。我们知道他这么说其实是在羞辱我们，但是我们不是很在意——至少我不是很在意。戴维每晚睡前都为此苦恼，他说难道核心家庭真的是我们想要的吗？也许我们该试试脱离核心家庭，然而他已经不像过去那么坚持了。

孩子们最近也挺沮丧的。他们被我上次的崩溃吓到了，我得跟他们解释我男朋友是怎么回事。每当我们出去用餐，或是到任何地方，他们总是用充满惊慌的眼神看着我跟戴维。过去几天，我跟戴维为了一只平底锅吵过一次架，那次吵架过后我们得一一安抚孩子。我想再过几个月单调乏味的生活之后，他们就会忘掉这些伤痛，但是此时此刻我对他们充满歉意，真希望我们从没有让他们如此不安。

至于我，我觉得我并不沮丧。不能用沮丧这两个字，应该说我很气馁。我不再想着该不该离婚，因为那位善良的牧师已经帮我做出决定。那些我在结婚前曾有过的离婚后的幻想，正式宣告破灭，我很可能会等到孩子们都成年后才会离婚。所以那会是……十五年后吗？到那个时候我已经五十好几了，我某部分的人生——关于幻想中克里斯·克里斯托佛森的那部分——将会离我很远很远。但我毫无选择，那也是一种美德，因为那能澄清自己的思绪。也许有一天，戴维跟我会对彼此说："你还记得那时我们差点离婚吗？"然后我们会笑说过去这几个月真是太傻了。我忍不住觉得这个可能性实在微乎其微，但并不是完全无望。我很确定你被捅了一刀的时候，是应该把刀子留在肚子里没错。也许为了保险起见，我该再去查证一次。

我们正在准备我父亲的生日晚餐，而我妈打电话来说我爸不吃红肉了。于是戴维买了一只放山鸡，当莫莉问我晚餐吃什么，这只鸡已经差不多料理好了。

"万岁！"她说，但是听起来不是为了今晚的菜单而兴奋。

“我不知道你这么爱吃鸡肉。”

“我是没这么爱。但是吃鸡肉表示布莱恩可以来我们家吃晚餐了。”

“今天是外公生日。”

“对啊,可是我们吃鸡肉。你答应过的。”

我早就忘了我的承诺。我许下这个承诺,是因为在当下那似乎是我能想到最棒、最简单的交易;然而这个交易现在听起来十分荒唐可笑且不合情理,就像是一个无神论者在危急关头不得不跟上帝订下契约,但等危机解除,那份契约也被忘得一干二净。

“布莱恩今晚不能过来。”

“他一定要来。因为我们答应过他只要我们吃鸡肉他就可以过来,所以他才没来我们家住。”

“外公不会喜欢布莱恩的。”

“如果你不打算实现你的承诺,那当初干吗答应他?”

因为我不是认真的。因为当初只是为了脱离眼前的困境,才许下这个承诺。因为我们为布莱恩做的已经够多了,虽然说仔细想想其实也几乎什么都没做,虽然说他是个伤心又可悲的人,丢给他任何好处,他都会狼吞虎咽地吃下,就像冬天里的鸭子。

“我当初说的时候,不包括生日。”

“你跟他说过生日不算吗?”

“莫莉说得对。”戴维说,“我们不能到处对像布莱恩这样的人许下承诺,然后只因为不方便就违背诺言。”

“总之,布莱恩不能参加我爸的生日晚餐。”我说。他当然不能来,不是吗?这再明显不过了。这是常识。

“那你是骗子。”莫莉说。

“无所谓。”

“你甚至不介意当个骗子?”

“不介意。”

“好,那以后只要我想要的话,也可以当个骗子。”

我突然想到,这起鸡所引发的事件,戴维恐怕也有份。

“你是故意买那只鸡的。”我对他说。

“故意? 嗯,我的确不是在无意识状态下买下这只鸡的。如果这就是你所谓的故意,那我的确是故意的。”

“你知道我不是那个意思。”

“好吧。当我把鸡放进推车时,的确不是完全没想到你对布莱恩的承诺。”

“所以你是故意设陷阱让我跳?”

“我没想过这对你来说会是个陷阱。我一直认为你的承诺是真心的。”

“骗子!”

“所以你的意思是,就算你是真心诚意许下这个承诺,我也该了解你其实不是认真的?”

“戴维,你所能做的就只有这些吗? 玩这种鸡肉晚餐的把戏?”

“看起来是这样没错。因为我不知道我还能做什么,也不知道还能让你去做什么。我宁愿我们把规则说清楚。”

“我只是希望我爸能开开心心过个生日。这个要求很过分吗?”

“这就是问题所在,你总认为你所有的要求都不过分。”

最后我们彼此让步。我父亲生日隔天晚上,我们又烤了一次烤鸡,然后邀请布莱恩来吃饭,因此所谓“布莱恩条约”的精神,得以继续维持。连续两个晚上,把我们的嘴塞满鸡肉跟三种蔬菜,用这种方式让世界更美好，但很奇特的是，这方式对我们似乎挺管用的。

好吧，凡妮莎·贝尔是位画家，所以，你知道的，跟某个需要成天面对珂坦萨太太、巴米·布莱恩，还有所有霍洛威毒虫的人比起来，她要过一种美丽的生活显然容易多了。此外，她跟不止一个男人有过小孩，这也让她的生活比一般人丰富得多。而她曾经交往过的男人们，老实说，比戴维跟史帝芬都来得有才华和有趣多了。他们大多是作家跟画家，而不是什么写公司手册的人。虽然他们不是很有钱，但都很时髦，而我们并不时髦。当你是个时髦的人，要过一种美丽的生活想必容易多了。

所以我开始想的是（其实这本书我只看到一半，但确定后半部的内容跟前半部大同小异），凡妮莎·贝尔帮不上多少忙。嗯，我想我弟弟会跟她妹妹一样，最后在口袋里装满石头，跳入河中，但是除此之外……总之，我认识的人之中，有谁过着丰富美丽的生活？只要你得上班赚钱，或是住在都市里、在超市采购、看电视、看报纸、开车、吃冷冻披萨，那我确定你几乎不可能拥有丰富美丽的生活。如果你运气不错，手头有些钱，可能可以过得还算不错。甚至可以过着很棒的生活，只要你……嗯，还是别岔题。但是想要过丰富又美丽的生活，几乎是不可能的。

能帮上忙的不是凡妮莎·贝尔这个人，而是阅读她的故事这个行为本身。我不想再跟被压扁的波比一样。自从我从珍娜的套房搬回家后，始终感觉少了些什么，这种感觉虽然不会很恼人，却久久无法消散，而我也说不上来少了什么。不会是我之前的楼友，也不会是单独睡一张床的机会（如同我之前说过的，戴维跟我在床上挺合的，或者说这些年来我们学会了彼此配合，因此跟他盖同一条被子，通常都是挺令人舒服的)，我想是别的，某样对我来说显然不够重要的事情，某方面来说，既然我缺乏它，那这件事一定比我想象中来得重要；话说回来，没有了它，日子似乎也不会过不下去，因为自从少了它之后，我的日子还是这么过。换句话说，我欠缺的东西，是一种精神上的水果，我不是很喜欢吃，但是却很重要。为了要彻底了解为什么凡妮莎·贝尔的生活可以过得比我好，我得把房门关上不让我丈夫跟孩子进来，一个人好好研究，一直到第三、第四次，我才真正领悟到，我缺少的是阅读行为，借由阅读，我可以从所处的世界撤退，一直退退退到某个地方，那里的空气很新鲜，不像我原来所处的世界，空气早被我的家人呼吸过上千次。当我搬进珍娜的套房时，那间房间显得既大又安静，但这本书比那间套房大得多了。等我看完这本书，我会马上再开始另一本，可能会更大，然后再下一本，我可以不停扩张我的房子，直到变成一个满是房间的豪宅为止，我可以躲在里面让他们找不到我。而且不只是阅读，还包括听音乐，除了我孩子的电视节目，跟我丈夫单调的假道学说，还有我脑子里一堆絮絮叨叨的声音之外，我得听点别的。

我怎么了？我怎么会变成一个忙到连读书听音乐都没空的人？也许我无法过着丰富又美丽的人生，但是四周到处都有丰富又美丽的事物等待出售，就连霍洛威路上也有，而且这不算什么奢侈的行为，如果我买点这些东西，生活还可以过得去，但如果不买的话，我的人生恐怕就此沉没。我急需要一台 CD 随身听，还有几张 CD、半打小说，总花费大约三百英镑吧。三百英镑买一栋豪宅！想象一下，如果跟住房公积金的经理要求贷款三百英镑好买房子，他可能会自掏腰包，给你现金。而且我还可以把这令人同情的数字再往下降。我可以去图书馆借书，CD 也可以用借的……但是我还是需要一台随身听。我不想让其他人听到我在听什么,我想要彻底隔绝我所居住世界的每一道痕迹,即便一天只有半小时也好。是,是,是,我知道,想想三百英镑可以做多少次白内障手术、买多少袋米。再想想一个十二岁的女孩要花多久时间才能在剥削劳工的工厂赚到三百英镑。我可以一边当个好人,同时又花三百英镑买这些定价过高的消费性商品吗?我不知道。但我知道:如果没有这些东西,我将无法继续当个好人。

过去三天内,雨不停不停不停地下,这场雨比任何人记忆所及的雨都来得猛烈。几乎像是遭到核武器攻击后才会下的雨:全国境内的河川泛滥成灾,各条主要街道上的人们都必须涉水而过,在自家周围堆起沙包,丢弃汽车,改靠划船通行。伦敦的交通慢到不行,最后停止前进,火车也不开了,公交车里挤了太多人,活像是有些手臂跟腿悬挂在外的人肉三明治。每天天色都很灰暗,哭喊声终日不绝于耳。如果你相信鬼魂的存在,相信那些死得很惨、很痛苦的人注定会变成鬼来纠缠我们,那么属于你的时刻到了,因为我们现在相信你。除了对你言听计从之外别无选择,因为鬼魂存在的证据就在我们四周。

根据新闻报道,上一场这样的雨,是在一九四七年的时候,但人们最终侥幸逃过一劫,那次只是一时气候反常;但这一次,他们说,我们将被淹没,因为我们虐待我们的星球,我们踢它,让它挨饿,直到它改变天性,变得脾气暴躁。这种感觉就像是世界末日。而我们的家,花了我们二十五万英镑左右的家,没有兼具避难所功能,我们无法忽视外面所发生的一切:这栋房子太老了,每到晚上灯光就开始闪烁,窗户开始晃动发出声响。我确定我不是屋子里唯一一个想知道猴子跟他朋友今晚在哪的人。

就在我们吃饭的时候,水从厨房的落地窗底下灌了进来;屋外埋在花园跟房子间的排水沟完全发挥不了作用。戴维翻出一双旧橡胶靴,还有骑脚踏车穿的雨披,到外面看看能做些什么。

“这里到处都是垃圾,”他大喊,“而且汤姆房间外面的排水槽有水大量流出。”

他用双手极尽所能地从排水沟里挖出淤泥,然后我们上楼看看那个排水槽是怎么回事。

“都是树叶。”戴维说。他半个身子伸出窗外,手握着窗框,我发现那个窗框已经腐朽,几年前早就该修了。“我可以用一根棍子之类的东西钩到那些树叶。”莫莉急忙跑去拿了一个扫把,戴维跪在窗台上,开始疯狂地用扫把握柄捅着排水槽。

“停下,戴维。”我对他说,“这样不安全。”

“没关系的。”

他穿着牛仔裤,汤姆跟我各抓着他一边的口袋好撑着他,而莫莉也拉着我们,虽然发挥不了什么作用,但是这个举动很贴心。我的家庭,我想就是这样。而我,我可以办得到。我可以过这样的生活。我可以,我可以的。我该好好珍惜这样的火花,像是没电的电瓶电力耗尽前的回光返照;但我不该在此刻瞥见戴维身后的夜空,因为我看见那里什么都没有。

图字: 09-2003-223号

图书在版编目(CIP)数据

如何是好 / (英) 尼克·霍恩比(Nick Hornby)著;
曾志杰译. —上海: 上海译文出版社,2021.5
(尼克·霍恩比作品)
书名原文: HOW TO BE GOOD
ISBN 978-7-5327-8583-4

Ⅰ.①如… Ⅱ.①尼… ②曾… Ⅲ.①长篇小说—英国—现代 Ⅳ.①I561.45

中国版本图书馆 CIP 数据核字(2021)第 074801 号

如何是好
〔英〕尼克·霍恩比 著 曾志杰 译
责任编辑/吴洁静 装帧设计/人马艺术设计·储平

上海译文出版社有限公司出版、发行
网址: www. yiwen. com. cn
200001 上海福建中路 193 号
上海市崇明县裕安印刷厂印刷

开本 890×1240 1/32 印张 9.25 插页 2 字数 153,000
2021 年 8 月第 1 版 2021 年 8 月第 1 次印刷
印数: 0,001—5,000 册

ISBN 978-7-5327-8583-4/I·5288
定价: 69.00 元